DIE GEFÄHRTIN DES PANTHERS

DAS GEHEIMNIS VON BITTEN POINT, BUCH 2

EVE LANGLAIS

Copyright © 2022 Eve Langlais

Englischer Originaltitel: »Panther's Claim (Bitten Point Book 2)«
Deutsche Übersetzung: Noëlle-Sophie Niederberger für Daniela Mansfield Translations 2022

Alle Rechte vorbehalten. Dies ist ein Werk der Fiktion. Namen, Darsteller, Orte und Handlung entspringen entweder der Fantasie der Autorin oder werden fiktiv eingesetzt. Jegliche Ähnlichkeit mit tatsächlichen Vorkommnissen, Schauplätzen oder Personen, lebend oder verstorben, ist rein zufällig.

Dieses Buch darf ohne die ausdrückliche schriftliche Genehmigung der Autorin weder in seiner Gesamtheit noch in Auszügen auf keinerlei Art mithilfe elektronischer oder mechanischer Mittel vervielfältigt oder weitergegeben werden.

Titelbild entworfen von: Yocla Designs © 2019/2020
Herausgegeben von: Eve Langlais www.EveLanglais.com
eBook ISBN: 978-1-77384-331-5
Taschenbuch ISBN: 978-1-77384-332-2

Besuchen Sie Eve im Netz!
www.evelanglais.com

KAPITEL EINS

Mom: Hey Schätzchen, was hast du heute gemacht?

Cynthia: Oh, ich habe nur einen Kerl mit Beruhigungsmitteln vollgepumpt, ihn entführt und in mein Motelzimmer gebracht. Im Moment ist er mit Klebeband an einen Stuhl gefesselt und mir völlig ausgeliefert.

Mom: Können wir also erwarten, dass du deinen neuen Liebhaber nächsten Sonntag zum Abendessen mitbringst?

Und nein, Cynthia übertrieb nicht. Jetzt, da sie das reife Alter von sechsundzwanzig erreicht hatte, mussten ihre Eizellen dringend befruchtet werden.

»Du wirst nicht jünger«, sagte ihre Mutter.

»Es ist an der Zeit, dass du ein paar Junge zur Welt bringst und mit einem netten Jungen sesshaft wirst. Hast du

Henriettas Neffen kennengelernt?« Das kam von ihrer Tante Sonya.

»*Ich werde jeden Mann umbringen, der es wagt zu denken, er sei gut genug für mein kleines Mädchen.*« Das knurrte ihr Vater.

Gott, aber sie liebte diesen Mann. Mit ihrem Vater zu prahlen war etwas, womit Cynthia kein Problem hatte. Er war ein großer Mann, ein Grizzlybär verheiratet mit einer Wölfin, verwöhnte sie immer und trieb ihre Mutter völlig in den Wahnsinn.

»Sie hat dich um den kleinen Finger gewickelt«, beschwerte ihre Mutter sich, als er ihr kurz vor dem Abendessen Eiscreme gab.

»Jup.«

Es machte ihm nichts aus, erwischt zu werden, was ihre Mutter immer zum Lächeln brachte. Mom mochte vielleicht grummeln, aber sie liebte ihre enge Bindung.

Mom würde wesentlich mehr lächeln, wenn ich mich häuslich niederlassen würde.

Seit Cynthia fünfundzwanzig geworden war, könnte man denken, sie hätte irgendeine Art von Grenze überschritten, die auf die Tatsache heruntergezählte, dass sie ihre fruchtbarsten Jahre verschwendete. Völlig inkorrekt. Da sie Tierärztin war und medizinisches Wissen besaß, wusste Cynthia, dass sie mindestens noch zehn bis fünfzehn gute Jahre hatte, um ein oder zwei Kinder zur Welt zu bringen, falls sie das wollte.

Falls.

Im Moment wollte sie nur herausfinden, was der an den Stuhl gefesselte Kerl wusste.

Der Kerl, den sie entführt hatte.

Oh mein Gott, jetzt bin ich eine Schwerverbrecherin.

Es stellte sich als beängstigender und aufregender heraus als erwartet.

Daryl – ein Name, den ihr Opfer ihr nannte, nachdem er ihr einen sehr blauen Cocktail bestellt hatte – war etwas schwieriger zu manövrieren gewesen als vermutet. Schnaufen und Keuchen war wirklich nicht attraktiv, »Damen schwitzen nicht!«, konnte sie ihre Mutter praktisch jammern hören, aber ein wenig Anstrengung und Schweiß waren unvermeidlich, als sie seinen schlaffen, schweren Körper aus dem Wagen hievte. Okay, sie hievte weniger als dass sie der Schwerkraft erlaubte, ihr zu helfen. Sobald sie ihn auf dem Beifahrersitz abgeschnallt hatte, wo er nach ihrer heftigen Betäubung schnarchte, war er mehr oder weniger aus dem Fahrzeug auf den Boden gefallen.

Plumps.

Hoppla. Das würde vielleicht Spuren hinterlassen.

Eine weniger vorbereitete Frau hätte seinen süßen Hintern – und ja, ihre superschurkische Wenigkeit bemerkte seinen ansehnlichen Po – zur Tür schleppen müssen. Aber Cynthia erinnerte sich an etwas, das ihr Vater ihr beigebracht hatte. *Arbeite schlau, nicht hart.* Schlau war es, die zusammenklappbare Sackkarre und ein paar Spanngurte aus ihrem Kofferraum zu holen. Und nein, es war nicht seltsam, dass sie mit diesen unterwegs war.

Da sie Tierärztin war, hatte sie einige Dinge bei sich, die ihr Leben einfacher machten. Sie hatte es täglich mit Tieren zu tun – von der Art, die als Haustiere gehalten wurden, nicht mit über einem Meter achtzig großen Männern. Da schlaffe Körper schwer zu bewegen waren – *geistige Notiz an mich selbst: Wenn ich das nächste Mal einen Kerl entführe, dann einen, der leichter ist* –, waren eine zusammenklappbare Sackkarre und Spanngurte eine clevere Geschäftsausgabe. Und wer hätte es gedacht? Es war nicht nur perfekt, um die tierischen Patienten zu sichern und herumzufahren. Es funktionierte auch gut bei bewusstlosen Männern.

Ich kann immer noch nicht glauben, dass ich ihn betäubt habe.

Andererseits war der Plan während der Fahrt nach Bitten Point in aller Eile entwickelt worden. Es war gut, dass sie die Sache ruchlos geplant hatte, da es ihr der zweite Drink, den sie mit ihrer Zielperson teilte, erschwerte, sich daran zu erinnern, warum sie sich in der Nähe des Adonis vorsehen sollte. Seine Stimme bezauberte von seinem ersten gemurmelten: »Hi, mein Name ist Daryl.« Angesichts seines praktisch unwiderstehlichen Charmes war sie sehr froh, dass sie mit Spritzen vorbereitet gekommen war, die an der Innenseite jedes Armes befestigt waren und von ihren langen Ärmeln verdeckt wurden. Dennoch fragte sie sich, ob sie den Nerv hätte, ihn mit einer Nadel zu piksen und zu betäuben.

Und wie kam ein nettes Mädchen an die Art von Betäubungsmitteln, die nötig waren, um einen recht großen Mann außer Gefecht zu setzen?

Cynthia konnte nicht für alle Tierärzte sprechen, aber sie trug jederzeit vorbereitete Spritzen mit sich herum.

Man weiß nie, wann man vielleicht einen tollwütigen Waschbären oder einen verführerischen Adonis betäuben muss.

Sie musste wirklich aufhören, so von ihm zu denken. Äußerliche Attraktivität bedeutete nicht, dass er innerlich heiß war.

Aber er wirkte nett, als wir uns unterhalten haben ... und noch netter, als wir getanzt haben. Seine Hüften rieben an ihr, er hatte die Hände um ihre Taille gelegt und seine

Essenz wirbelte in einer berauschenden Mischung um sie herum.

Hör auf, so zu denken. Daryl war kein netter Mann.

Während sie seine Hände fesselte, zögerte sie, einen Klebebandstreifen auf seinen Lippen zu platzieren. Sie hatte keinerlei Verlangen, ihn zum Schweigen zu bringen. Jedenfalls nicht mit Klebeband.

Küssen ist wesentlich effektiver.

Und gefährlich. So gefährlich, denn mit einem Kuss von diesen Lippen hatte sie beinahe vergessen, warum sie ihn nach draußen zu ihrem Wagen gelockt hatte.

Schnell, denk nicht daran, was als Nächstes passiert ist.

Halte dich an den Plan, ermahnte sie sich, während sie das klebrige Zeug um seine Hände wickelte. Für die, die sich über das Klebeband wunderten, sollte angemerkt werden, dass sie ihr Zuhause nie ohne welches verließ. Klebeband würde eines Tages die Welt retten. Es hatte zumindest als Kind ihre Wangen gerettet, als sie es benutzte, um eine schnell gekritzelte Zeichnung an ihrer Wand zu befestigen, über einer anderen Zeichnung *auf* der Wand.

Als Frau, die davon überzeugt war, vorbereitet zu sein, besaß Cynthia eine perfekte Ansammlung von Dingen in ihrem Kofferraum, Dinge, die sie anflehten, ihren Plan der Entführung durchzuziehen.

Sie zerrte am Griff der Sackkarre und rollte Daryl zur Tür des Motelzimmers. Es war das Letzte des Blocks, und da sie davor parken konnte, gab es ihr eine vernünftige Chance, nicht gesehen zu werden. Das war nichts, das sie tatsächlich geplant hatte, aber ein Zufall, der ihr jetzt gelegen kam.

Sie kämpfte mit dem Schlüssel, bevor sie ihn hineinschob und die Tür aufschloss, dann verlor sie keine Zeit,

Daryl schnell in das Zimmer zu befördern und die Tür zu schließen.

Sie schoss zu dem breiten Fenster, das dem Parkplatz zugewandt war, und zog die staubigen Vorhänge zu. Völlige Dunkelheit machte sich breit, bis auf die roten Ziffern einer Uhr.

Verdammt.

Ich bin schlecht in dieser ganzen heimlichen Sache. Sie öffnete die Vorhänge für ein wenig Licht von draußen, bevor sie eine Lampe entdeckte und den Schalter umlegte. Eine schwache Beleuchtung erhellte das schäbige Zimmer. Sie kehrte zum Fenster zurück und riss die Vorhänge erneut zu.

»Gunh.«

Bei dem Geräusch landete Cynthias Blick auf Daryl. Sie hatte ihn aufrecht auf die Sackkarre geschnallt, und auch wenn sein Kopf nach vorne hing, bemerkte sie, dass einer seiner Finger zuckte.

Er wird wieder wach?

Sie konnte nicht umhin zu fluchen. *Dämlicher, riesiger, sehr gesunder, superheilender, gut bestückter ... Oh, denk nicht daran, wie er bestückt ist.* Es war schwer zu vergessen, da sie gespürt hatte, wie er an sie gepresst war, als sie miteinander tanzten.

Ich kann nicht glauben, dass er bereits wach wird. Sie suchte in ihrer Handtasche nach einer weiteren Spritze des Betäubungsmittels. Ihr ging langsam der Vorrat aus.

Wie viele wird er brauchen?

Sie hatte ihm bereits wesentlich mehr gegeben als erwartet. *Gut, dass ich mehr als nur ein paar hatte.*

Die Fehleinschätzung war nicht gänzlich ihre Schuld. Gestaltwandler verstoffwechselten Medikamente so viel schneller als normale Tiere. »Du bist ein starkes Kätzchen«, murmelte sie, die Lippen um den Plastikdeckel der Nadel geklemmt. Mit einem Ruck ihres Kopfes zog sie ihn herunter, pikste ihn in die Schulter und drückte den Kolben herunter.

Sein Körper zuckte und entspannte sich wieder, aber für wie lange?

Bring ihn in Position, bevor er wach wird.

Es stellte sich als interessant heraus, sein schlaffes Gewicht auf einen Stuhl zu hieven. Es war mehr Grunzen, Fluchen und Schweiß nötig, als ihr lieb war. Es mochte vielleicht Wolfsblut durch ihre Adern fließen, aber das machte sie nicht so stark wie zum Beispiel einen Bären, und Daryl war ein großes Miezekätzchen. Sie war sich nur nicht sicher, von welcher Art. Als Kind hatte sie nicht viele Gestaltwandler kennengelernt, da sie und ihre Eltern irgendwie Außenseiter waren und so weiter – diese verfluchten engstirnigen Clans und Rudel. Aber keine entwickelte Liste von Gestaltwandlergerüchen zu haben bedeutete nicht, dass sie den eindeutigen Katzenduft verwechseln konnte.

Es ist egal, wie er riecht. Es ist sein Gewicht, um das ich mir Sorgen machen sollte.

Sein schwerer Körper konnte ihre Entschlossenheit nicht dämpfen. Sie schaffte es, ihn auf den verdammten Stuhl zu befördern – *Sieg!* –, und befestigte einen Spanngurt an seiner Taille, bevor sie einen weiteren um seine Knöchel wickelte. Aber was war mit seinen Händen und dem Rest von ihm?

Diese dehnbaren Gurte würden ihn auf keinen Fall halten.

Das Klebeband kam zur Rettung. Sie rechnete allerdings nicht damit, fast die ganze Rolle zu verbrauchen.

Verdammt, aber er ist groß. Seine Brust war breit, seine Arme umfangreich, sein ...

Konzentrier dich. Sie achtete darauf, dass er richtig gesichert und bereit zum Verhör war, wenn er aufwachte, was in den nächsten zehn bis fünfzehn Minuten passieren würde, wenn man bedachte, wie schnell sein Körper die Medikamente abbaute.

Gestaltwandler hatten ein wesentlich stärker entwickeltes System, um fremde Wirkstoffe wie Medikamente oder Krankheiten zu verarbeiten, die in ihren Blutkreislauf eintraten. Ihre Fähigkeit zur Genesung war bemerkenswert. Die Art, wie sie ohne eine Narbe von den schwerwiegendsten Wunden heilen konnten, war erstaunlich. Silber und Feuer waren die einzig sicheren Möglichkeiten, sie wirklich zu verletzen. Aber nur Menschen oder mehr als verdorbene Gestaltwandler griffen für gewöhnlich auf solch qualvolle Methoden zurück.

Apropos Qual ... er war ihr definitiv ausgeliefert.

Ich könnte alles tun, was ich will. Ihr Körper hätte sich gern etwas mehr an ihm gerieben und ihre Lippen sehnten sich nach einer weiteren Kostprobe.

Die Situation mochte vielleicht nicht die Norm für Cynthia sein, aber das bedeutete nicht, dass ihre lüsterne Seite nicht den attraktiven Kerl bemerkte – und es gab viel zu bemerken.

Sie hatte es bereits mit seiner großen Größe zu tun gehabt. Sie wusste außerdem, dass seine Masse aus Muskeln, nicht aus Fett bestand. Schlanke, schön straffe Muskeln, die sie einfach spüren musste, während sie seine bewusstlose Gestalt herumschleppte – *und als wir getanzt haben. Erinnerst du dich daran, wie schön es sich angefühlt hat, in seine Arme gekuschelt zu sein?*

Ja, das tat sie, aber sie erinnerte sich auch daran, wer er

war. Ein möglicherweise sehr böses Kätzchen. Ein böses Kätzchen, das ihr ein paar Antworten geben musste.

Und das war die einzige Art, die dir eingefallen ist, um sie zu bekommen?

Die meisten Leute hätten einfach gefragt. Das hatte Cynthia auch vorgehabt, aber als sie ihn an der Theke sitzen sah, hatte ihr Herz einen Schlag ausgesetzt. Und als er sie anlächelte ... verdammt, wenn ihr Slip nicht feucht wurde.

Sie konnte den Drink nicht ablehnen. Sie beantwortete all seine auf einen Flirt ausgelegten Fragen. Stellte ebensolche Fragen zurück. Und doch konnte Cynthia nicht die Worte herausbringen, auf die sie wirklich eine Antwort brauchte. Sie konnte sich nicht dazu durchringen, diesen Vorwurf auszusprechen.

Es kam eine Gelegenheit nach der anderen, ihn in die Mangel zu nehmen – während ihres Drinks, dann während dieses intimen Tanzes, ein langsames Reiben, das all ihre Sinne schärfte. Jeder Zentimeter von ihr hatte gekribbelt.

Unter seinem erotischen Bann gab sie kampflos nach. Bevor sie sichs versah, waren sie in ihrem Wagen und knutschten. Er küsste sie, küsste sie mit einer begierigen Leidenschaft, die sie erwiderte.

»Warum gehen wir nicht irgendwo hin?«, flüsterte er ihr ins Ohr, während er an ihrem Ohrläppchen knabberte.

Und es waren diese Worte, diese harmlosen – oder auch nicht – Worte, die sie zurück in die Realität brachten.

Hat er dieselben Worte zu Aria gesagt?

Cynthia nahm eine Spritze in jede Hand und führte es perfekt aus. In einem doppelten Angriff pikste sie ihn mit den Nadeln und gab das Betäubungsmittel frei. Er zuckte zurück, die Augen vor Ungläubigkeit weit aufgerissen. Dann Zorn. »Warum du ...«

Der chemische Cocktail, den sie benutzte, war gut. Er brachte seinen Satz nie zu Ende und sie setzte ihren schnell ausgeheckten Plan in die Tat um.

Jetzt waren sie hier. Eine erstmalige Entführerin und ihr Opfer.

Wenn er aufwacht, wird er nicht glücklich sein. Nein, deshalb brauchte sie die Waffe.

Verdammt, die Waffe. Sie hatte sie draußen im Wagen gelassen.

Es war besser, wenn sie sie holte. Sie würde ihre beängstigende Anwesenheit vielleicht brauchen, um den Mann zum Reden zu bringen.

Seht mich an, was für ein Gangster ich bin. Ihre Mutter würde einen Anfall bekommen.

KAPITEL ZWEI

Daryls T-Shirt des Tages: »Wenn ich gut bin, bin ich wirklich gut. Wenn ich schlecht bin, bin ich besser.«

Was Omen anging, verhieß es nichts Gutes, sich an einen Stuhl gefesselt wiederzufinden. Nicht dass Daryl etwas gegen Fesselspiele hatte. Es sollte angemerkt werden, dass er definitiv dazu bereit wäre, wenn er nackt und in weiblicher Gesellschaft wäre.

Leider wurde er nicht von einer heißen Frau im Latexanzug auf eine erotische Erfahrung vorbereitet. *Wenn ich also nicht für Sex gefesselt bin, warum bin ich dann ein Gefangener?*

Irgendwo hinter ihm war Licht, vermutlich eine Lampe, da es nicht von über ihm kam. Sie bot gerade genügend Beleuchtung, um seine seltsame Situation zu sehen. Er saß auf einem Stuhl mit Metallrahmen, dessen Sitzfläche und Lehne aus Plastik waren und seine große Gestalt festhielten. Es war die Art von Stuhl, die oft in Cafeterien zu sehen und angesichts des Wackelns, als er seine Hüften bewegte, nicht allzu stabil war.

Das ist Methode Nummer eins, um zu fliehen.

Nummer zwei bestand darin, das Klebeband zu zerreißen, das ihn an den Stuhl fesselte. Eine einfache Drehung seines großen Oberkörpers sollte reichen.

Weiter zur dritten Sache, was war mit seinen Händen? Diese waren überraschenderweise vor ihm gefesselt.

Von wem, verdammten Amateuren? Wissen die nicht, wie gefährlich ich bin?

Wer zur Hölle sicherte ein tödliches Raubtier mit den Händen im Schoß? Es war keine Arroganz, sich selbst als gefährlich zu sehen, sondern eine Tatsache.

Daryl testete das Klebeband, das seine Handgelenke zusammenband und nur wenige Streifen dick war. Zu einfach, und doch zerriss er es nicht sofort. Niemals zu hastig agieren, nicht wenn er das Überraschungsmoment und weitere Informationen wollte. Aber er vergaß beinahe seine eigene Regel, als er bemerkte, dass sich auf dem Klebeband ein Muster aus ... Enten befand?

Was zum Teufel?

Er spähte nach unten und tatsächlich schwammen weitere fröhliche gelbe Gummienten über das Klebeband, das sich auf seiner Brust befand.

Mmm ... Ente. Seine Katze mochte sie gut durchgebraten.

Abgesehen davon, dass er ein wenig hungrig war, fragte Daryl sich, ob das ein Witz war. Immerhin war das die am wenigsten einschüchternde Entführung, von der er je gehört hatte. Wenn er diese Geschichte seinen Kumpeln erzählte, würde er darauf achten müssen, die Enten durch Haie zu ersetzen, da diese wenigstens große Zähne hatten.

Oder vielleicht würde er ihnen sagen, er hätte sich aus Ketten befreit.

Ja, große Silberketten. Das würde seine Freunde beeindrucken.

Die schwache Lampe erhellte den Raum nur dürftig. Das war vermutlich eine gute Sache, denn er war sich ziemlich sicher, dass der pinkfarbene Teppich, der an einigen Stellen ausgetreten war, ein Relikt aus den Neunzigern darstellte, während der Fernseher mit seinem schwerfälligen Plastikgehäuse die Kommode eigentlich zum Einsturz hätte bringen sollen.

Ein elegantes Motel, vermutlich irgendwo am Rand der Schnellstraße, das von Lkw-Fahrern und Leuten, die auf ihrer Reise nach einem Ort zum Waschen und Ausruhen suchten, als kurzer Boxenstopp genutzt wurde.

Aber wie bin ich hergekommen?

Das war die Frage, denn das Letzte, woran er sich erinnerte, war die Unterhaltung mit dieser reizenden Frau mit kakaofarbener Haut – und er meinte *Frau*, mit Kurven, die seine Handflächen ausfüllten, sinnlichen Lippen, die ungefähr auf Hüfthöhe perfekt aussähen, und dunklem, lockigem Haar, das ihr über die Schultern fiel.

Haar, an dem ich ziehen wollte, weshalb ich sie gefragt habe, ob sie an einen ruhigeren Ort gehen will.

Zu seiner Überraschung hatte sie bereitwillig zugestimmt und sie waren nach draußen gegangen. Woraufhin sie ihn mit einer Nadel gepikst hatte!

Es war also kein Wunder, dass er, als sie nicht einmal zwei Sekunden nach seiner Erinnerung hereinkam, herausplatzte: »Du bist das Miststück, das mich betäubt hat.« Und trotz dem, was sie getan hatte, fand er sie immer noch verdammt heiß, auch wenn sie eine Waffe auf sein Gesicht richtete.

»Es ist nicht nötig, mich zu beleidigen.«

»Sagt die Frau, die mich betäubt und entführt hat.«

»Das ist deine Schuld. Du hast mir keine Wahl gelassen.«

»Keine Wahl, als mich zu belästigen?« Wie konnte sie es wagen, ihn mit ihren Lippen und ihrer sinnlichen Art anzugreifen?

»Was sonst hätte ich tun können? Du hättest nicht versuchen sollen, mich betrunken zu machen und dazu zu zwingen, mit dir zu knutschen.«

Zwingen? Die nachgiebigen Lippen unter seinen und die Hitze in ihrer Hose waren alles andere als das. »Du hättest Nein sagen können.«

»Das ist das Problem. Ich konnte nicht, was allein deine Schuld und der Grund ist, warum ich dich entführen musste.«

Die Logik ging über seinen Horizont hinaus. Er blinzelte. Es ergab immer noch keinen Sinn, besonders die Tatsache, dass sie wütend auf ihn zu sein schien, weil er ... zu attraktiv war? »Ich glaube, das ist das erste Mal in meinem Leben, dass ich versucht bin, eine Frau zu würgen.« Und dann zu küssen.

Sie fuchtelte mit der Waffe in der Luft herum. »Mach nur und versuch es, Schätzchen. Aber ich warne dich. Ich kann spüren, wie mein Finger zu zucken beginnt.« Sie neigte den Kopf zur Seite und lächelte, während sie ihm drohte. Es klang selbstsicher, und doch fiel ihm auf, wie sie sich über die Unterlippe leckte und ihre Atmung ein wenig beschleunigt war.

»Ich habe etwas, das dieses Zucken und allerhand andere Dinge beheben kann.« Und ja, er sorgte mit einem Zwinkern dafür, dass sie die Bedeutung verstand.

Er hatte jedoch nicht erwartet, dass sie lachte und sagte:

»Das hättest du wohl gern, dass du Manns genug wärst, mit mir umzugehen.«

Eine Herausforderung? Wie er Herausforderungen liebte, genau wie er diesen Schlagabtausch genoss. Wenn er sie in der Kneipe beim Flirten reizvoll gefunden hatte, dann war sie jetzt geradezu unwiderstehlich. »Das hättest du vermutlich nicht sagen sollen.«

Es war an der Zeit, den Einsatz zu erhöhen und ihr zu zeigen, wer wirklich die Kontrolle hatte. Er lächelte, als er das Klebeband zerriss, mit dem seine Hände gefesselt waren. Seine Lippen zuckten, als er aufstand, wobei der Stuhl noch immer an ihm hing, und sich anspannte, woraufhin das Möbelstück zu Boden stürzte.

Sie trat langsam zurück, ohne die Waffe herunterzunehmen. In ihren Augen wurde schließlich ein Funke Angst sichtbar, aber nicht genug, um ihm Sorgen zu machen, nicht wenn er spüren konnte, wie sich auch ihre Haut erhitzte.

Welches Spiel spielte sie? War das ein Streich? Etwas, das seine Kumpel ausgeheckt hatten? Warteten sie in der Nähe, dazu bereit, ihn dafür zu verspotten, von einer Frau außer Gefecht gesetzt worden zu sein?

Es war ihm egal.

Will spielen. Und es war nicht nur seine innere Katze, die das dachte.

»Ich gebe dir einen Vorsprung von fünf Sekunden«, bot er an.

Denn seine Katze liebte die Jagd.

Knurr.

Aber anstatt die Flucht zu ergreifen, betätigte sie aus kürzester Entfernung den Abzug.

KAPITEL DREI

Cynthia: Also, ich habe einem Kerl ins Gesicht geschossen.

Mom: Wird er sich rechtzeitig zum Abendessen am Sonntag erholen?

Vermutlich. Sie hingegen vielleicht nicht.

Der Ausdruck auf Daryls Gesicht, als ihn die Farbkugel an der Stirn traf und dann platzte? Ungläubig und lustig, weshalb sie lachte.

Was sein nicht so menschliches Brüllen anging? Ja, das brachte ihm einen zweiten Schuss ein, diesmal in den Bauch.

»Würdest du damit aufhören?«, brummte er.

Die gelbe Farbe, die seine Wangen hinunterlief, ließ seine gereizte Miene mehr albern als beängstigend wirken.

Da sie scheinbar falsch kalkuliert hatte – etwas, das nicht oft geschah, da sie gut mit Zahlen umgehen konnte –, dachte sie sich: *Was soll's?* Sie schoss erneut auf ihn.

Ein Ausdruck des Ekels ging über sein Gesicht. »Oh, jetzt bist du dran.«

Klick. Klick. Das dämliche Ding klemmte und ihr gingen die Ideen aus.

Cynthia warf die Waffe auf ihn und quiekte, als sie zur Seite sprang. Sie war sich nicht ganz sicher, wohin sie ging, aber Daryl fing sie mühelos ein und hielt sie fest in seinen Armen. Diese waren um einiges effektiver als ihr Klebeband.

Die Situation war vermutlich nicht gut, also könnte ihr Körper bitte aufhören, vor Aufregung zu kribbeln, weil er sie an seine Brust drückte?

Aber wir mögen seine Brust. Ihrer inneren Wölfin gefiel es so sehr, dass sie dachte, sie sollte Daryl ablecken und für andere als tabu markieren.

Äh, nein. Wohl eher, weil sie ein wenig besorgt war, dass Lecken zu anderen Dingen führen könnte – zu spaßigen Dingen, die sie vermutlich beide genießen würden, wenn er sie nicht zuerst umbrachte.

»Wer bist du und was tust du?« Er schüttelte sie ein wenig.

Versuchte er ernsthaft, ihr das ganze *Gib-mir-Antworten*-Szenario zu stehlen? »Oh, auf keinen Fall, Schätzchen. Das ist meine Entführung, was bedeutet, dass ich das Sagen habe und die Fragen stelle.«

Er drehte sie in seinen Armen und musterte sie.

Sie starrte zurück.

Er klimperte ihr mit sündhaft langen, dunklen Wimpern entgegen, was nur der Farbe, die Klumpen in seinen Wimpern bildete, die Gelegenheit gab aneinanderzukleben. Er kniff die Augen zusammen und sie biss sich auf die Lippe, während sie versuchte und scheiterte, ihre Belustigung zu verbergen. Sie brach in Gelächter aus.

»Das ist nicht witzig.« Er presste es zwischen zusammengebissenen Zähnen hervor.

»Doch, das ist es. Ich meine, du solltest dich mal sehen.«

Er blickte finster drein. »Du hast mir das angetan, und ich weiß immer noch nicht warum. Warum Zeit mit dieser erbärmlichen Version einer Entführung verschwenden? Ist das irgendein Scherz?«

»Kein Scherz.« Nicht einmal annähernd. »Ich habe es dir gesagt. Ich brauche Antworten von dir.«

»Anstatt mich zu fragen«, er deutete mit einer Hand durch das Zimmer, »hast du dir also diesen brillanten Plan einfallen lassen.« Er machte sich nicht die Mühe, seinen Spott zu verbergen.

»Ich musste improvisieren.« Das musste sie, weil sie nicht dieses Level von Anziehung und Verwirrung erwartet hatte, als sie ihn traf. Sie hatte nicht die Gewissheit erwartet, die von ihrem Bauchgefühl kam, einem Bauchgefühl, dem sie vertraute und das behauptete, er sei unschuldig. Aber wie konnte sie glauben, dass er unschuldig war, wenn sie ihm nicht eine einzige Frage gestellt hatte?

Und habe ich es versäumt zu fragen, weil ich die Antwort nicht hören wollte?

Oder hatte sie nicht gefragt, weil sie wusste, dass er nicht die ruchlose Person war, die sie befürchtet hatte? Und nein, sie hatte keine Angst. Deshalb hatte sie ihren verrückten Plan durchgezogen, einen Plan, der zum Scheitern verurteilt war, weil Daryl recht hatte. Sie war beschissen in der ganzen Masche mit Entführung und Einschüchterung. *Wie konnte ich jemals denken, das würde funktionieren?*

Das Problem dabei, überwiegend unter Menschen und nicht unter Gestaltwandlern zu leben? Man unterschätzte, was sie tun konnten.

»Süße, du hast es wirklich vergeigt.«

Das hatte sie. Noch immer in seinem Griff, spannte sie sich an. *Habe ich ihn falsch gedeutet? Ist das der Punkt, an dem er sich in einen tobenden Wahnsinnigen verwandelt und mich umbringt?* Sie würde nicht kampflos sterben. Wenn sie nur wüsste, wie sie sich schützen konnte. Ihre Mutter sagte, dass Damen ihre Kämpfe mit Worten austrugen, und wenn das nicht funktionierte, schritt Daddy ein.

Leider schienen Worte sie nur in noch mehr Schwierigkeiten zu bringen und Daddy war nicht hier, um sie zu retten. *Oh, oh.* Ihr Atem stockte, als das Ausmaß ihres Fehlers deutlich wurde.

Er zog die Augenbrauen zusammen. »Hast du ernsthaft Angst vor mir?« Er schob sie von sich und verschränkte die Arme. Es half nicht, seinen Einschüchterungsfaktor zu reduzieren.

Aber Daddy war besser darin, und ihre Mutter hatte ihr beigebracht, dass es nicht Größe oder Kraft waren, die zählten, sondern Haltung. Auch wenn Cynthia noch immer ein wenig verängstigt war, war seine Haltung gewissermaßen beruhigend und ein Teil ihrer Selbstsicherheit kehrte zurück.

Sie prustete: »Angst, vor dir? Ha. Das hättest du wohl gern. Ich bin eher vorsichtig. Man weiß nie, was ihr verrückten Katzentypen tun könntet.«

»Tun?« Daryl zog in sichtbarer Ungläubigkeit eine Augenbraue hoch. »Ist das nicht dieses Ganze mit Esel und Langohr? Ich meine, lass uns einmal Bilanz ziehen. Du hast mindestens drei schwere Verbrechen begangen, vielleicht mehr, um mit mir zu reden, also muss ich mich fragen, was genau du mir vorwirfst, wozu ich fähig sein soll.«

»Du weißt es.«

»Nein, das tue ich nicht, also sagst du es mir besser.«

»Oder was?«, forderte sie ihn heraus, was vermutlich nicht das Klügste war, was sie hätte tun können, aber ihr innerer Wolf beharrte noch immer darauf, dass sie nichts zu befürchten hatten.

Braves Kätzchen.

Was vollkommen dem widersprach, was sie dachte. *Er ist ein böses Kätzchen. Sexy Kätzchen.* Ein Kätzchen, das versuchte, sie in seinen Bann zu ziehen.

Ein sinnliches Lächeln umspielte seine Lippen. »Wenn du nicht anfängst, mir zu erzählen, was das hier soll, werde ich dich übers Knie legen und deinen süßen Hintern mit meiner Handfläche wärmen. Nackt.«

Sie sog den Atem ein. »Das würdest du nicht tun.«

»Wetten?« Und dann, als wollte er sie weiter benebeln, zog er sein Hemd aus und offenbarte einen Oberkörper voller Muskeln, aber auch mit einigen Narben. Runden Narben.

Hatte jemand auf ihn geschossen?

Es hätte ihn beängstigend wirken lassen sollen – ihre Mutter warnte sie vor bösen Jungs, die mit Leuten zu tun hatten, die Waffen besaßen –, aber während er sich mit dem Hemd über das Gesicht wischte, um die Farbe loszuwerden, konnte sie nicht umhin, ihn fasziniert anzustarren.

Der Mann stellte sich als größere Versuchung als teure Godiva Schokolade heraus. Es löste in einem Mädchen den Wunsch aus, die Lippen fest aufeinanderzupressen und ihm nicht zu geben, was er wollte, damit sie bekommen konnte, wonach ihr Körper sich sehnte. Dass er sie berührte.

Gütiger Himmel. Wie gut würde sich das anfühlen? Aber das war so was von nicht der richtige Ort und Zeitpunkt. Sie wünschte nur, sie müsste sich nicht immer wieder daran erinnern.

Denk an Aria. Aria war der Grund, warum Cynthia das tat. Gedanken an Aria erdeten sie.

»Ich suche nach meiner Freundin.«

Er zog eine Augenbraue hoch. »Und? Das sagt mir nicht viel. Welche Freundin? Warum? Was lässt dich denken, dass ich sie kenne?«

»Du kennst sie.«

»Wenn du dir so sicher bist, warum fragst du mich nicht einfach? Warum ziehst du das hier durch?« Er deutete mit einer Hand auf den Stuhl und die daran hängenden Klebebandfetzen. »Komm schon, Süße. Du wirst mir mehr geben müssen als das.«

Warum klangen diese Worte so schmutzig, wenn er sie aussprach?

»Ich suche nach Aria.«

Ausdrucksloser Blick.

»Du kennst sie. Zierlich«, Cynthia hielt eine Hand auf Höhe ihres Kinns, »dünnes Mädchen. Kurzes, braunes Haar. Nettes Lächeln.«

Je mehr sie sprach, desto mehr schüttelte Daryl den Kopf, bis er sie unterbrach: »Süße, du wirst dich mehr anstrengen müssen. Ich kenne keine Aria. Und du hast eine beliebige Zahl von Mädchen beschrieben, die ich kenne. Warum suchst du überhaupt nach ihr? Warum kannst du sie nicht einfach anrufen? Du planst nicht, sie auch zu entführen, oder? Bin ich dein Testlauf?«

Die Fragen, die er ihr in schneller Reihenfolge entgegenschleuderte, brachten sie beinahe zum Schielen. Das lief nicht so, wie es sollte.

Hoppla, ich glaube, das habe ich laut gesagt.

»Und was hast du erwartet, wie es läuft?« Daryl ließ sich auf ihr Bett fallen und verschränkte die Hände hinter dem Kopf. Sie starrte ihn an.

Der Teufel lächelte.

Sie wünschte, sie hätte ihre Waffe, damit sie ihm in den Schritt schießen könnte.

»Ich habe erwartet, dass du ordentlich verängstigt aufwachst. Weil du mein Gefangener warst und ich eine Waffe hatte«, erklärte sie, noch immer leicht angesäuert, dass er ihre Entführung und Einschüchterung nicht ernst genommen hatte.

»Du hattest eine Waffe mit roter Spitze.«

»Und? Was ist damit? Das macht es dir leichter zu sehen, dass der Lauf auf dich gerichtet ist. Du hättest Angst haben sollen.«

Er lachte. »Ich schätze, dir hat nie jemand gesagt, dass eine rote Spitze bedeutet, dass es keine echte Waffe ist.«

Damit nahm er ihr völlig den Wind aus den Segeln. Ihr Kiefer knackte, als sie die Lippen zusammenpresste. Nein, von der Sache mit der roten Spitze hatte sie nichts gewusst. Cynthia wusste im Allgemeinen recht wenig über Waffen, abgesehen davon, dass es zu funktionieren schien, den Abzug zu betätigen.

Was die Frage aufwarf, wie sie an die Waffe in ihrem Kofferraum gekommen war. Einfach, sie hatte das Spielzeug von einigen Jungs konfisziert, die es für lustig hielten, im Park auf Eichhörnchen zu schießen. Sie hatte ihnen mit einer Tirade die Leviten gelesen, die ihrer Mutter Tränen des Stolzes entlockt hätte. »Du wusstest also die ganze Zeit, dass du nicht in Gefahr warst?«

»Vor jemandem, der Klebeband mit Gummienten darauf verwendet, hat man keine Angst.«

Sie konnte nicht umhin, genervt zu grummeln. »Ich wusste, ich hätte das mit den Totenköpfen nehmen sollen.« Aber diese Rolle hob sie sich für Halloween auf.

»Ich verstehe das ganze Drama noch immer nicht.

Wäre es nicht einfacher gewesen, mich in der Kneipe zu fragen, ob ich deine Freundin gesehen habe?«

Sie wand sich. »Vermutlich. Aber ich leide irgendwie unter einem Syndrom. Ich habe es von meiner Mutter.«

»Und was für ein Syndrom ist das?«

»Handeln, ohne nachzudenken. Für gewöhnlich dann, wenn ich in Panik verfalle.«

»Entführst du immer Leute und drohst ihnen mit dem Tod durch Regenbogenfarbe, wenn du gestresst bist?«

»Du bist mein Erster.«

»Und Letzter.«

Lag es an ihr oder klangen diese Worte ein wenig geknurrt? »Also, hast du sie gesehen?«

»Das kann ich nicht beantworten, wenn ich nicht weiß, wer diese Aria ist. Hast du kein Foto? Irgendetwas?«

Tatsächlich hatte sie das. Das letzte Foto, das Aria von ihrem Handy mit ihrem Profil in den sozialen Medien synchronisiert hatte. Cynthia machte es in der Galerie ihres Handys ausfindig und lud es.

Als sie es Daryl zeigte, sah sie, wie seine Miene von Neugier zu Überraschung wechselte. »Das ist deine Freundin?«

»Ja, das ist Aria. Sie wird vermisst, und laut diesem Bild warst du die letzte Person, die sie lebend gesehen hat.«

KAPITEL VIER

Daryls Filzstift-Tattoo auf seinem Arm in der zehnten Klasse: Mom, umgeben von einem Herz

---

Während Daryl das Foto begutachtete, konnte er nicht abstreiten, dass das er auf dem Bild war und strahlend neben einem süßen Mädchen lächelte, an das er sich vage erinnerte. Wann hatte er sie gesehen – vor zwei, vielleicht drei Abenden? Sie war an der Theke ein wenig beschwipst gewesen, aber er konnte ihrer Bitte nicht widerstehen, »ein Foto zu machen, damit ich meine Freundin total eifersüchtig machen kann, weil du so was von ihr Typ bist«.

War diese Süße mit der mokkafarbenen Haut besagte Freundin? Und wenn ja, war er ihr Typ?

Warum nicht fragen? »Ich nehme nicht an, dass du mich missbraucht hast, während ich gefesselt war?«

Diese völlig unerwartete Frage ließ ihr den Mund offen stehen und sie blinzelte. »Ist das dein Ernst?«

»Absolut. Willst du mich erneut berühren und sehen, ob ich real bin?«

»Nein.« Lüge. Er hörte, wie sie den Atem einsog, bevor sie antwortete: »Ich beginne, mir zu wünschen, ich hätte dich länger schlafen lassen.«

»Damit du mich berühren könntest.« Er zwinkerte und fragte sich, ob es sie verrückt machen würde.

Das tat es.

»Nein«, fauchte sie. »Es wird keine Berührungen geben.«

»Aber die gab es bereits. Und Küsse.«

»Was nicht wieder passieren wird«, sagte sie mit stur gerecktem Kinn. War es falsch, dass er inmitten all dieses seltsamen Dramas dennoch diese Lippen kosten wollte?

Wo war der Zorn darüber, dass sie ihn betäubt und entführt hatte? Wo war die Empörung, dass sie dachte, er hätte ihrer Freundin etwas angetan?

Scheiß drauf. Sie ist süß. »Hat dir jemals jemand gesagt, dass du heiß bist, wenn du wütend bist?«

Noch heißer, wenn sie wütend mit erregt kombinierte. »Ich hätte dich wirklich auf dem Parkplatz zurücklassen sollen, anstatt deinen fetten Hintern hier reinzuschleppen.«

Daryl runzelte die Stirn. »Mein Arsch ist nicht fett.«

»Wenn du das sagst.«

»Ich weiß es. Und nur damit du es weißt, selbst wenn du mich am Straßenrand ausgesetzt hättest, ich wäre trotzdem gekommen und hätte dich gefunden.«

»Du hättest mich nicht gefunden.«

»Es wäre egal gewesen, wohin du gegangen wärst. Ich hätte dich trotzdem aufgespürt.« Lustig, wie ernst er das sagte.

»Warum?«

Weil sie mir gehört.

Er ignorierte den entschlossenen Gedanken. »Musst du wirklich nach dem Grund fragen? Natürlich um zu beenden, was wir angefangen haben.« Denn er hatte noch immer nicht den süßen Geschmack ihrer Lippen vergessen.

Er machte einen Schritt nach vorn und sie machte einen zurück, noch einen, bis sie das Bett zwischen sie gebracht hatte.

Sie fuchtelte mit einem Finger vor ihm herum, einem Finger, über den er herfallen und an dem er knabbern wollte. »Schon wieder lenkst du mich ab, und du fragst dich, warum ich dich betäubt habe. Ich beginne zu denken, dass du mir keine Antworten in Bezug auf Aria geben willst. Dieses Bild besagt, dass du sie kennst, und ich verlange zu wissen, wo sie jetzt ist.« Sie stieß mit ihrem Finger auf den Bildschirm des Handys.

»Verlange, so viel du willst. Ich kannte das Mädchen nicht wirklich. Wie gesagt, sie wollte ein Foto mit mir, aber das war alles. Sobald sie es hatte, hat sie mit einer Gruppe Leute weitergefeiert.«

»In ihrem letzten Tweet stand, sie würde ins Bett gehen.«

»Und du dachtest, sie meinte mit mir ins Bett?«

»Na ja, du warst das letzte Bild, das sie hochgeladen hat.«

»In dieser Nacht habe ich allein geschlafen.«

»Sagst du«, erwiderte sie in dem Versuch, sich an ihren Verdacht zu klammern.

Er lachte. »Sagt mein Kumpel, der mit mir gegangen ist.«

»Also weißt du nicht, wo sie ist?« Ihre Schultern sackten zusammen, woraufhin er vom Bett aufspringen, sie in die Arme nehmen und ihr sagen wollte, dass sie sich keine Sorgen machen sollte.

Moment mal. Was zur Hölle ist gerade passiert?

Er dachte nicht nur darüber nach, Hilfe zu versprechen; er tat es. Im Handumdrehen umarmte er die verrückte Wölfin und murmelte: »Mach dir keine Sorgen, Süße. Ich werde dir helfen.«

»Mein Name ist Cynthia. Aber meine Freunde nennen mich Thea.«

»Thea ist ein Name für ein braves Mädchen, nicht für eine verführerische Entführerin«, sagte Daryl und lehnte sich weit genug zurück, um ihr die Tränen von den Wangen wischen zu können. »Ich finde, Cyn passt besser zu dir.« Denn er würde wetten, dass sie sündhaft köstlich war. »Und ich will, dass du sofort aufhörst, dir Sorgen zu machen. Wir werden deine Freundin finden, versprochen.« Er würde diese Aria finden, ein Lächeln auf Cyns Lippen zaubern und sich einen saftigen Dankeschön-Kuss verdienen.

Und sie beanspruchen, fügte sein Panther hinzu.

Äh nein, das tun wir nicht, war seine Antwort.

Wir werden sehen, spottete seine Katze.

Wir sind am Arsch. Ja, sie dachten es beide, aber aus unterschiedlichen Gründen. Miau.

KAPITEL FÜNF

Mom: Warum bist du nicht an dein Handy gegangen? Ich habe versucht anzurufen.

Cynthia: Ich weiß. Ich habe es ignoriert, weil ich die letzte Nacht mit einem Kerl verbracht habe. (Pause) Mom? Wirst du nichts sagen?

Mom: Entschuldige, Schätzchen, ich aktualisiere nur deinen Status in den sozialen Medien zu »in einer Beziehung«.

Seufz. Vielleicht sollte Cynthia konkretisieren, dass sie die Nacht mit Daryl verbracht, aber nicht tatsächlich den horizontalen Tango getanzt hatte.

Sie war sich noch nicht einmal sicher, ob die ganze Übernachtungssache überhaupt passiert war. Eigentlich war sie das.

Es ist seine Schuld. Daryl bestand darauf, bei ihr zu bleiben, weil: »Es gibt zwei Betten. Scheint mir eine Zeitverschwendung zu sein, nach Hause zu fahren, wenn ich einfach hier schlafen und dafür sorgen kann, dass wir morgen in aller Frühe mit der Suche nach deiner Freundin beginnen.«

»Was ist mit deinem Job?«

»Es ist Wochenende, Cyn. Du hast mich ganz für dich allein.«

Zitter. Musste er das so verrucht klingen lassen? »Meinetwegen. Was auch immer. Bleib einfach in deinem Bett. Keine Dummheiten.«

»Möchtest du mich wieder fesseln, um sicherzugehen, dass ich mich benehme?« Er zwinkerte bei dem Vorschlag, eine flirtende Handlung, die sündhafte Dinge mit ihrem Körper tat.

Sie befahl ihrer verräterischen Libido, sich zu benehmen. Dann befahl sie ihrer Wölfin, mit ihren Mätzchen aufzuhören, da ihr innerer Wolf nicht die Klappe halten wollte über die ganze Sache, Daryl abzulecken – oder anzupinkeln.

Ich werde nicht auf ihn urinieren. Aus keinem Grund. Was soll's, wenn ihre Tante Noelle darauf schwor? Es würde keine Markierung von Männern geben, jedenfalls nicht heute. Fesselspiele hingegen ... »Wenn ich dich das nächste Mal fessle, werde ich Ketten benutzen. Große, dicke Ketten.«

»Mir gefällt die Tatsache, dass du denkst, es gibt ein nächstes Mal.«

Ein grummelndes Knurren entwich ihr, eine Mischung aus Verzweiflung und zu großem Interesse. Wie konnte sie ihn gleichzeitig würgen und küssen wollen?

Vermutlich weil ihm nahe genug zu sein, um ihn zu würgen, bedeutet, ihn zu berühren und ihn an der richtigen Stelle für einen weiteren seiner köstlichen Küsse zu haben.

Keine Küsse mehr. Das würde ihm zu sehr gefallen. Sie

hoffte nur, dass das Heulen, das ihr Wolf ausstieß, nicht auch zu laut war.

Sie schaltete das Licht aus und kuschelte sich unter die Decke, wobei sie ihm den Rücken zugewandt hatte – ihr Versuch, ihn auszublenden.

Sie hörte das Rascheln von Stoff, dann nichts.

»Schläfst du immer in deinen Klamotten?«, fragte er, was ihr vor Schreck fast einen Schrei entlockte.

»Nein. Aber andererseits schlafe ich normalerweise auch nicht mit praktisch Fremden.«

»Fremde? Nach allem, was wir seit unserem Kennenlernen durchgemacht haben? Ich bin verletzt, Cyn. Was für ein Tiefschlag. Willst du es mit einem Kuss besser machen?«

Ja. »Nein.«

Seufz. »Ein Mann kann hoffen. Und das war mein Ernst. Du solltest wirklich nicht in Jeans oder BH schlafen. Du wirst dir deine sexy Haut aufscheuern.«

»Haut ist nicht sexy.«

»Nein, aber die Kurven, die sie bedeckt. Würdest du es vorziehen, wenn ich sage, du bist lecker?«

Sie würde es vorziehen, wenn er sie kosten würde. Argh. Würde ihr Verstand bitte die schmutzigen Gedanken lassen? Seit ihrem letzten Partner war es nicht allzu lange her und zu Hause hatte sie frische Batterien in ihrem kleinen Freund, der sie davon abhielt, körperlich allzu überdreht zu sein.

Seine Sorge um ihre Kleidung ließ sie fragen: »Was trägst du zum Schlafen?«

»Wenn ich mit *nichts* antworte, würde dich das davon überzeugen, zu mir zu kommen?«

Nein, aber es hatte verheerende Folgen für ihren Körper. Hitze ließ ihre Haut erröten, während sie versuchte, sich ihn nicht nackt vorzustellen, wie die raue Baumwollbettwäsche an seiner Haut rieb und sein muskulöser Körper frei von einengendem Stoff war.

Konnte extreme sexuelle Reizung dafür sorgen, dass ein Mädchen den Verstand verlor?

»Ignorierst du mich?«, fragte er, was ihre Gedanken unterbrach.

»Das versuche ich, aber ein gewisser Jemand quasselt die ganze Zeit. Hast du etwas dagegen, eine Weile die Klappe zu halten? Ich brauche ein wenig Schlaf, damit ich morgen einen klaren Kopf habe.«

»Guter Plan. Wir wollen nicht, dass du dir noch mehr schwachsinnige Pläne einfallen lässt.«

»Das nehme ich dir übel.« Auch wenn sie mit ihrem Plan auf einige Hürden gestoßen war, war er letzten Endes erfolgreich gewesen. Cynthia wusste mehr über Arias letzte Momente und hatte jetzt einen Verbündeten bei ihrer Suche. Das wurde auch Zeit, denn die Polizei hatte sich nicht als nützlich erwiesen.

Der menschliche Beamte hinter dem Schalter auf der Polizeiwache in Cynthias und Arias Heimatstadt war jedenfalls nicht daran interessiert gewesen zu helfen.

»Sie haben es selbst gesagt. Ihre Freundin befindet sich auf einer Autoreise durch das Land. Sie hat vermutlich ihr Handy verloren oder zeltet irgendwo, wo es keinen Empfang gibt.«

»Ich sage Ihnen, dass sie vermisst wird. Wir müssen eine Vermisstenanzeige aufgeben.«

»Und ich sage Ihnen, dass es keinen Sinn hat, bis Sie weitere Beweise haben.«

Der Beamte wollte nicht nachgeben und Cynthia verließ frustriert die Polizeiwache.

Reichte die Tatsache nicht, dass man von Aria seit

diesem schicksalsträchtigen Foto in der *Bitten Pint* Kneipe weder etwas gesehen noch gehört hatte? Und was zum Teufel hatte es mit dieser Stadt und ihrer Besessenheit davon auf sich, das Wort *Bitten* zu verwenden? Ja, der Ort hieß Bitten Point, und ja, viele der Bewohner waren Fleischfresser, weshalb sich die ganze Sache mit dem Beißen als passend herausstellte, aber trotzdem, so gut wie jedes Geschäft baute daraus ein Wortspiel auf.

Wer scherte sich um eine Stadt ohne Originalität? Aria wurde vermisst und niemand suchte nach ihr. Niemand war besorgt.

Liege ich falsch oder überreagiere ich? Könnte es sein, dass Aria einfach irgendwo feiert?

Vielleicht wenn es jemand anderes wäre, aber Aria war nicht der Typ, der keinen Kontakt hielt. Für sie und ihre beste Freundin gab es nie einen Tag, an dem sie sich nicht unterhielten, und jetzt waren es mindestens drei gewesen. Cynthia war es egal, was der Polizist sagte. Ihr Bauchgefühl beharrte darauf, dass etwas nicht stimmte. Aria war irgendwelchen Schwierigkeiten begegnet, und Cynthia würde sie finden. Sie hatte es nur nicht ihre Eltern wissen lassen. Mutter hätte es verboten, da es zu undamenhaft und gefährlich war, und Daddy hätte sie eingesperrt und gesagt, er würde nachsehen. Was er auch tun würde, aber Daddy war durch ein gebrochenes Bein eingeschränkt. Ein Unfall bei der Arbeit, der ihn für ein paar Tage ruhigstellen würde, während es heilte, dann noch ein paar Wochen, während er die Menschen hinters Licht führte, die nicht wussten, wie schnell Gestaltwandler heilen konnten.

Da sie sich an niemand anderen wenden konnte, hatte Cynthia sich selbst auf die Suche gemacht. Alles für die beste Freundin, die sie während ihrer Jugend kennengelernt hatte, als der Wolf hervorzutreten begann und

Cynthia erkannte, dass ihre menschlichen Freunde sie niemals voll verstehen würden.

Aber Aria tat es. Aria kam in der siebenten Klasse hinzu, in gänzlich schwarzer Kleidung, mit mehreren Piercings in den Ohren und einem harten Äußeren, das ein zerbrechliches Herz schützte.

Aria war ein Produkt des Pflegesystems. Nachdem sie in jungem Alter ausgesetzt im Wald gefunden worden war, hatte sich ihr Adler früher gezeigt als bei Cynthia und es gab niemanden, der sie anleiten konnte. Aber an dem Tag, an dem sie in das Heim am anderen Ende der Straße einzog, hatten sie sich kennengelernt – überwiegend weil Aria sich auf Cynthia stürzte, sie gegen einen Baum stieß und mit wilden Augen sagte: »Du riechst anders. Du bist wie ich. Nur hündischer.«

Eine recht grobe Vorstellung, aber von diesem Moment an waren Cynthia und Aria die besten Freundinnen. Die absolut besten, selbst nachdem das Heim Aria mit achtzehn hinaus in die Welt warf. Aber Aria war nicht allein. Sie hatte Cynthia.

Und jetzt hatte Cynthia Daryl. Zusammen konnten sie ihre Freundin vielleicht finden, sofern Daryl die Wahrheit erzählte. Hatte er wirklich nichts mit Arias Verschwinden zu tun? Oder hatte er ihrer Freundin etwas angetan?

Das Kätzchen ist gut, versprach ihre Wölfin.

Ja, aber laut seinem zerrissenen T-Shirt ist er noch besser, wenn er schlecht ist.

Und mit diesem Gedanken, der sie erwärmte, fiel sie in einen unruhigen Schlaf.

Der Angriff, als er kam, war lautlos, und doch wachte sie auf.

Oh, oh. Inmitten der Aufregung, auf Daryl zu schießen, und allem anderen hatte sie vielleicht vergessen, die Tür abzuschließen.

Wen interessiert's? Setz dich in Bewegung, heulte der Wolf in ihrem Kopf. Cynthia vertraute den Instinkten ihrer Bestie, rollte sich und fiel vom Bett. Sie landete mit einem dumpfen Aufprall auf dem Boden und kauerte sich zusammen, während sie versuchte zu verstehen, was passiert war.

Jemand ist im Zimmer.

Jemand oder etwas? Der Duft, der sie in der Nase kitzelte, veranlasste sie auch dazu, sie zu rümpfen. Igitt. *Was ist das für ein widerlicher Gestank?* Er kam ihr irgendwie bekannt vor, wie nasses Fell nach einem Spaziergang im Regen, aber mit einem starken schimmeligen Unterton, gemischt mit ranzigem Tiermoschus.

Was auch immer das Zimmer mit ihr teilte, es stank und war nicht hier, um nett zu sein – jedenfalls vermutete sie das angesichts der Geräusche. Knurren, Brummen und ein heldenhaftes: »Ich mache das.«

Während Cynthia sich dazu entschieden hatte, sich auf dem Boden zu verstecken, stürzte Daryl sich auf den Eindringling.

Grunz. Knall. Ein gemurmeltes: »Halt still, du haariger Mistkerl.«

Was für eine Wortwahl! Andererseits könnte die Situation es rechtfertigen. Da Daryl die Person oder das Ding beschäftigte, wagte Cynthia es, über den Rand ihrer Matratze zu spähen, wobei sie sich wünschte, sie wäre kein solcher Feigling. Aber auch wenn sie einen inneren Wolf hatte, war ihrer leider völlig zufrieden damit, in den niedrigeren Rängen der Rudelhierarchie zu verbleiben.

Sie umklammerte die Bettdecke mit den Fingern und sah nach. In der tiefen Dunkelheit konnte man nichts sehen. Nur das rote Schimmern der Uhr war zu erkennen, welche die unchristliche Uhrzeit von halb fünf Uhr morgens anzeigte.

Je länger sie in Richtung des Gerangels starrte, desto mehr begann sie wahrzunehmen. Düstere Schatten, verschmolzen zu zwei Gestalten. Eine davon nackt bis auf Boxershorts, die andere ... was zur Hölle war dieses andere Ding? Es stand wie ein Mann. Es hatte die richtige Anzahl von Gliedmaßen, und doch ... war etwas seltsam daran.

Feind. Ihre Wölfin knurrte in ihrem Kopf.

Ach was, der komische Kerl war böse, aber was war er?

Da Daryl ein wenig Glück damit zu haben schien, den Eindringling abzulenken, hastete sie über ihr Bett zur Lampe, wo sie mit den Fingern nach dem Schalter suchte und kurz darauf den Raum erhellte.

Etwas stieß ein fieses Knurren aus. Etwas mit viel Haar, wie sie feststellte, als sie schließlich ihren nächtlichen Gast sah.

»Guter Gott, was ist das?«, fragte sie. Ihre Stimme war leise vor angewidertem Staunen.

»Es ist ein böser ...« Daryl grunzte, als er Schwierigkeiten hatte, seinen Arm um dessen Hals zu legen. »Böser Hund.«

»Ist es ein Gestaltwandler?« Wenn auch eine Art, die sie noch nie gesehen hatte. Es schien viele Wolfeigenschaften zu besitzen, und doch war die Hybridform nichts, von dem sie ihre Mutter jemals hatte reden hören. Zum einen gingen Tiere nicht auf zwei Beinen, zum anderen hatten sie nicht solch menschliche Augen.

»Wen interessiert's, was zur Hölle das ist? Hilf mir mal.« Denn trotz Daryls hervortretender Muskeln kämpfte er darum, das sabberige Maul davon abzuhalten, lebenswichtige Stellen anzuknabbern.

»Ich weiß nicht, was ich tun soll!« Panik beschleunigte ihren Herzschlag. Tripp. Trapp. Doppelte Geschwindigkeit und noch schneller, als der Wolfsmann es schaffte, sie zu drehen, und Daryl gegen die Wand knallte.

Er stieß ein Grunzen aus. »Tu etwas! Piks es mit einer deiner Spritzen.«

Die Betäubungsmittel, ja, guter Plan. Besser als der, den sie hatte, der ein Pfeifen beinhaltete, um die Aufmerksamkeit des Dings zu erregen, bevor sie ein Stöckchen warf, um zu sehen, ob es ihn holen würde. Wenigstens könnte Daryls Plan funktionieren. Ihrem mangelte es an einem Stöckchen.

Sie stürzte zum Tisch, durchwühlte ihre Tasche und entdeckte zwei weitere Spritzen voller Betäubungsmittel. Sie nahm sie und riss die Kappen herunter.

Sie hielt sie auf Schulterhöhe und konnte nicht umhin, mit großen Augen zuzusehen, wie Daryl und die Wolfsbestie um die Kontrolle kämpften.

Als Daryl erneut gegen die Wand prallte, wusste sie, dass sie handeln musste. Mit einem schrillen: »Hallo. Mein Name ist Cynthia Montego. Du hast vielleicht meiner Freundin Aria wehgetan. Jetzt wirst du schlafen«, griff sie an, und mit *angreifen* meinte sie, die Kreatur in ihren haarigen Hintern zu piksen, was – wenig überraschend – nicht gut lief.

Das Ding heulte vor Zorn, sie quiekte wie ein handtaschengroßer Yorkshire Terrier und Daryl prustete: »Hast du gerade ernsthaft *Die Braut des Prinzen* parodiert?«

»Und jetzt eifere ich Jamie Lee Curtis in *Prom Night* nach.« Cynthia kreischte, als der Wolfsmann seinen unheilvollen Blick auf sie richtete und haarige, mit Krallen versehene Pfoten schwang, wobei er sie nur knapp verfehlte, als sie zurücktaumelte.

»Oh nein, das tust du nicht. Der einzige Kerl, der diese süße Haut berührt, bin ich«, brummte Daryl, der nur mit schwarzen Boxershorts bekleidet war. Er legte einen dicken Unterarm um den Kopf der Bestie. Er zerrte sie zu sich. »Betäube es erneut. Mit dem Adrenalin, das es in sich hat, reichen zwei Spritzen nicht aus.«

»Ich habe keine mehr«, jammerte sie und wrang die Hände. Was sollte sie tun? Sie hatte noch immer kein Stöckchen gefunden.

»Schlag es auf den Kopf.«

Großer Gott, aber Daryl war gut darin, unter Druck an logische Dinge zu denken. Sie nahm die Lampe, lief auf das Monster zu und bekam einen Ruck, als der Stecker sich nicht sofort löste. Sobald er samt Kabel hinter dem Nachttisch hervorgeschnellt kam, prallte er auf ihren Hintern.

Schlimmer als das war jedoch, dass der Raum in Dunkelheit getaucht wurde. Die Finsternis bedeutete nicht, dass sie die beiden nicht kämpfen und grunzen hören konnte.

Aber wie konnte sie zielen, wenn sie nicht sehen konnte? Durch ein Zerren an Stoff wurden die Vorhänge geöffnet, welche das schwache Licht des blinkenden Neonschildes hereinließen – *Kleine Bissen*.

Es lieferte genügend Beleuchtung, damit sie sehen, zielen und »Hiya!« schreien konnte, bevor sie mit der Lampe kräftig nach unten schlug.

Mit einem Knacken erschlaffte der haarige Eindringling. Daryl ließ ihn zu Boden fallen und wischte sich über die blutige Unterlippe.

»Das ist ein verdammt stinkender Hund.«

Cynthia wäre über seine abwertende Bezeichnung vielleicht beleidigter gewesen, wenn sie nicht derselben Meinung wäre. Außerdem hatte er vielleicht recht.

»Was tust du da?«, fragte Daryl. »Suchst du nach einem Namensschild?«

Da sie neben der Hybridkreatur auf die Knie gegangen war, konnte sie seine Neugier verstehen. »Ich nehme es nur unter die Lupe. Sieh dir das an. Es trägt ein Halsband.« Ein dicker Metallring, der unangenehm an ihrer Haut brummte, als sie ihn mit den Fingerspitzen berührte. Aber das war nicht das einzig Interessante an ihrem schlafenden Eindringling. »Ich weiß nicht, wie es möglich ist, aber ich glaube, dieses Ding ist zum Teil Deutscher Schäferhund.«

»Wie bitte? Ich glaube, ich muss dich verdammt noch mal missverstanden haben.«

Sie antwortete nicht sofort, als sie schnupperte, angesichts des ungewaschenen Geruchs würgte und dann die Düfte durchging. »Ich bin mir nicht sicher, wie es passiert ist, aber ich habe genügend Schäferhunde behandelt«, weil ihr Onkel ihr geholfen hatte, den Vertrag mit den örtlichen Hundestaffeln zu bekommen, »um mit Sicherheit zu sagen, dass wir hier einen Hunde-Gestaltwandler betrachten, keinen Wolf, und das in irgendeiner Form von Hybridgestalt.«

»Es ist eine halbe Gestaltwandlung«, bemerkte Daryl. »Nicht einfach zu vollbringen. Und seltsam, dass es anhält, obwohl es aktuell bewusstlos ist. Es erfordert viel Konzentration, diese Gestalt zu halten.«

Daryl bot eine interessante Quelle an Informationen.

»Ich wusste nicht einmal, dass das möglich ist.«

»Weil es nicht viele tun können.«

»Was ist mit der Hundesache? Leben viele davon in Bitten Point?«

Er schüttelte den Kopf. »Das ist das erste Mal, dass ich auf einen treffe.«

»Also ist er nicht von hier?« Cynthia betrachtete den zusammengesackten Körper und kaute auf ihrer Unterlippe. »Ich frage mich, ob er irgendwie mit Arias Verschwinden im Zusammenhang steht.«

Daryl hatte nicht die Gelegenheit zu antworten, da ein Schatten das durch das Fenster kommende Licht blockierte. Bevor Cynthia den Kopf drehen konnte, um hinzusehen, brach Runde zwei des Chaos aus.

Das Glas zerbrach in einem klirrenden Wirbel aus schimmernden Scherben, die in den Raum flogen. Durch das klaffende Loch stürzte eine Gestalt, die sich nicht darum zu scheren oder zu sorgen schien, dass sie von den Scherben verletzt werden könnte.

Andererseits war jemand, der von Kopf bis Fuß mit Schuppen versehen war, vermutlich nicht allzu besorgt um Kratzer.

Cynthia starrte vielleicht einen Moment länger als nötig. Ein zweibeiniger Dinosauriermann, vermutlich weit über zwei Meter groß, breitete ledrige Flügel in ihrem Motelzimmer aus und zischte.

»Was ist das?«, keuchte sie.

»Was auch immer es ist, ich bezweifle, dass es freundlich ist. Lenk es doch bitte für eine Sekunde ab, während ich mich verwandle.«

Sie brauchte einen Moment, um zu verstehen, was er sagte. Während ihm beim vorherigen Kampf keine Zeit geblieben war, um die Gestalt zu wechseln, schien es, als wollte Daryl etwas mehr als menschliche Fäuste, um sich dem Echsenmann zu stellen.

Was seine Bitte anging, das Ding abzulenken? Sie hatte

keine lebenden Mäuse, die sie baumeln lassen konnte, nur sich selbst, einen saftigen Schokoladenhappen. Schluck.

»Hier, Echse, Echse«, lockte sie. Eine gespaltene Zunge schnellte in ihre Richtung. Sie wich mit einem angewiderten »Igitt« zurück. Ihr Dasein als Tierärztin hatte sie nicht von der Abneigung geheilt, abgeleckt zu werden.

Auch wenn sie vielleicht eine Ausnahme für Daryl machen würde, aber nur wenn sie überlebten, was angesichts der großen Klauen und noch größeren Zähne des Dinosauriermannes eher unwahrscheinlich wirkte.

Scheinbar war Daryl entschlossen, diese Situation zu ändern. Eine geschmeidige schwarze Gestalt stürzte sich auf das Monster.

Nur um zur Seite geschlagen zu werden.

Das machte das Kätzchen wütend. Sie jaulte zur Herausforderung, aber bevor Daryl erneut angreifen konnte, wachte ihr erster pelziger Eindringling auf, und er war kein zufriedenes Hündchen.

Mit einem Knurren ging er auf Daryl los, womit sie sich um die Echse kümmern musste. Diese richtete ihren kalten, dunklen Blick in ihre Richtung.

Oh.

Sie packte etwas, irgendetwas, und warf es.

Das flauschige Kissen traf das Ding am Arm, und selbst sie konnte nicht so tun, als würde sie seine ungläubige Miene nicht sehen.

In ausgewachsener Panik nahm sie ein weiteres Kissen und hielt es vor sich – ein völlig nutzloser Schild. »Mach keinen weiteren Schritt«, drohte sie, sonst würde sie sich möglicherweise in die Hose machen.

Denk nach. Es muss etwas geben, das ich tun kann, um zu vermeiden, der Mitternachtssnack dieser Echse zu werden.

Sie brauchte eine bessere Waffe. Oder ...

Ihr Blick landete auf ihrer Handtasche, die sich noch immer auf dem Tisch befand. Sie beinhaltete keine weiteren Spritzen, aber sie hatte welche draußen im Wagen.

Die Frage war, konnte sie es rechtzeitig hinausschaffen und sie holen?

Es gab keinen besseren Zeitpunkt als diesen, um es herauszufinden.

Das Reptiliending, das es leid war, mit ihr zu spielen, griff an. Sie schrie, als sie außer Reichweite hechtete, wobei sich ihre Gewandtheit als nützlich erwies. Sie prallte mit der Hüfte gegen den Tisch, ignorierte jedoch den Schmerz, während sie zur immer noch offenen Tür lief.

Jeden Moment erwartete sie, dass Klauen über ihren Rücken kratzten, aber stattdessen hörte sie ein Knurren. Daryl kam zur Rettung.

Was musste er denken, wenn es aussah, als würde sie fliehen? Zu einem Wagen, der abgeschlossen war. Oh, Mist.

Sie schlug auf den Kofferraum und stieß einen frustrierten Schrei aus. Ein geflüstertes Geräusch und ein Lufthauch waren die einzigen Warnungen, die sie bekam.

Setz dich in Bewegung.

Sie warf sich zur Seite und schaffte es aus dem Weg des kämpfenden Paares. Der vierbeinige Panther von zuvor war jetzt eine zweibeinige Bestie, die um die Oberhand ringen konnte.

Was ging hier vor sich? Zweibeinige Hundemänner, eine riesige Echse mit Flügeln und jetzt Daryl, irgendeine Art von zweibeinigem Katzenmann? War sie in einem surrealen Comicbuch-Abenteuer gelandet?

Knall.

Das Echsending wurde gegen den Kofferraum ihres

Wagens geschleudert. Dann wurden die Rollen vertauscht und Daryl prallte dagegen.

Sie rollten sich ab, um auf dem Asphalt zu landen, aber Cynthia war mehr von ihrem Glück fasziniert. In ihrem Kampf auf ihrem Fahrzeug hatten sie den Kofferraum geöffnet. Sie verschwendete keine Zeit damit, sich hineinzubeugen und zu holen, was sie brauchte. Zitternde Hände füllten die größte Spritze, die sie besaß. Sie hatte keine Zeit, eine zweite zu füllen, da der Hundemann mit einem boshaften Knurren aus ihrem Hotelzimmer kam.

»Braves Hündchen?«, fragte sie, an ihren Wagen gedrückt.

Knurren.

»Ich habe Leckerlis.«

Ein Schritt nach vorn und ein böses Funkeln.

»Fang.« Sie warf die Gummikappe der Spritze, aber der Blick der Kreatur blieb standhaft. Sie zitterte und hielt die Spritze vor sich wie ein mickriges Schwert. Auch wenn sie größer war als die letzten beiden, die sie benutzt hatte, wäre sie fähig, sie rechtzeitig zu benutzen, um sich zu retten?

Der Wolfsmann griff an. Sie schloss die Augen und ... blieb unberührt.

Erneut hatte sich eine pelzige Katze gegen die haarige Unmöglichkeit geschleudert und sie zu Boden gebracht.

Daryl hatte sie ein weiteres Mal gerettet.

Oder nicht.

Aus den Schatten heraus humpelte das große Echsending, und es sah wütend aus.

Cynthia täuschte links, dann rechts an. Es fiel nicht darauf herein, sein entschlossener Blick wich nie von ihr ab.

Sie hätte vielleicht ein Wimmern von sich gegeben, blieb jedoch stumm und sah zu, wie es näher kam. Ledrige Finger mit Krallen packten ihren Arm. Sie durchbohrten die Haut, aber das tat auch sie, als die riesige Nadel ihr Ziel fand. Sie drückte den Kolben herunter und gab das Betäubungsmittel frei.

»Nachti, Nachti, Geckomann«, lallte sie. Seltsamerweise war sie diejenige, die müde wurde. Schläfrig. Ihre Lider flatterten zu, während sie auf die Knie sackte und ...

KAPITEL SECHS

Daryls T-Shirt: »Stups mich an und stirb.«

Als Cyns Wimpern flatterten und sie die Augen öffnete, sorgte er dafür, dass sie ihn als Erstes sah. Nicht seine beste Idee.

»Aaaaahhhh!«

Er steckte sich einen Finger ins Ohr und wackelte damit. »Musst du so laut kreischen?«

»Wo bin ich? Wie bin ich hierhergekommen?«

»Du bist in meiner Wohnung. Ich habe dich nach dem Angriff hergebracht.«

Seine Antwort war weit davon entfernt, sie zu beruhigen, weshalb sie die Augen aufriss. »Oh nein, hast du mich betäubt und dann entführt? Hast du dir Freiheiten mit mir erlaubt, während ich geschlafen habe?« Ihre Augen wurden schmal vor Argwohn.

»Ich habe dich nicht angerührt.« Aber nicht, weil er es

nicht wollte. Cyn stellte eine Versuchung dar, aber er hatte widerstanden. »Woran genau erinnerst du dich?«

Sie blinzelte, während sie an ihrer Unterlippe knabberte. Eine liebenswerte Angewohnheit, die er versuchen wollte – an ihr. Er würde jederzeit an dieser Unterlippe knabbern.

»Das Letzte, woran ich mich erinnere, ist, wie ich die riesige Echse mit einer Spritze gepikst habe. Haben wir gewonnen?« Ihre Miene erhellte sich vor Hoffnung.

»Nicht ganz.« Zu seiner Schande hatte das plötzliche Erscheinen von Lichtern in anderen Motelzimmern, gepaart mit einigen Köpfen, die herausgestreckt wurden, die beiden Kreaturen in die Flucht geschlagen. Eine in die Luft, die andere zu Fuß – äh, Pfote. Daryl hätte vermutlich wenigstens die eine verfolgen können, da er jedoch durch das Narkotikum in den Klauen des Echsendings träge gewesen war und die bewusstlose Cyn nicht allein lassen wollte, hatte er sich dazu entschieden, seine Freunde die Verfolgung aufnehmen zu lassen.

Während Wes, Constantine und Caleb den Wald nach dem Hundemann durchkämmten, hob Daryl Cynthias sinnlichen Körper in den Wagen, fern von Gefahr und Neugier, und kümmerte sich dann um die Polizei, als diese eintraf.

Es war nicht so, als könnte er das zerbrochene Fenster oder die Blutspuren auf dem Asphalt und im Hotelzimmer verbergen. Daryl hielt sich an die Wahrheit, und nein, er endete nicht in einem besonderen Krankenhaus für Leute, die behaupteten, Echsenmänner und Hunde auf zwei Beinen zu sehen.

Stattdessen zog Pete, der Sheriff von Bitten Point, über ihren Kanal mit Geheimfrequenz alle verfügbaren Mitarbeiter hinzu, um die Angreifer aufzuspüren.

»Was denkst du, wonach sie her waren?«, fragte Pete.

»Ich habe keinen blassen Schimmer.« Aber Daryl musste sich fragen, ob der Angriff zielgerichtet gewesen war. Waren diese beiden Monster hinter ihm oder Cynthia her? Und noch besorgniserregender, würden sie es erneut versuchen?

Aufgrund seines Widerwillens, Cyn ohne Verteidigung zurückzulassen, und der Tatsache, dass er sich noch immer darum bemühte, den Drogen in seinem Körper voraus zu sein, brachte er sie nach Hause in sein Bett.

War es falsch, dass er bewunderte, wie gut sie auf seiner königsblauen Bettwäsche aussah? Er schaffte es, ein Gentleman zu bleiben – wenn auch widerwillig. Er ließ sie angezogen und unberührt. Auch wenn er daran dachte, sie zu fesseln, mit Seidenschals an seine Bettpfosten, tat er es nicht. Warum auf Hilfsmittel zurückgreifen, wenn er sie selbst festhalten konnte?

»Warum bist du auf mir?«, fragte sie recht atemlos.

Er zog ihre Arme über ihren Kopf und fixierte sie, sodass sie sich nicht wehren konnte. »Ich sorge dafür, dass du nirgendwo hingehst.«

»Ich habe nur versucht, mich aufzusetzen.«

Warum? Er mochte sie flach auf dem Rücken, während er auf sie gepresst war. »Warum waren diese Kreaturen hinter dir her?«

»Mir?« Entweder wusste sie es nicht oder sie besaß verdammtes schauspielerisches Talent. »Wer sagt, dass es nicht nur ein zufälliger Überfall war?«

Sein Bauchgefühl tat das. »Ich glaube, du warst das Ziel.«

»Aber warum? Und wozu? Denkst du, das hat mit Aria zu tun?«

Hatte es das? Entweder waren diese Dinger hinter

Cynthia her, weil sie herumschnüffelte und nach ihrer Freundin fragte, oder das Verschwinden von Leuten fing wieder an.

War Aria ein Opfer? War Cynthia fast auch eines geworden?

Wenn ich nicht entschieden hätte, bei ihr zu übernachten, um sie verrückt zu machen, wäre sie mit Sicherheit auch verschwunden. Verschwunden oder tot?

Beide Möglichkeiten waren beschissen. Und es war nicht so, dass er sich plötzlich um Cynthia sorgte oder so. Nein. Die Frau war nur eine Kuriosität, etwas, das sich seine Katze näher ansehen wollte.

Nackt.

Dann markieren.

Dauerhaft.

Äh, nein.

Daryl schüttelte den Kopf, um seine innere Katze zu schelten, aber Cynthia bemerkte die Geste.

»Warum sieht es aus, als würdest du mit dir selbst diskutieren?«

»Warum denkst du das?«, fragte er.

»Weil ich auch oft mit meinem Wolf diskutiere.« Sie lächelte, ein schelmisches und gleichzeitig verlegenes Grinsen, das ihn unter der Gürtellinie traf, was ihr auffiel. Ihre Augen wurden groß.

Bevor sie sich zu seiner recht beeindruckenden Erektion äußern konnte – denn ihr Umfang machte es schwer, sie zu übersehen – Tatsache, keine Arroganz –, fragte er schnell: »Warum zur Hölle hast du dich während des Kampfes nicht in deinen Wolf verwandelt? Es wäre vermutlich besser gewesen als das Kissen, das du als tödliches Geschoss verwendet hast.«

Ihm entging nicht die Hitze, die ihr plötzlich in die

Wangen stieg. »Äh, meine lykanische Seite kommt nicht gern vor Fremden heraus.«

»Wir waren in einer Situation, in der es um Leben und Tod ging. Sicherlich hätte sie eine Ausnahme machen können.«

»Nein, und ich weiß nicht, warum du eine große Sache daraus machst, da wir gesiegt haben.«

»Kaum.«

»Hast du mich deshalb betäubt? Weil du wütend warst?«

Er beugte sich vor, bis sich ihre Nasen berührten. »Ich habe dich nicht betäubt. Das hat das Echsending getan, aber da du wach bist, scheint es, als würde die Wirkung nachlassen.«

»Warum fühle ich mich dann so träge?«

Sollte er erklären, dass es nicht Trägheit, sondern schwelendes Interesse war, das ihr die Kraft stahl? »Das sind nicht die Drogen, Cyn. Das bin allein ich.« Er lächelte, eine langsame, sinnliche Krümmung seiner Lippen. »Ich bin bereit, im Bett zu bleiben, wenn du es bist.«

»Wir können nicht.«

»Warum nicht?«

»Weil wir einander nicht einmal kennen.«

»Hi, mein Name ist Daryl und ich denke, du bist verdammt verrückt, aber heiß.« Mehr als heiß, sie löste in seiner inneren Katze den Wunsch aus, sie könnte schnurren.

»Du solltest von mir runter.«

»Nein.«

»Was meinst du mit nein?« Sie zog an den Händen, die sie festhielten, und wand sich unter dem Gewicht seines Körpers, nicht dass ihn etwas davon abschüttelte.

»Genau so, Süße. Mach weiter. Das fühlt sich *gut* an.« Er zeigte ihr, wie gut, und rieb seine Hüften an ihr.

»Oh.« Sie schnappte nach Luft, aber bevor sie mehr sagen konnte, presste er fest seine Lippen auf ihre.

In der Zeit seit ihrem letzten Kuss hatte er sich gefragt, ob vielleicht Alkohol oder etwas anderes ihre erste Umarmung zu etwas mehr gemacht hatte. Wie konnte eine fast Fremde sein Blut entfachen und ihn so schnell und hart pulsieren lassen?

Jetzt war er nicht betrunken.

Er konnte nicht den Betäubungsmitteln die Schuld geben.

Die Berührung ihrer Lippen war noch elektrischer als beim ersten Mal, ihr Geschmack war wunderbar, das Gefühl von ihr unter ihm ... gefährlich.

Gefährlich, weil es ihn vergessen ließ, dass er Antworten brauchte.

Ich glaube, ich verstehe vielleicht, warum sie es als nötig empfand, so unüberlegt zu handeln. Sie war nicht die Einzige, die nicht konzentriert bleiben konnte.

Er rollte sich von ihr und versuchte, ihr leises Seufzen des Verlustes zu ignorieren. *Ich wünschte auch, wir hätten mehr Zeit zum Spielen, Süße.*

»Ich werde alles wissen müssen, was du mir über deine Freundin erzählen kannst«, sagte er, wobei er ihr den Rücken zuwandte, damit er nicht erneut die Kontrolle verlor.

Das war kein Grund, sich über seinen Mangel an Zurückhaltung lustig zu machen. Es war bereits einmal passiert, als er zurückgetreten war, um sie auf seinem Bett zu bewundern, und sie dann sofort bedeckte, sobald sie mit einem Muskel zuckte.

»Was willst du wissen?«

»Alles.« Er brauchte ungefähr fünfzehn Minuten, um all die relevanten Informationen aus Cynthia herauszuholen, wie Arias Erscheinungsbild, Reiseplan, all die Bilder, die sie vor ihrem Verschwinden veröffentlicht hatte, und die Tatsachen, dass Cyn während des Sprechens gern mit den Händen gestikulierte und die herrlichsten Lippen hatte.

»… und so bin ich letzte Nacht auf der Suche nach dir in der *Bitten Pint* Kneipe gelandet.«

Er unterbrach sie. »Hast du einen Freund?«

»Nein, und Aria auch nicht. Ich bezweifle stark, dass es ihr Ex ist, der versucht, wieder mit ihr zusammenzukommen. Er ist mit irgendeiner anderen Frau zusammen. Zuletzt habe ich gehört, sie wollen heiraten.«

»Also niemand Besonderes zu Hause?« Und nein, er konnte auch nicht glauben, dass er gefragt hatte. Jemand sollte ihn auf der Stelle erschießen.

»Nein, Aria ist Single.«

»Ich habe nach dir gefragt. Hast du zu Hause jemand Besonderen?«

»Nein, und ich weiß nicht, warum du fragst. Ich bin nicht diejenige, die vermisst wird.«

»Ein Mann weiß gern, ob eine Frau vergeben ist, bevor er sich an sie ranmacht. Ich würde nur ungern jemandem wehtun müssen.«

Er begann wirklich, die Art zu genießen, wie er sie erschrecken konnte. Wenn sie ihn nur nicht immer ebenso erschrecken würde.

»Nun, da du dich bereits mehrfach rangemacht hast, würde ich sagen, es ist irgendwie spät, das zu fragen. Genau wie es vermutlich ein wenig zu spät ist, dir zu sagen, dass ich Eifersuchtsprobleme habe. Also, da du darauf versessen zu sein scheinst, mich zu verführen, sollte ich dich warnen. Ich teile nicht.«

»Ich dachte, teilen macht Freude.«

»Das gilt für Nachtisch, nicht für Partner.«

»Ich wusste nicht, dass wir von meinen Flirts dazu übergegangen sind, zusammen zu sein.«

»Wir sind nicht zusammen.«

Er grinste. »Und doch haben wir bereits die Nacht miteinander verbracht.«

»Weil du versprochen hast, mir dabei zu helfen, Aria zu finden. Ich glaube nicht einmal, dass du mein Typ bist.«

»Hast du etwas gegen Latinos?« Es wäre nicht das erste Mal, dass er auf ungerechtfertigte Feindseligkeit stieß.

»Nein, ich habe etwas gegen Kerle, die heißer sind, als es gut für sie ist.«

Er konnte die Welle der Wärme nicht zurückhalten. »Du findest mich heiß?«

»Nein.« Eine offensichtliche Lüge, wenn man die Röte und die von ihrem Körper abstrahlende Hitze bedachte.

»Ich finde dich auch heiß.« Auch wenn ihr Haar wie ein weicher Heiligenschein um ihren Kopf aussah. Sie hatte das Haargummi verloren, das es zusammenhielt. Er hoffte, dass sie es nie wiederfand, denn sie war verdammt süß.

Und das ist eine nette Handvoll, um daran zu ziehen.
Brüll.

»Ich weiß, dass ich heiß bin.« Sie rollte mit den Augen, als wäre es offensichtlich, und er lachte. »Aber Hände weg, Casanova. Ich bin in ernster Absicht hier.«

»Bedeutet das kein Sex?«

Sie prustete. »Wirst du aufhören, es zu versuchen, wenn ich Nein sage?«

»Nein.« Begleitet von einem reuelosen Grinsen.

»Dann rechne damit, zurückgewiesen zu werden. Also, wenn du ein wenig Blut von deinem Schritt in deinen Kopf leiten könntest, können wir dann wieder zur Suche nach Aria zurückkehren?«

Ein Klopfen an seiner Wohnungstür rettete ihn vor dem fabelhaften Wahnsinn, den Cyn darstellte. Er verließ das Schlafzimmer und ging zur Tür. Er musste nicht durch den Spion sehen, um zu wissen, wer es war. Er machte auf und fand Constantine und Wes auf den Stufen vor. Ein Blick hinter sie offenbarte niemanden sonst. »Wo ist Caleb?«, fragte Daryl.

»Der ist nach Hause gefahren, um nach Renny und seinem Kind zu sehen. Wenn noch so ein Echsending herumläuft –«

»– herumfliegt.«

»– dann müssen wir wachsam sein.«

»Ihr meint, ihr habt das Ding schon mal gesehen?«, fragte die Frau, die er an das Bett hätte fesseln sollen.

Cynthia, die glücklicherweise bekleidet war, trotz seiner besten Versuche, sie zur Schlafenszeit zum Ausziehen von Kleidungsstücken zu bewegen, erschien an seiner Seite.

Was trieb ihn dazu, einen besitzergreifenden Arm um ihre Taille zu legen?

Es blieb nicht unbemerkt.

»Ist das die Braut, hinter der diese Dinger her waren?«, fragte Wes mit hochgezogener Augenbraue.

»Diese Braut heißt Cynthia«, erwiderte sie, löste sich gleichzeitig aber nicht aus seiner lockeren Umarmung.

Ein Biss auf Daryls Zunge hielt ihn davon ab, *meine* zu sagen.

Cyn gehörte ihm nicht, und das würde sie nie. Daryl musste entweder wirklich Schlaf brauchen oder diese Betäubungsmittel beeinflussten ihn noch immer, denn seine innere Katze verhielt sich schrecklich seltsam. Daryl stand nicht auf etwas Langfristiges oder Ernstes, auch wenn Cyn süß war.

Ein paarmal mit einem Mädchen ausgehen, ohne weitere Bedingungen, das war in Ordnung. Alles, das eine Zahnbürste in seinem Badezimmer, den Verlust seines halben Kleiderschranks und Schachteln mit weiblicher Unterwäsche in seinem Flurschrank beinhaltete? Niemals. Auf keinen Fall.

Er war mit einer Mutter und einer Schwester aufgewachsen. Er liebte sie beide, aber verdammt, diese verrückten Frauen trieben ihn in den Wahnsinn.

Welcher Idiot würde sich das freiwillig antun? Kein Sex war so gut.

Es wirkte extrem, und auch wenn er nichts dagegen hatte, sich an manch gefährlicher Sportart zu versuchen, war die ganze Beziehungssache nicht sein Ding.

Und normalerweise ziehe ich weiter, wenn ein Mädchen mich zurückweist. Ganz zu schweigen davon, dass er Cyn nicht einmal mögen sollte, besonders angesichts dessen, was sie getan hatte. Einen Kerl betäubt. *Mit mir rumgemacht.* Ihn entführt. *Meinen ganzen Körper berührt.* Ihn festgehalten. *Fesselspiele!* Auf ihn geschossen. *Wofür er ihr so was von den Hintern versohlen sollte.* Seine Hand auf ihrem –

»Alter! Pass auf.« Constantine schnipste mit den Fingern vor ihm.

»Was?«, fragte Daryl.

»Was sollen wir als Nächstes tun, nachdem wir nichts gefunden haben? Die verdammte Spur hört an der Hauptstraße auf, nicht einmal einen halben Kilometer vom Motel entfernt. Sieht aus, als hätte jemand unserem Ding eine Mitfahrgelegenheit geboten.«

»Ein Monster mit menschlichem Kumpel?« Daryl zog die Augenbrauen zusammen.

»Das Ding hat ein Halsband getragen«, fügte Cyn hinzu. »Und das hat so seltsam gebrummt. Könnte es jemand kontrollieren?«

»Noch bessere Frage: Was ist es?« Wes lehnte sich an die Wand, ein Bein, das in einer Jeans steckte, gebeugt, seine Stiefel ungeschnürt und abgewetzt. Das T-Shirt, das er trug, konkurrierte mit seinem KISS-Logo gegen das von Daryl. »Ich habe noch nie zuvor so etwas gerochen. Und alle anderen, mit denen ich gesprochen habe, sagen dasselbe.«

Cyn wedelte mit den Händen. »Einer von ihnen ist zum Teil Hund. Wie passiert so etwas? Ist es ein Gestaltwandler oder etwas anderes?«

»Du meinst wie Bigfoot in Kanada?« Diese großen, haarigen Dinger waren große, haarige Dinger. Sie schrumpften nicht auf magische Weise zu Menschen, die sich mühelos verstecken konnten. Stattdessen lebten sie verstreut auf Grundstücken, die mehrere Hektar umfassten. Die Leute mochten sich über Bigfoots lustig machen, aber es machte wirklich Spaß, mit ihnen zu trinken.

Constantine schüttelte den Kopf und tippte sich auf die Nase. »Ich glaube nicht, dass sie richtige Gestaltwandler sind. Sie riechen nicht richtig.«

»Sie sind irgendwie fremdartig, und ihre Fähigkeit, diese Hybridform zu halten, bedeutet, dass es vielleicht ihre natürliche Gestalt ist.«

»Also ist es korrekt, sie Hundemann und Dinosauriermann zu nennen?«, prustete Wes. »Können wir es nicht zu etwas ändern, das weniger nach Cartoons klingt?«

»Es ist, was es ist«, sagte Constantine.

»Wenigstens haben wir jetzt ein paar mehr Beweise als zuvor. Vor Ort wurden Blutproben genommen und zur Analyse zu Bittech geschickt.«

»Wann bekommen wir die Ergebnisse?«, fragte Daryl.

Wes zuckte die Achseln. »In ein paar Stunden werden wir die ersten Daten bekommen, aber es wird ein paar Tage dauern, die ganze Batterie zu bearbeiten. Währenddessen denke ich, dass letzte Nacht genügend Leute etwas gesehen haben, dass wir vielleicht etwas anzetteln können.«

»Du hast keine Angst, dass wieder jemand verschwindet?«

Als das letzte Mal jemand aus ihrer Gruppe versucht hatte, mit ihrem Verdacht, dass in Bitten Point etwas nicht stimmte, eine Gemeindeversammlung einzuberufen, war diese Person verschwunden. Wes sagte, dass er die Hoffnung aufgegeben hatte, seinen vermissten Bruder zu finden, und doch wusste Daryl, dass Wes noch immer suchte, in jeder freien Minute, die er hatte, da er davon überzeugt war, dass sein Bruder irgendwo da draußen im Sumpf war.

Es geschah hin und wieder, dass sich eine Person in ihr Tier verwandelte und nicht zurückkehrte. Niemals. Diese Gestaltwandler wurden Wildlinge genannt. Ein süßer Name, um einen schrecklichen Zustand zu beschreiben, der bedeutete, dass das Tier übernahm und der menschliche Teil des Verstandes gefangen war. Es widerfuhr überwiegend den emotional Verwundeten. Aber war Wes' Bruder Brandon wild geworden oder war etwas Schlimmeres passiert? Etwas, das mit diesem Dinosauriermann und dem Fellknäuel zu tun hatte?

Als seine Freunde gingen, mit dem Versprechen, sich am Morgen wieder zu treffen, schloss Daryl die Tür ab und wandte sich Cyn zu.

»Wir sollten ins Bett gehen.« Daryl ließ seine Lippen zucken, als er es sagte.

Cyn wich von ihm zurück. »Nein danke. Ich bin hellwach. Wir sollten mit der Suche anfangen.«

Er schüttelte den Kopf und wies ihre Idee zurück. »Es ist nach ein Uhr morgens.«

Ihre Augenbrauen schossen in die Höhe. »Wie ist das möglich? Diese Monster haben uns gegen vier Uhr morgens angegriffen.«

»Das haben sie, und dann hast du den Tag verschlafen. Das haben wir beide.« Er hatte alle Türen abgeschlossen und war schließlich zusammengebrochen. »Die Morgendämmerung ist nur noch ein paar Stunden entfernt. Geschäfte, die wir besuchen müssen, sind geschlossen. Wo genau willst du suchen?«

Manche Frauen hätten sich an diesem Punkt vielleicht stur gestellt und weiterhin die einfache Logik angefochten. Männerlogik. Die richtige Art von Logik.

Eine Logik, die sie verstand?

»Du hast recht.« Sie lächelte und streckte sich, wobei sie den Rücken wölbte und ihre Brüste hervordrückte. »Wir sollten ins Bett gehen.« Sie drehte sich um und präsentierte ihren süßen Hintern. Einen Arsch, in dem ein Mann definitiv seine Zähne vergraben konnte.

Und das würde er tun. Er holte sie ein und streckte die Hände aus, um Cyn zu packen, aber sie wich ihm aus.

»Was denkst du, was du da tust, Miezekätzchen?« Sie warf ihm einen Blick über die Schulter zu.

»Miezekätzchen? Das ist nicht gerade ein sehr männlicher Name. Können wir nicht etwas anderes nehmen?«

»Du ziehst Casanova vor, nicht wahr?«

Er erstarrte und runzelte die Stirn. »Nein.«

»Mir gefällt Miezekätzchen. Es ist süß.«

Normalerweise hätte es für ihn funktioniert, als süß bezeichnet zu werden, aber er hatte den Eindruck, dass sie es nicht gerade auf schmeichelhafte Weise meinte. Warum sollte sie ihn beleidigen? Die Erkenntnis brachte ihn zum

Lächeln. »Ich erkenne das Spiel, das du spielst.« Sie machte sich rar.

»Gut.« Sie drehte sich in der Tür zum Schlafzimmer um. »Wir können morgen früh noch weiterspielen. Nacht.«

Als sie die Tür schließen wollte – obwohl er draußen war! –, schob er seinen Fuß dazwischen. »Was tust du da?«

Sie spähte durch den Spalt, ihre Augen tanzten vor Schalk, ihre Lippen waren ein sinnliches Lächeln des Neckens. »Ich gehe ins Bett. In dein Bett. Allein. Wobei ich das hier trage.« Sie ließ ein T-Shirt baumeln: »Stups mich an und stirb.« Sicherlich meinte sie das nicht so.

Sie trat gegen seinen Fuß und drückte die Tür zu. Schloss sie ab.

Dann ... kicherte sie.

Oh, jetzt war sie dran.

KAPITEL SIEBEN

Mom: Ist das ein Männer-T-Shirt in deiner Wäsche?

Cynthia: Ja. Es ist von der Nacht, in der ich Daryls Bett genommen und ihn auf der Couch habe schlafen lassen.

Mom: Ich dachte, ich hätte dir beigebracht zu teilen.

Als sie ihre schweren Lider öffnete, fielen Cynthia zuerst die dunklen Augen über den ihren auf, die aufmerksam starrten. Dann das bekannte Grinsen.

Zu spät, sie hatte bereits einen Schrei losgelassen.

»Auch schön, dich zu sehen, Honigschnecke.«

Sie rümpfte die Nase. »Ich bin kein Donut.«

»Honigschnecken auch nicht, aber ihr seid beide süß.«

Der kitschige Satz entlockte ihr ein Stöhnen und sie schloss die Augen, nur um sie wieder aufzureißen, als sie rief: »Wie bist du hier reingekommen? Ich erinnere mich genau daran, die Tür abgeschlossen zu haben.«

Empörung überzog sein Gesicht. »Ich habe bereits in der dritten Klasse gelernt, diese einfachen Schlösser in Schlafzimmertüren zu umgehen. Man braucht nur ein Buttermesser.«

Wenn es so einfach war, warum hatte er dann so lange damit gewartet hereinzukommen?

So ein böser Gedanke. Sie sollte froh sein, dass er die Sache nicht vorangetrieben und darauf bestanden hatte, sich ihr im Bett anzuschließen. Sie hätte ihm beim ersten amourösen Versuch den Kopf zurechtgerückt.

Kicher. Es war nicht nur ihre Wölfin, die sie verspottete.

Ein Teil von ihr hatte vergangene Nacht gehofft, dass er sich nicht von einer abgeschlossenen Tür würde abhalten lassen. Sie hatte gehofft, er würde zu ihr ins Bett kriechen und ...

»Was tust du da?«, fragte sie, als er die Decke zurückzog. Sie klammerte sich an die Bettwäsche, um bedeckt zu bleiben, und sah ihn offen an.

Eine Miene, die er als Einladung auffasste, da er ein Bein auf der Matratze platzierte und murmelte: »Schieb deinen süßen Arsch rüber.«

Denkt er wirklich, er kommt zu mir ins Bett?

Scheiß aufs Denken. Er tat es, vermutlich weil sie herüberrutschte. Die Matratze gab unter seinem Gewicht nach, als er sich ausstreckte. Da er einige Kilogramm kräftiger Masse besaß, umhüllt von einem gebräunten, des Ableckens würdigen Körper, wurde sie an ihn gedrückt. Sie konnte sich schlimmere Orte vorstellen.

Oder wir könnten eine Weile so bleiben. Sie konnte versuchen, ihre Anziehung zu Daryl zu leugnen, so viel sie wollte. Es zu leugnen machte es nicht wahr. Sie fand ihn höchst faszinierend, sexy und – nicht zu vergessen – erregend, denn wenn er versuchte, sie zu küssen, schmolz sie wie ein Stück Schokolade in der Sonne.

Leck mich ab, von Kopf bis Fuß.

Oh je. Nicht gerade der richtige Gedanke, während sie an das Objekt ihrer Lust gepresst war. Er war eine Katze. Die Chancen standen gut, dass er es riechen konnte.

Es wäre vielleicht noch peinlicher gewesen, wenn er nicht eine riesige Erektion hätte, und nein, sie sah sie nicht. Sie spürte sie versehentlich.

Mit heißen Wangen nahm sie ihre Hand weg und fragte sich, ob er dachte, sie hätte ihn absichtlich begrapscht.

Kein Wunder, dass er verwirrt ist. Sie gab sehr gemischte Signale von sich. Zum Teufel, sie war sich nicht einmal selbst sicher, was sie fühlte.

»Wie viel Uhr ist es?«, fragte sie. Eine unverfängliche Frage, etwas, worauf sie sich konzentrieren konnte anstatt darauf, wie schön es sich anfühlte, als er seinen Arm über ihr Kissen legte und ihren Kopf sanft darauf zog.

Das war schön.

Muss widerstehen.

Aber wie konnte sie? Der Mann kuschelte, verdammt noch mal! Sie hatte sich noch nie so wohlig entspannt und zufrieden gefühlt.

Und dann musste er ein Kerl sein.

»Ich glaube, es ist an der Zeit, dass meine sinnliche Cyn sich ihrer Kleidung entledigt.« Daryl fuhr mit einer Hand über die Seite ihres Körpers und kitzelte über ihre Rippen. Er hinterließ eine Spur des Bewusstseins und brachte sie dann dazu, den Atem anzuhalten, als er nach dem Saum des T-Shirts griff, das sie sich ausgeliehen hatte. Seine

Finger mit ihren schwieligen Spitzen streiften ihre nackten Oberschenkel. Wo würden sie als Nächstes landen?

»Du willst, dass ich mich ausziehe?«, murmelte sie mit leiser, heiserer Stimme.

»Absolut.« Mit der vollen Breite seiner Hand befühlte er ihr Bein und markierte sie. »Dann will ich, dass du diesen umwerfenden Körper streckst. Ich will, dass du wach und bereit bist, denn ...« Er streifte ihre Stirn mit seinen Lippen. Sie erschauderte. »Du musst duschen, Süße. Du stinkst nach Hund und Echse. Und zwar extrem. So extrem, dass ich diese Bettwäsche werde waschen müssen.«

Damit rollte er sich so schnell vom Bett, dass sie nicht anders konnte, als mit dem Gesicht voran auf der Matratze zu landen – wo sie völlig beschämt blieb.

Zurückgewiesen, weil ich stinke. Ihre Wölfin winselte mit dem Kopf zwischen den Vorderpfoten.

Gut, dass eine von ihnen temperamentvoll war und das nicht auf sich sitzen lassen würde.

Oh nein. Für diese Bemerkung wird er bezahlen, dachte sie, als sie sich auf die Ellbogen drückte. Die Tatsache, dass er recht hatte, war nicht Teil der Gleichung. Kein Mann sollte einer Frau jemals sagen, dass sie baden musste.

Und vermutlich ihre Haare kämmen, vermutete sie mit dem vorsichtigen Tätscheln ihrer außer Kontrolle geratenen Mähne. Ihre sorgsam gekämmte und mit Haarspray fixierte Lockenfrisur war ein klein wenig durcheinander. Okay, ein zerzaustes Knäuel auf ihrem Kopf. Aber es gab Chemikalien ... die sie nicht hatte. Mist.

»Hast du irgendeine Art von Öl? Marokkanisches Öl ist am besten, aber das zum Kochen wird auch reichen.«

Er hatte vielleicht gesprochen, bevor sie ihn unterbrach, aber jetzt tat er es jedenfalls nicht. Jetzt starrte er sie mit heruntergeklappter Kinnlade an. Und es war ein so süßes

Kinn, mit diesem kleinen Kinnbart, den er hatte. Er war kurz und bedeckte nur den unteren Rand seines Gesichts, mit einer kleinen Linie, die zu seiner Unterlippe führte. So sexy.

Ich-will-es-küssen-sexy.

»Wozu brauchst du Öl?«

»Um meine Locken zu zähmen.«

Eine Sekunde lang erstarrte er. Er gab vielleicht eine Art von traurigem Miauen von sich, bevor er sich so weit umdrehte, um sie sehen zu können. Er starrte. Sie starrte zurück, aber ihre Augen wurden schmal, als er in Gelächter ausbrach. »Du sprichst von den Haaren auf deinem Kopf.«

»Natürlich tue ich das. Was dachtest du, von welchen Locken ich spreche?« Angesichts seiner hochgezogenen Augenbraue verstand sie es und wurde rot. »Das ist widerlich. Warum sollte ich mich da unten einölen?«

Er lachte. »Soll ich das wirklich beantworten?«

Die Hitze in ihren Wangen nahm um einige Grad zu. »Können wir aufhören, über die Situation da unten zu reden?«

»Ungern. Das ist eine der besten morgendlichen Unterhaltungen, die ich je hatte. Also, rasierst du dich?«

Sie stützte sich auf einen Ellbogen und sah ihn fassungslos an. »Das hast du gerade nicht ernsthaft gefragt.«

»Warum nicht? Darf ein Mann nicht an der Behaarung interessiert sein?«

»Nein, weil es dich nichts angeht.«

»Oh, es geht mich sehr wohl etwas an«, schnurrte er förmlich. »Ich sorge dafür, dass es mich etwas angeht. Aber wenn ich näher darüber nachdenke, sag mir nicht, wie du deinen Garten hältst. Ich werde es auf jeden Fall genießen, es selbst herauszufinden, wenn ich da unten einen Besuch abstatte. Mit meinen Lippen.«

Sie sog den Atem ein und wollte den Mund halten, aber wie konnte sie das, wenn seine Worte sie entfachten? Ein Teil von ihr hoffte, dass er es ernst meinte – *ich will, dass seine Lippen mich berühren* –, und doch konnte sie nicht umhin, es zu verwehren. Oder sollte sie sagen, ihn herauszufordern? »Es werden keine Lippen meinen Körper berühren, besonders nicht dort unten.«

Er rollte mit den Augen und schenkte ihr ein spöttisches Grinsen. »Ach was. Du musst zuerst duschen und dir die Zähne putzen.«

Oh, das hatte er gerade nicht getan. Erneut. »Du findest, ich stinke?«

Sie fand, dass er stank. Eigentlich folterte er. Was war das weibliche Äquivalent zu Kavaliersschmerzen? Denn sie hatte es vielleicht. Teile von ihr wollten jedenfalls nicht aufhören zu kribbeln, gelegentlich pulsierten sie sogar. Die Schuld lag bei ihm. Bei ihm und all seinen sexy Teilen.

Und was wollte er von ihr? Im einen Moment verführte er sie mit Worten und Berührungen, und im nächsten stieß er sie praktisch absichtlich von sich.

Stieß. Sie. Von. Sich.

Machte ihm ihre gegenseitige Anziehung Angst? Litt er möglicherweise unter denselben Zweifeln?

War es möglich, seine Folter zu erwidern?

Finden wir es heraus.

Der Plan gestaltete sich in weniger als einer Sekunde, was bedeutete, dass er gut sein würde und so schnell voranschritt, dass sie nicht einmal wusste, was geschah, bis sie nackt dastand.

Im Handumdrehen war sie vom Bett gesprungen und hatte das T-Shirt ausgezogen. Sein T-Shirt. Sein Duft umgab sie, markierte sogar ihre Haut. Der Verlust der Kleidung hätte dafür sorgen sollen, dass ihr kalt wurde, aber wem konnte kalt sein, wenn er in der Hitze gebadet war, die von Daryls aufmerksamem Blick ausging?

Lass uns sehen, wie desinteressiert du bist, Liebling.

Sie blickte auf ihre Brüste hinab. Sie hatte zum Schlafen keinen BH getragen. Es war so viel besser, uneingeschränkt zu schlafen, und ihre Brüste zeigten gern die Liebe, indem sie ihre Brustwarzen hart werden ließen. Ungezogene Dinger.

Mmm. Lippen. Saugen und ziehen.

Nicht ablenken lassen, auch wenn er es war. Armer Daryl. Er starrte, ohne auch nur zu blinzeln. Sein Körper war bereit, steif vor Aufmerksamkeit. Das war nicht das einzig Steife an ihm.

Er will mich.

Das war ein berauschendes Wissen. Es brachte das Teufelchen in ihr hervor. Da er ihre prallen Händevoll bewunderte, umfasste sie sie. »Ich sehe, dass du sie bewunderst. Schön, oder nicht? Und echt sind sie auch.« Sie drückte zu. Er gab möglicherweise ein Geräusch von sich. »Ich würde dich sie anfassen lassen, aber du weißt«, sie senkte die Stimme und lehnte sich zu ihm, »ich bin so ein schmutziges, schmutziges Mädchen.«

Ja, diesmal gab er definitiv ein gequältes Geräusch von sich.

Sie hielt ihr Grinsen zurück, bis sie es an ihm vorbei aus dem Schlafzimmer in den Hauptwohnbereich geschafft hatte. Von dort aus fiel ihr eine offene Tür auf, durch die sie Fliesen sehen konnte.

Bevor sie es zur Schwelle geschafft hatte, quiekte sie.

Der Schlag auf ihren Hintern war hart. Scharf. Erregend und frustrierend, da Daryl nicht weitermachte. »Vergiss nicht, viel Seife zu benutzen, Cyn. Und übrigens, mir gefällt, wie du deinen Garten pflegst. Ich werde nachher zum Picknick vorbeikommen.«

Nachher? Es würde kein nachher geben, wenn sie ihn umbrachte, denn ernsthaft, der Mann bettelte förmlich um eine Verstümmelung – oder eine Tracht Prügel, nackt.

Es war Katze gegen Hund, und für jeden kleinen Sieg, den sie gegen ihn errang, stahl er einen von ihr zurück.

Es hätte ihre Anziehung zu ihm aufheben sollen. Ha. Alles schien ihn nur reizvoller zu machen. Also warum widerstehen? Warum Nein sagen?

Weil er weiter reizt und nichts gibt.

Auf der anderen Seite tat sie das auch.

Ein Rätsel, das sie lösen würde, nachdem sie dafür gesorgt hatte, dass sie gut roch.

Dann werden wir sehen, ob du mir widerstehen kannst, Liebling.

Die Dusche war erfrischend, sein Rasierer war scharf genug. Sein Shampoo war irgendein günstiges Zwei-in-eins-Produkt, das ihrem Haar nicht wirklich half. Auch wenn die Handtücher im Schrank über der Toilette sauber waren, trugen sie seinen unverwechselbaren Duft.

Wirf sie auf den Boden und wir werden uns darin wälzen.

Ihre gelegentlich schüchterne Wölfin hatte kein Problem damit, darauf zu beharren. Cynthia entschied sich dafür, den Frotteestoff wie einen Sarong um ihren Körper zu wickeln.

Sie wischte mit dem Arm über den beschlagenen Spiegel und zog angesichts ihres verschwommenen Gesichts eine Grimasse. *Ich sehe genau gleich aus.*

Ein rundes Gesicht, ihre Wangen, die oft als Äpfel bezeichnet wurden, und volle Lippen, die ein wenig pinkfarbenen Lippenbalsam vertragen konnten. Ihre Augen wirkten strahlend, vielleicht mehr als gewöhnlich. Ihr Haar ... ja, darüber würde sie nicht sprechen.

Sie sah in Ordnung aus. Angesichts dessen, was passiert war, hatte sie erwartet, vielleicht irgendwelche Anzeichen ihrer Tortur zu sehen. Dunkle Ringe unter ihren Augen. Ein gequälter Ausdruck in ihrem Blick. Ein Knutschfleck an ihrem Hals.

Okay, das war Wunschdenken, und sie konnte ihre Mutter förmlich hören, wenn sie mit einem solchen nach Hause käme. »*Markierungen sollten sich an diskreten Stellen befinden. Aber wenn es passiert, trag ein Halstuch.*«

Bitte sag mir, Mutter hat nur eine Schublade voll davon, weil sie sie gern trägt. Jeder andere Grund war unerträglich.

Da sie Ablenkung von der Tatsache brauchte, dass ihre Eltern tatsächlich einst in ihrem Leben etwas Traumatisierendes getan haben konnten, um ihr einziges Kind zu zeugen, wühlte sie in Daryls Waschtisch nach einigen grundlegenden Dingen. Das Deo, das sie in der Schublade fand, stellte sich beim Geruchstest als nicht ganz frisch heraus, aber wenigstens gab es ihr etwas, um ihre Haut zu beduften.

Etwas, das die seine berührt hat.

Das Auftragen des Zeugs genoss sie ein wenig zu sehr und legte es zurück in die Schublade. Eine andere Schublade offenbarte einige verpackte Zahnbürsten. Sie nahm eine davon und putzte sich die Zähne, wobei sie versuchte, nicht über die Tatsache nachzudenken, dass er so viele hatte, weil er ein Frauenheld war.

Nicht mein Problem oder meine Angelegenheit. Er kann sein, was immer er will. Er ist nicht mein fester Freund.

Nein, er war schlimmer als das. Je mehr Zeit sie mit ihm verbrachte, desto mehr fragte sie sich, ob er ihr Gefährte war.

Die Gestaltwandlerbevölkerung war hin- und hergerissen bezüglich des Konzepts der vom Schicksal bestimmten Gefährten. Abhängig davon, mit wem man sprach, waren manche davon überzeugt, dass alle Gestaltwandler irgendwo einen perfekten Gefährten hatten. Manche behaupteten, man wüsste es in dem Moment, in dem man sich traf. Der Schock war wie kein anderer.

Andererseits spotteten andere über die Vorstellung. Gefährten auf den ersten Blick? Niemals – es war schlichte tierische Anziehung.

Cynthia fragte sich oft, ob es denen, die nicht daran glaubten, einfach nur nie selbst widerfahren war.

Was die Frage aufwarf: Was dachte sie?

Glaube ich grundsätzlich an Liebe auf den ersten Blick? Daran, dass das Schicksal zwei Leute zusammenbringt, die dazu bestimmt sind, zusammen zu sein?

Oder war es einfach Begierde, bewirkt durch ihre Angst über ihre Freundin?

Sie wünschte sich eine deutliche Antwort.

Stattdessen erhaschte sie einen Blick auf ihr Haar.

Das war wenigstens etwas, das sie in Ordnung bringen konnte. Sie kämmte es so gut wie möglich nach hinten und zerriss dann, als sie keinerlei Gummiband finden konnte, einen Waschlappen, bis sie ein paar Streifen hatte, die sie zusammenflocht, um ein Haarband zu machen. Es würde ein vollständiges Chaos verhindern.

Da sie nackt hereingekommen war, hatte sie nichts, das sie anziehen konnte – nicht dass sie sich an ihren dreckigen Klamotten bedient hätte. Sie musste sich darauf verlassen, dass das Handtuch sie bedeckte.

Oder nackt an Daryl vorbeistolzieren und sehen, was passiert, jetzt, da ich sauber bin.

Manchmal ist weniger mehr. Etwas, das ihre Mutter immer sagte.

Sie achtete darauf, dass das Handtuch alle Teile bedeckte – Teile, die er gesehen hatte, aber das war egal. Es ging um die Präsentation. Sie trat aus dem Badezimmer, wobei ihr das Flugzeugträgerdröhnen des Ventilators folgte, nur um zu quieken: »Da sind ja Leute!«

Tatsächlich hatte Daryl die Wohnung voll von ihnen, wobei einer von ihnen der große Kerl war, den sie in der Nacht zuvor getroffen hatten. Unter seinem Arm hielt er einen kleinen Hund, den sie als Langhaar Chihuahua mit einer pinkfarbenen Schleife im Fell erkannte, wie einen wertvollen Football. Haustier oder Snack?

Neben dem Hundekerl war dieser große Alligator-Typ, an den sie sich ebenfalls erinnerte. Er hatte kein Haustier in den Armen, aber er trug ein Grinsen.

Sie reagierte mit einem Stirnrunzeln, während sie schnell den Rest der Fremden betrachtete – eine blonde Frau, einen kleinen Jungen und einen weiteren großen Kerl mit einer Narbe im Gesicht.

»Da bist du ja, Cyn.« Daryl, der sich an die Frühstückstheke seiner Küche lehnte, lächelte sie an. »Ich habe mich schon gefragt, ob ich dich vor dem Ertrinken retten muss. Ich bin immer bereit, Mund-zu-Mund-Beatmung zu üben.«

»Und ich liebe Gelegenheiten, um die Zielgenauigkeit meines Knies zu trainieren. Vielleicht solltest du also einen Tiefschutz tragen.«

Es war nicht nur Daryl, der lachte. »Ist sie nicht einfach wunderbar verrückt?«

»Genug von deinem Herumalbern. Was geht hier vor sich? Wer sind diese Leute und warum sind sie hier?« Und warum traf sie sie nur mit einem Handtuch bekleidet?

»Es ist ein Treffen der Gemüter und Muskeln«, sagte Daryl grinsend.

»In Daryls Fall ist es der Idiot«, grummelte der vernarbte Kerl. »Ich weiß nicht, ob du dich daran erinnerst, uns letzte Nacht getroffen zu haben. Beim ersten Mal hast du auf die Rückbank gesabbert.«

»Ich sabbere nicht.«

»Wirklich?«, warf Daryl ein. »Schade. Aber keine Sorge, dafür gibt es Gleitgel.« Als hätte er nicht gerade etwas abscheulich Provokatives gesagt, begann Daryl mit der Bekanntmachung. »Du hast Wes, der nie lächelt, letzte Nacht kennengelernt. Dieser Freak da drüben, der den Snack des heutigen Nachmittags hält ...« *Wuff!* »Okay, meinetwegen, wir werden Prinzessin heute nicht essen, aber hauptsächlich aufgrund der Tatsache, dass Constantine größer ist als ich und dieses kleine Fellknäuel mag.«

»Fass meinen Hund an und ich werde dich langsam verdauen.« Eine Drohung ohne große Aggressivität, die, wie sie vermutete, des Öfteren ausgesprochen wurde, da Daryl nur lachte.

Sie war nicht nahe genug, um ihn richtig zu riechen, aber die Wohnung war nicht groß genug, um seinen Duft gänzlich zu meiden. Er kitzelte sie, fühlte sich reptilisch an, war aber überhaupt nicht wie die Alligatoren, mit denen sie während ihres Praktikums im Zoo gearbeitet hatte. »Was bist du?«, fragte sie. Vermutlich nicht die höflichste Frage, aber es waren nicht nur Katzen, die neugierig waren.

Constantine war nicht beleidigt. »Ich bin eine Python.«

»Das hätte er wohl gern«, lachte der letzte Kerl im Raum. »Ich meine, hast du die Größe seines Hundes gesehen?«

Grrr. Der mundgerechte Köter war durch die Bemerkung beleidigt.

»Bring mich nicht dazu, Prinzessin auf dich zu hetzen«, sagte die große Schlange, aber es war die winzige, zurückgezogene Lefze des Hundes, die am faszinierendsten war. Würde das kleine Ding wirklich etwas angreifen, das fünfzigmal größer war als es selbst?

Daryl klatschte in die Hände. »Prinzessin wird hier drin nicht losgelassen. Auf meinem Teppich stehen zu viele Knöchel. Blut lässt sich nur äußerst schwer rauswaschen.« Daryl richtete die Aufmerksamkeit wieder auf sie. »Dieser Kerl, der seinen kleinen Bruder ärgert, der gar nicht mehr so klein ist, ist der tote Mann, vormals bekannt als Caleb.«

»Er ist außerdem ein Idiot, aber wir mögen ihn trotzdem.« Die Blondine, die gesprochen hatte, winkte. »Hi, ich bin Renata, aber meine Freunde nennen mich Renny. Das ist mein Sohn Luke. Sag Hallo, Luke.«

Der kleine Junge blickte nicht von seinem Tablet auf, während er murmelte: »Hi. Nett, dich kennenzulernen.« Natürlich klang es mehr nach Hinettdichkennenzulernen, aber Cynthia verstand es.

»Auch schön, dich kennenzulernen?« Sie konnte den hohen Tonfall am Ende nicht verhindern. *Surreal* beschrieb nicht einmal annähernd das Treffen und die Unterhaltung mit Fremden, während sie nichts als ein Handtuch trug.

Gestaltwandler mochten eine freie Auffassung haben, wenn es um das Tragen von Kleidung ging, aber trotzdem waren sie nicht bei allem nackt. Jedenfalls nicht die Leute, die sie kannte. Sie hatte gehört, im Westen waren die Dinge anders – und wesentlich nackter.

»Ich habe Klamotten mitgebracht«, sagte die blonde Frau namens Renny und hielt eine Tasche hoch. »Daryl sagte, du bräuchtest welche, da euer Motelzimmer letzte Nacht zerstört wurde und die Polizei es abgesperrt hat.«

So viel zu ihrem Koffer und anderen Dingen. Was würde sie ohne ein Portemonnaie tun?

Als hätte Daryl ihre Gedanken gelesen, erklärte er: »Ich habe es geschafft, deine Handtasche herauszuschmuggeln, aber deine Klamotten wurden während des Kampfes irgendwie zerfetzt. Aber keine Sorge. Ich verstehe, wenn du nackt herumlaufen musst, bis du die Gelegenheit hattest, einkaufen zu gehen.«

Sie hätte vielleicht geantwortet, aber die anderen kamen ihr zuvor.

»Daryl!«, rief Renny.

»Ja, Daryl«, spottete Wes. »Hör auf, mit deinem kleinen Gehirn zu denken, und lass die Frau ein paar Klamotten anziehen, damit wir unsere Aufmerksamkeit dem großen Ganzen hier widmen können.«

Das große Ganze beinhaltete kein unverschämtes Flirten mit einem bösen Kätzchen.

Mit einem dankbaren Lächeln nahm Cynthia die Tasche mit Kleidung entgegen, die Renny ihr anbot, und floh in die Privatsphäre von Daryls Schlafzimmer. Sie zog sich eilig an, und als sie herauskam, befanden sich die anderen inmitten einer Besprechung des Angriffs.

»Allem Anschein nach sind sie zurück.«

»Nicht ganz«, warf Caleb ein. »Die Dinosaurierkreatur kann nicht dieselbe sein. Das Echsending, das wir vor einer Weile getötet haben, ist immer noch tot. Seine Teile werden bei Bittech untersucht.«

»Welches Echsending?«, fragte Cynthia, als sie aus dem Schlafzimmer kam.

Es war Daryl, der es ihr erzählte. »Vor ein paar Wochen sind wir auf ein weiteres dieser Echsendinger gestoßen. Es hat versucht, meine Schwester Melanie zu entführen, und war dann auf Calebs Jungen aus.« Er deutete auf das spielende Kind.

Caleb übernahm. »Wir mussten es aufspüren und haben das Ding selbst dann nur zufällig gefunden. Es hatte sich auf einer unwegsamen felsigen Spitze im Sumpf versteckt. Damals wussten wir nicht, dass es fliegen kann.«

»Kann es das?« Sie zog die Augenbrauen zusammen. Sie wusste genug über die Gestaltwandlerstrukturen, um zu wissen, wie exakt der Körperbau für einen vogelartigen Gestaltwandler sein musste. Aufgrund der großen Masse und Kraft bauten nur diejenigen, die ihr Gewicht wirklich niedrig hielten und hart arbeiteten, die Muskulatur auf, die nötig war, damit es funktionierte.

Aria konnte es tun, aber sie gab zu, dass es hart und anstrengend war. Cynthia zog es vor, mit beiden Füßen auf dem Boden zu bleiben, aber ihre Vorliebe bedeutete nicht, dass sich dieses Echsending mit dem Gehen zufriedengab.

»Fliegen ist die einzig logische Erklärung dafür, wie dieses Ding immer wieder aus dem Nichts auftaucht.«

»Es würde auch erklären, wie die Duftspuren anfangen und aufhören. Es kann einfach herabschießen, die Person packen, die es will, und hochfliegen, ohne irgendwelche Alarme auszulösen.«

»Das ist alles schön und gut«, sagte Renny, »nur dass Echsen nicht fliegen können.«

»Manche Dinosaurier können es«, fügte Luke hinzu, was zeigte, dass er mehr zuhörte, als es den Anschein hatte.

»Drachen auch.« Mehrere Augenpaare richteten sich auf Cynthia, die von einem Fuß auf den anderen trat. »Was? Nur weil wir nie einen Drachen getroffen haben, heißt das nicht, dass sie nicht existieren. Ich meine, seht euch all die Geschichten an, in denen sie vorkommen. Sie mussten irgendeine Art von Grundlage haben.«

»Unbestätigte Ängste, denen Form gegeben wird«, antwortete Constantine verächtlich. »Drachen gibt es nicht.«

»Sie erschaffen sie.«

Diesmal landeten die Blicke auf Luke, der weiter auf seinem Bildschirm tippte und Angry Birds auf spottende grüne Schweine schleuderte.

»Hey, Schätzchen.« Renny ging neben ihrem Sohn in die Hocke. »Warum sagst du das?«

»Ich habe es gehört.«

Rennys angespanntem Kiefer nach zu urteilen war Cynthia nicht die Einzige, die die Geschwindigkeit der Offenbarungen nervös machte.

»Wo hast du das gehört, Schätzchen?«, fragte Renny.

Schließlich richtete Luke den Blick auf seine Mutter. »Ich darf es nicht sagen.« Er wandte sich wieder seinem Spiel zu.

Caleb kniete sich neben seinen Jungen. »Hör zu, großer Mann, wenn du etwas über dieses Echsending weißt, dann musst du es uns sagen.«

»Warum fragen wir ein Kind?«, fragte Wes laut. »Kinder wissen nichts. Er denkt vermutlich an irgendeinen Babycartoon, den er gesehen hat.«

Cynthia sah, dass Caleb zu einer Erwiderung bereit war, aber Renny legte eine Hand auf seinen Arm und schüttelte den Kopf.

»Es war kein Cartoon.« Luke funkelte ihn mit gerunzelter Stirn an. »Ich habe Tatums und Rorys Daddy darüber reden hören, dass der Dinosaurier ein erbärmliches Exemplar eines Drachen sei.«

»Andrew? Andrew weiß von diesen Dingern? Dieser nichtsnutzige Mistkerl.« Daryl war gereizt, als er sich von der Theke abstieß, an die er gelehnt war.

Constantine blockierte seinen Weg zur Tür und legte eine Hand auf Daryls Brust, um ihn vom Gehen abzuhalten. »Mach langsam. Du kannst nicht aufgrund dessen, was ein kleiner Junge sagt, auf Andrew losgehen. Vergiss nicht, Andrew ist der Chef bei Bittech. Soweit wir wissen, könnte das, was Luke überhört hat, Teil einer Unterhaltung über die Untersuchungen gewesen sein, die an dem Ding durchgeführt wurden, das für Tests im Labor ist.«

»Ja, unwahrscheinlich«, warf Wes ein. »Sie haben mit den Tests aufgehört.«

»Was meinst du? Ich dachte, sie wollten eine ganze Skala an Blutbildern und Gewebeproben von dem nehmen, den wir getötet haben.« Caleb runzelte die Stirn.

»Das ist eine lustige Sache. Die ursprünglichen Ergebnisse kamen nicht eindeutig zurück. Also haben sie es erneut gemacht. Siehe da, sie behaupten, die Leiche, die wir ihnen gebracht haben, sei kein Echsenmann, sondern ein Kaiman.«

»Das war kein Krokodil. Man muss sich nur die Leiche ansehen.«

»Es gibt keine Leiche. Um sie vor den neugierigen menschlichen Wissenschaftlern zu verstecken, die dort arbeiten, mussten sie sie in Stücke schneiden und sichergehen, dass keine davon wie echte Körperteile aussehen. Diese Teile wurden versehentlich mit dem anderen Müll verbrannt.«

»Na und, es gibt immer noch die Fotos, die gemacht wurden. Fechte die mal an.«

»Welche Fotos?« Wes' Lächeln enthielt keinerlei Belustigung. »Sie sind weg. Der ganze Ordner, welcher der Kreatur gewidmet und hinter einer sicheren Firewall verschlossen war – gelöscht. Verschwunden. Er taucht nicht einmal in der Sicherung auf.«

»Alles ist weg?« Ein ungläubiger Unterton lag in Rennys Frage.

»Das ist doch Sch-« Caleb warf einen Blick auf seinen Sohn. »Braunes, matschiges Zeug. Die Leute bei Bittech vertuschen es. Jemand versucht, die Beweise loszuwerden, weil das kein Krokodil war. Nicht einmal ein Hybrid. Es hat seine halbe Gestalt nach dem Tod beibehalten.«

»Ist das wichtig?«, fragte Cynthia. Sie wusste ein paar Dinge über Gestaltwandler, war aber sachkundiger, wenn es um Tiere ging.

Caleb, der müde aussah, rieb sich über das Gesicht. »Halbgestalten sind nichts, was jeder tun kann. Man muss die Bestie wirklich im Griff haben, wenn man fähig sein will, ausgeglichene Macht in Körper und Geist zu balancieren. Es ist nicht einfach, und weil man dafür einen Fuß in jeder Welt haben muss, sollte es nicht sein. Wenn jemand also inmitten dessen stirbt, lässt die Kontrolle nach und der Körper kehrt zu seiner natürlichen Form zurück, die menschlich ist.«

»Nur dass der Dinosauriermann ein Dinosauriermann geblieben ist.«

»Ist er das? Wir haben jetzt Wissenschaftler, die etwas anderes behaupten.« Wes stieß sich von der Wand ab. »Die Leiche wurde zerstört und die Proben wurden aus irgendeinem Grund getauscht. Jemand versucht, uns davon abzuhalten, zur Wahrheit zu gelangen. Die Frage ist wer?«

Seltsam, wie ein Klopfen an der Tür, ein nachdrückliches, nüchternes Klopfen, in einem solch ernsten Moment zu völliger Stille führen konnte.

Alle sahen einander an, aber niemand sagte ein Wort, als es erneut klopfte, diesmal beharrlicher.

Cynthia empfand es als merkwürdig, dass der Hund nicht bellte, aber ein Blick zeigte, dass Prinzessin sich der

Tatsache bewusst war, dass jemand versuchte, eingelassen zu werden. Ihre winzigen Ohren waren aufgestellt, ihr Blick aufmerksam auf die Tür gerichtet und sie hatte die Lefzen über spitzen Zähnen zurückgezogen.

»Wirst du aufmachen?«, fragte Constantine.

Daryl zuckte zusammen. »Scheiße. Ich schätze, das sollte ich tun.« Mit raubtierartiger Anmut schritt Daryl zur Tür und spähte durch den Spion. »Wer ist da?«

»Pete.«

Wer ist Pete?

Eine Frage, die sie scheinbar laut aussprach, denn Renny antwortete: »Er ist der Sheriff der Stadt.«

Daryl öffnete schnell die Tür und ein großer Kerl in dunkler Uniform stand im Rahmen, den er mit seiner Masse ausfüllte. Auf den Hängebacken des Mannes wuchsen Stoppeln, die zu dem kurzen Haar auf seinem Kopf passten. Pete nickte allen zu und sagte mit leiser Stimme zu Daryl: »Ich muss draußen mit dir sprechen.«

»Was auch immer du mir zu sagen hast, du kannst genauso gut reinkommen und es uns allen erzählen.«

»Diese Nachricht ist nur für dich.«

»Ich habe keine Geheimnisse.«

»Das ist es ja. Du musst anfangen, welche zu haben«, brummte Pete.

Angesichts der zahlreichen fragenden Blicke seufzte der korpulente Sheriff. »Verdammt, ich muss in Rente gehen. Ich kann es nicht gebrauchen, dass mir dieser verfluchte politische Mist das Leben verkompliziert.«

»Welcher Mist? Was zum Teufel ist los, Pete?«, fragte Daryl.

»Ich weiß nicht, was zur Hölle vor sich geht. Ich weiß nur, dass ich angewiesen wurde, die Ermittlungen über den Angriff im Hotel fallen zu lassen und meine persönlichen

Notizen über das, was Daryl mir am Tatort gesagt hat, zu verbrennen. Außerdem wurde mir befohlen, Daryl zu sagen, er solle den Mund halten, sonst ...«

»Sonst was?«, fragte Cynthia.

»Ist egal.« Daryl schnaubte. »Ich werde darüber nicht schweigen. Hier geht irgendetwas ernsthaft Falsches vor sich. Mutierte Gestaltwandler oder Tiere oder so. Und sie sind gefährlich. Wir müssen die Leute warnen. Es dem Rat mitteilen und sie einbeziehen. Damit ...« Daryl verstummte, vermutlich weil Pete den Kopf schüttelte.

»Verstehst du es noch nicht? Was zur Hölle denkst du, wer den Einfluss hat, mich anzurufen und mir zu sagen, was ich zu tun habe? Dachtest du wirklich, ich würde bei jedem einfach so nachgeben?«

Es war Wes, der es als Erster verstand. »Der verdammte Rat weiß von diesen Kreaturen.«

»Unmöglich«, rief Cynthia. »Wenn sie es wüssten, würden sie wollen, dass wir etwas dagegen unternehmen und nicht den Mund halten.«

»Und doch kamen von genau dort meine verschlüsselten Befehle«, sagte Pete achselzuckend. »Ich weiß nicht, wer sie geschickt hat oder warum, aber es war unverkennbar das Siegel des Rates.«

Die meisten Gestaltwandlergruppen neigten dazu, sich selbst zu regeln, für gewöhnlich unter der Leitung eines Alphas oder eines Gewählten – oft durch einen Kampf –, damit ihre geheime Gemeinschaft problemloser lief. Aber auch wenn die Gruppen eine gewisse Autonomie hatten, lag das nur daran, dass der Hohe Rat der Gestaltwandler es erlaubte.

So wie man Cynthia beigebracht hatte, gab es den HRG bereits seit Jahrhunderten, denn dieser erstellte Gestaltwandlerregeln, um die Verbreitung ihres Geheimnisses zu verhindern. Sie griffen bei Fällen ein, wenn jemand ihrer Art aus der Reihe tanzte oder zu viel Aufmerksamkeit auf sie zog.

Richter und Henker, ohne Prozess. Die wilde Natur der meisten Gestaltwandler erforderte Geschwindigkeit in solchen Angelegenheiten sowie eine schnelle Lösung. Oft resultierte das in einem sehr endgültigen Ausgang.

Wenn der Rat also in dieses Chaos verwickelt war und verlangt hatte, dass Daryl und all die anderen sich zurückhielten, war die Entscheidung klar. Sie würden die Ermittlungen aufgeben müssen.

Aria würde vermisst bleiben und diese Monster würden weiter herumstreifen.

Da sie in ihren deprimierenden Gedanken verloren war, bemerkte Cynthia kaum, als Pete ging. Daryl musste in die Hände klatschen und sagen: »Okay, jetzt, da er weg ist, lasst uns ein paar Aufgaben verteilen«, damit sie erkannte, dass die Gruppe nicht aufgegeben hatte.

»Ihr werdet weitersuchen? Aber was ist mit dem HRG?«, fragte sie.

»Der HRG fordert eine Abrechnung mit uns förmlich heraus, wenn er denkt, wir werden uns zurücklehnen, während irgendwelche Monster in unserer Stadt Jagd machen«, sagte Constantine leicht spöttisch.

»Während diese Monster umherstreifen, ist meine Familie in Gefahr«, war Calebs Antwort.

»Sie haben meinen Bruder entführt.«

»Und wir müssen deine Freundin finden«, sagte Daryl, womit er die Gründe beendete.

In diesem Moment fing Bitten Point an, Cynthia ans Herz zu wachsen, und es wuchs auf wesentlich angenehmere Art als dieser Pilz, der ihren Rasierer in der Moteldusche befallen hatte.

KAPITEL ACHT

Daryls Autoaufkleber: »Wenn du das hier lesen kannst, hast du besser das Gleitgel mitgebracht.«

In der Innenstadt von Bitten Point, später an diesem Tag ...

»Warum ist es ausgerechnet unsere Aufgabe, in der Bibliothek zu lesen?«, grummelte Cynthia. »Sollten nicht dieser kluge Constantine und sein kleiner Hund hier sein? Ich hasse Lesen.«

Nicht wahr. Sie las gern interessante Dinge. Es war zeitaufwendig, langweilige Zeitungsartikel auf der Suche nach Erwähnungen merkwürdiger Dinge zu durchsuchen – und es beinhaltete keine Wikinger mit freiem Oberkörper, die sich Jungfern auf die Schulter warfen, um sie zu entführen.

Wer braucht einen Wikinger, wenn ich Daryl habe?

Den dummen, leckeren Daryl, der in allem, was er trug, gut aussah. Im Moment bestand das aus einer abgetragenen, aber bequemen Jeans, einem T-Shirt, auf dem stand, dass er Bikini-Inspektor sei, und Flipflops.

Der Mann hatte seinen eigenen Sinn für Stil, und verdammt, wenn der nicht zu ihm passte.

»Constantine wäre am besten für diese Aufgabe geeignet, wenn er nicht arbeiten würde.«

»Als was arbeitet er denn überhaupt?« Atlas? Der große Kerl, der die Welt auf seinen Schultern trug?

»Feuerwehrmann. Er steht auf dem Dienstplan und kann nicht einfach aus einer Laune heraus einen Tag freinehmen.«

»Ich würde das Aufspüren von mörderischen Echsenmenschen und Hunden kaum als Laune bezeichnen«, zischte Cynthia, als sie Daryl durch die gewundenen Metallregale folgte, die das Gewicht der Bücher trugen.

»Und ich bin mir sicher, wenn er dem Feuerwehrchef erzählen würde, worum es uns geht, würde er zustimmen, aber da wir gerade von Pete dazu aufgefordert wurden, kein Wort zu sagen, hielten wir es für das Beste, wenn wir mit unserem Auftreten nicht zu offenkundig sind. Constantine ist also zur Arbeit gegangen, als wäre alles normal, aber in der Zwischenzeit wird er die Jungs auf dem Revier ausquetschen, um herauszufinden, ob jemand etwas weiß.«

»Wie soll das diskret sein? Wird er nicht in Schwierigkeiten kommen, wenn er erwischt wird?«

»Constantine weiß, wie man sich zurückhält.«

»Das müsst ihr können, wenn ihr das Geheimnis der Existenz von Gestaltwandlern in Bitten Point so lange bewahrt habt. Ist jeder in dieser Stadt einer von uns?«, fragte Cyn, als sie an einer zierlichen Frau vorbeikamen, die ihr rotes Haar zu einem lockeren Dutt gebunden hatte. »Und war das wirklich ein Fuchs?« Sie schaute über ihre Schulter. »Mein Vater hat gesagt, dass sie von

den Briten bei den Jagden in Übersee getötet wurden.«
Sie kannte den Geruch, weil sie während ihres Praktikums im Zoo ein paar ganz gewöhnliche Füchse behandelt hatte.

»Ein paar Füchsinnen und ihre Gefährten haben überlebt. Sie haben es über den Ozean geschafft und sich hier niedergelassen. Sie sind jedoch sehr selten. Was deine andere Frage angeht: Nein, nicht jeder in der Stadt ist ein Gestaltwandler. Bei der letzten Zählung gab es etwa tausend Einwohner, die Durchreisenden und Besucher nicht mitgerechnet. Nur etwa die Hälfte davon sind Gestaltwandler. Wir sind zu nahe an den Everglades und eine zu große Stadt, um von den Menschen völlig übersehen zu werden.«

»Mir ist aufgefallen, dass Renny ein Mensch ist und unser Geheimnis kennt.«

»Natürlich tut sie das. Sie ist nicht nur mit Caleb verpaart, sondern auch ein inaktiver Nachkomme.«

Inaktive, ein Begriff, der oft verwendet wurde, um diejenigen zu beschreiben, die das Gestaltwandlergen in ihrem Körper trugen, es aber nie schafften, ihr Tier zu berühren. Einige wenige manifestierten sich schon in jungen Jahren, aber die meisten Gestaltwandler verwandelten sich erst im Teenageralter vollständig. Die Pubertät war hart und haarig für diejenigen, die es schafften, ihre innere Bestie zu finden.

Aber nicht allen gelang es, diese Kommunikation in Gang zu bringen. Bei manchen blieb die andere Seite inaktiv. Doch selbst mit ihrem Unvermögen konnten sie das Gen weitergeben, was diejenigen, die die Wissenschaft als Beruf gewählt hatten und sie studierten, verärgerte, denn im Grunde genommen waren die Inaktiven Menschen.

»Ich kann verstehen, warum Renny es weiß, aber ich habe andere Menschen in der Stadt gesehen, die sich nicht so verhalten, als wüssten sie es.« Unwissenheit war nicht nur eine Glückseligkeit. Es war ein Geruch.

»Sie verhalten sich so, weil sie es wahrscheinlich nicht wissen. Ich würde sagen, fast die Hälfte der Menschen, die durch unsere Straßen streifen, haben keine Ahnung.« Erstaunlich, wie die meisten Leute seltsame Dinge wegerklärten, nur um sich nicht mit der Möglichkeit auseinandersetzen zu müssen, dass ihre Welt vielleicht nicht das war, was sie zu sein schien.

»Ist es nicht gefährlich, sie hier zu haben?«

»Es würde mehr Aufmerksamkeit erregen, wenn man sie wegstößt. Um die Fassade der Normalität aufrechtzuerhalten, kann Bitten Point niemanden abweisen. Wir ermutigen sie nur, nicht zu bleiben.«

»Wie?«

»Beschissener Service und schlechtes Essen sind ein guter Anfang.«

»Aber was ist mit denen, die du zum Bleiben bewegen willst? Wie verführst du sie?« Unschuldige Worte, und doch, war das ein neckisches Lächeln auf ihren Lippen?

»Wie wäre das als Grund?« Daryl zog sie zu sich und presste seinen Mund auf den ihren, wobei er ihr erschrockenes Keuchen einfing und die nachgiebige Weichheit ihrer Lippen auf seinen spürte.

Das Feuer, das leise brannte, wenn sie in der Nähe war, entzündete sich. Sie öffnete den Mund und ließ die Spitze ihrer Zunge seine berühren. Eine mutige Handlung. Sinnlich.

Flammen rasten durch seine Adern und erhitzten seine Haut, als er von ihr trank.

»Ähm.« Das Räuspern ließ sie auseinandergehen, aber anstatt Verlegenheit zu zeigen, erschienen Grübchen auf Cyns Wangen, als sie lächelte. »Tut mir leid. Sind wir

Ihnen im Weg?« Sie warf sich auf Daryl und drückte ihn gegen den Bücherstapel. »Bitte sehr, hier ist genügend Platz für alle. Oder wollten Sie bleiben und zusehen?«

Es war nicht die Einladung zum Verweilen, die ihn faszinierte, sondern die Andeutung, dass sie noch nicht fertig waren.

Die ältere Frau presste missbilligend die Lippen zusammen. »Flittchen.« Mit einem verächtlichen Schnauben stolzierte sie davon.

Cyn kicherte. »Wow, wie verklemmt. Aber sie ist ja auch eine Katze.«

»Hey!«, protestierte er.

Mit einem weiteren Kichern und ohne Reue entfernte sie sich von ihm. Eine Schande.

»Willst du leugnen, dass Katzen denken, sie seien besser als alle anderen?«, fragte sie.

»Warum sollte ich die Wahrheit leugnen?« Jetzt grinste er.

»So ein böses Kätzchen.« Sie schüttelte den Kopf, lächelte aber. »Diese Stadt ist ein Mischmasch von Kasten.«

»Der Bayou ist einer dieser Orte, an denen alle Arten von Leben gedeihen, aber auch jeder Mann, jede Katze, jeder Hund und jedes Reptil für sich selbst.«

»Ich bin noch nie so vielen verschiedenen Arten von Gestaltwandlern begegnet. Eigentlich war ich noch nie an einem Ort, an dem die Menschen in der Unterzahl sind.«

»Wirklich? Wo bist du aufgewachsen?«

»In Atlanta.«

»Ich dachte, das wäre das Land der großen Löwen?« Er konnte seine Verachtung für die versnobten Kerle, die in ihre Mähnen verliebt waren, nicht zurückhalten.

»Ja, aber wir durften dort leben, als die Familie meiner Mutter dagegen war, dass sie Daddy heiratet.«

Nichts hätte ihn davon abhalten können zu fragen: »Warum waren sie dagegen?«

»Er ist ein Bär. Ein einzelgängerischer Bär, der nicht einmal einen Spürhund sein Eigen nennen kann. Als er meine Mutter kennenlernte, mietete er ein Zimmer und sein ganzes Zeug passte in eine Reisetasche. Meine Großeltern dachten offenbar, er sei unter ihrer Würde. Sie haben ihnen verboten, zusammen zu sein.«

»Ich nehme an, das kam nicht gut an.«

»Meine Eltern beschlossen, alles zu riskieren, und brannten durch. Sie sind nie zurückgekommen.«

»Hat sie es bereut?« Eine Antwort, die Daryl unbedingt wissen wollte, denn seine eigenen Eltern hatten einen ähnlichen Weg eingeschlagen, nur dass in ihrem Fall Dad derjenige aus der wohlhabenden Familie war. Seine Mutter galt als der Abschaum aus der falschen Ecke der Gesellschaft. Der Mangel an Annehmlichkeiten und die Härte ihres Lebens führten schließlich dazu, dass sein Vater sie verließ.

»Bereut?« Sie lachte. »Niemals.«

»Du hattest Glück.«

»Kann sein. Warum denke ich, dass deine Geschichte nicht das gleiche Happy End hat?«

»Sagen wir einfach, mein Vater hat die Vorteile von Geld und Prestige vermisst. Wir wurden ein peinlicher Fehler seiner Jugend.«

»Das tut mir leid.«

»Das muss es nicht. Meine Mutter sagte, wenn er nicht klug genug sei, um zu wissen, was für ein Glück er hatte, dann seien wir ohne ihn besser dran.«

»Also siehst du ihn nie?«

»Oh, hin und wieder kam er mit seinem schicken Auto

und teuren Geschenken vorbei. Er hat aber aufgehört, nachdem wir ihm Krebse gegeben haben.«

»Ihr habt ihn krank gemacht?«

»Nein.« Er rollte mit den Augen. »Wir haben seinen teuren BMW mit echten Krebsen gefüllt. Es hat sich herausgestellt, dass sie sich nicht mit Leder vertragen.«

Wie sehr er den Klang ihres Lachens liebte.

»Du hast also eine Schwester?«

»Melanie. Ja. Sie ist mit Andrew verheiratet, der Bittech Industries leitet. Sie haben zwei Jungs, die als Terror 1 und Terror 2 bekannt sind.«

»Ich nehme an, sie kommen nach dir.«

Er setzte den unschuldigsten Gesichtsausdruck auf, dessen er fähig war. »Willst du damit sagen, dass ich böse bin?«

»Ja.« Sie versuchte nicht einmal zu lügen.

»Du kennst mich schon so gut, Cyn.« Und er wollte noch mehr über sie wissen, aber während sie sich unterhielten, erreichten sie die Tür zum Mikrofiche-Raum, zu dem er den Schlüssel hatte. »Mir fällt ein, dass ich nie gefragt habe, ob deine Freundin ein Gestaltwandler ist.«

»Aria ist ein Vogel. Ein Adler, um genau zu sein. Aber sie hat keinen weißen Kopf.«

Er pfiff. »Eine Vogelkaste. Davon sehen wir nicht viele. Ich glaube, in Bitten Point gibt es derzeit zwei, von denen ich weiß. Früher waren es drei, aber einer von ihnen ist vor ein paar Jahren verschwunden, als wir die ersten Anzeichen von Ärger bemerkten.«

Cyn befühlte anstelle von ihm die Maschine. Was für ein Glückspilz von Metall. »Und das ist es, wonach wir suchen? Nachrichten über alte Angriffe? Sollten wir nicht lieber das Internet benutzen?«

Er knallte die Mikrofiche-Box auf den Tisch. »Nicht,

wenn wir Gestaltwandler-Nachrichten wollen. Der alte Gary, der fast hundert Jahre alt sein muss, weil Schildkröten sehr langlebig sind, gibt schon seit Jahren eine Zeitschrift für unsere Art heraus. Nur auf Papier. Limitierte Auflage. Und wie in einer *Mission-Impossible*-Folge werden die Exemplare nach dem Lesen verbrannt. Außer ...« Er deutete mit der Hand über den verpackten Film.

»Und das soll sicherer sein, als ihn einzuscannen und in eine Dropbox oder ein geschlossenes Online-Forum hochzuladen?«, grummelte sie, als sie den ersten Streifen herauszog und mit zusammengekniffenen Augen betrachtete.

»Nicht jeder traut dem Internet. Schon gar nicht bei all den Hackern, die ihr Bestes tun, um Informationen zu stehlen und zu veröffentlichen. Die Bibliothek wird von unserer Art verwaltet. Nur ein Gestaltwandler kann darum bitten, sie zu sehen.«

»Und was ist, wenn ein Mensch sie versehentlich in die Hände bekommt und es der Welt erzählt?«

»Wer wird das schon ernst nehmen?«, sagte er und deutete auf den Bildschirm.

Ein Bild von George Mercer in seiner riesigen Alligatorgestalt, der im Wasser lauerte, die Augen oberhalb der Oberfläche. Die Schlagzeile? *Bayou-Jäger jagen Alligatoren und Krokodile*. Das Wesentliche des Artikels war, wie man auf Nummer sicher ging.

Aber nicht alles war eine Hilfe. Es wurde über Geburten und Todesfälle berichtet – nicht alle davon waren natürlich. Wilderer waren für viele ihrer Artgenossen eine Sorge.

Das Problem war, dass der Grund für das Verschwinden von Leuten nicht immer klar war. Wurden sie von einem Jäger erwischt? Waren sie in Schwierigkeiten geraten oder hatten sie ein größeres Raubtier gefunden? Waren sie weitergezogen? Wild geworden? Oder war etwas Ruchloseres am Werk?

Während Cyn auf einem Stuhl neben ihm saß, fütterten sie die Maschine mit einer Seite Film und blätterten durch die Bilder, jedes Quadrat eine Seite aus der Zeitschrift. Sie begannen mit einer Ausgabe von vor ein paar Jahren, als die ersten Probleme auftauchten.

Chili-Wettkochen. Sumpfrennen. Straßenverkauf. Alltägliche Dinge, die er schnell überflog.

Sobald er mit einem Dia fertig war, hatte Cyn schon das nächste parat.

»Das macht keinen Sinn«, murmelte sie, während sie eine Mikrofiche-Platte in die Luft hielt. Sie schaute es sich an. »Es sieht so aus, als ob etwas fehlt.«

»Was meinst du mit fehlen? Vielleicht hat jemand die Dias in falscher Reihenfolge eingelegt.« Er schaute zu ihr hinüber.

»Das verstehst du falsch.« Sie zog mehrere Mikrofiche-Platten heraus und legte sie in eine Reihe. Sie zeigte mit dem Finger auf sie und sagte: »Schau mal.« Jede Platte enthielt etwa zwanzig Filmquadrate. Oben auf den Platten stand das Datum, an dem die Zeitung herausgekommen war.

»Die Daten stimmen alle überein. Ich sehe keine fehlenden.«

»Nein, denn die Informationen, die sie zu verstecken versuchten, wurden weggewischt.«

Dann konzentrierte er sich mehr auf die einzelnen Filmplatten und bemerkte, was sie meinte. Um sicherzugehen, legte er eine in die Maschine ein. Er blätterte schnell durch den Artikel über das Familienpicknick in Bitten Point. Der Flohmarkt mit den vielen Babysachen. Dann ein

Schmierfleck. Auf der nächsten Seite war alles in Ordnung. Dann ein weiterer Schmierfleck und noch einer. Dann der Rest der Zeitung, alles in Ordnung.

Er tauschte sie gegen eine andere aus, die Woche darauf. Es war dasselbe. Einige der Filmblöcke waren zu beschädigt, um sie zu sehen.

»Es ist, als hätte sie jemand weggewischt«, sagte Cyn und zeigte auf den Bildschirm. »Man kann sehen, dass es mal ein Bild war.«

»Absichtlich weggewischt oder war es ein Unfall?«

»Nun, es scheint verdächtig zu sein. Ich meine, das sind die Daten, die du dir ansehen wolltest, aber schau mal.« Sie holte ein paar spätere heraus, die für den Herbst, nachdem der erste Aufruhr abgeklungen war. »Siehst du? Diese hier sind völlig intakt. Und die frühen auch.« Sie zeigte ihm auch ein paar davon. »Aber alle, die in den letzten zwei Monaten gemacht wurden, haben die abgewischten Stellen.«

»Es könnte trotzdem ein Versehen sein.«

»Wenn jemand etwas verschüttet hat, würde es sich auf ein paar von ihnen verteilen, nicht auf bestimmte Boxen. Jemand war vor uns dran.«

Aber wer? Die Bibliothekarin schien überrascht, als sie ihr erzählten, was sie gefunden hatten. Ihr zufolge hatte in letzter Zeit niemand darum gebeten, sie zu sehen, und sie führten auch kein Protokoll.

»Wir müssen herausfinden, was an den fehlenden Stellen war«, sagte Daryl, als sie die Bibliothek verließen und in die Nachmittagssonne traten.

»Aber wie können wir das herausfinden? Du hast doch selbst gesagt, dass die Papiere vernichtet sind.«

»Es sei denn, man ist Hamsterer. Komm mit, ich bringe dich zu Gary.«

Sie brauchten Antworten, denn es sah immer mehr so aus, als wäre eine riesige Vertuschung im Gange. Jemand wollte nicht, dass die Leute nachforschten oder Antworten fanden.

Pech gehabt. Diese neugierige Katze gab nicht auf.

KAPITEL NEUN

Cynthia: Also, ich bin einer großen Vertuschung auf der Spur und könnte in Gefahr sein.

Mom: Das ist besser keine Ausrede, um das Sonntagsessen ausfallen zu lassen.

Es gab Zeiten im Leben einer Person, in denen sie jemanden traf, mit dem sie sich sofort verbunden fühlte. Jemanden, dem man vertraute und von dem man nicht genug bekommen konnte.

Als Kind hatte Cynthia Aria gefunden. Sie hatten diese Verbindung, aber als sie älter wurden, ergriffen sie neue Möglichkeiten – und entdeckten Jungs.

Cynthia studierte Veterinärmedizin und fand eine Karriere. Aria durchlief eine Reihe von Gelegenheitsjobs, bevor sie sich zuletzt auf die Suche nach dem machte, was sie im Leben wollte.

Trotz der Tatsache, dass sie zwei völlig unterschiedliche

Leben führten, zögerte Cynthia nach Arias Verschwinden nicht, nach ihr zu suchen, und fand dabei Daryl. Ein Mann, zu dem sie eine stärker werdende Verbindung spürte, besonders jetzt, da sie sich ziemlich sicher war, dass er zu den Guten gehörte. Er und seine Freunde schienen fest entschlossen zu sein herauszufinden, was in Bitten Point passierte. Sie gingen den Dingen auf den Grund, ermittelten wie echte Privatdetektive.

Sie war sich ziemlich sicher, dass das noch cooler war, als ein entführender Gangster zu sein. Der weniger aufregende Teil war die Erkenntnis, dass es gefährlich sein könnte.

»Daryl?« Sie sagte leise seinen Namen und wartete auf seine Antwort. Er klopfte gerade mit den Händen auf das Lenkrad zu einem klassischen AC/DC-Song.

»Ich liebe es, wenn du meinen Namen so sagst, Cyn. Was gibt's, Mäuschen?«

Der Mann hatte die Fähigkeit, ihr Herz mit ein paar heiser gesprochenen Worten zum Rasen zu bringen.

»Sind wir in Gefahr?«

»Warum fragst du das?«

»Die Dinger, die neulich mein Motelzimmer angegriffen haben, hätten uns töten können.«

»Ja, aber wir haben uns durchgesetzt.«

Aber hatten sie das? »Diese beiden Kreaturen waren echt krass. Ich meine, vielleicht hättest du mit ihnen fertigwerden können, aber seien wir ehrlich.« Sie warf einen Blick auf ihre Kurven in der engen schwarzen Yogahose und dem hüftlangen, korallenroten T-Shirt. »Dieser Körper wurde für andere Dinge als das Kämpfen gemacht.«

Da bin ich mir nicht so sicher. Ich mag Wrestling. Wrestling war kein Kämpfen, wenn man es nackt machte.

»Du hast schnell gedacht.«

»Ich habe ein Kissen nach ihm geworfen.« Und versucht, mit einem Hundemann *Hol das Stöckchen* zu spielen, aber diesen Misserfolg erwähnte sie nicht. *Denn mit einem richtigen Stock hätte es vielleicht geklappt.* Das glaubte sie fest.

»Der bloße Schock darüber hat dir ein paar Sekunden verschafft.«

»Wenn du mit Schock Spott meinst. Aber im Ernst, ich will damit sagen, dass diese Dinger mich hätten ausschalten können.«

»Du denkst, sie wollten uns kampfunfähig machen, nicht töten.«

»Ja und nein. Ich glaube, dass unser Besucher, der Hundemann, versucht hat, uns zu töten. Er kam leise herein und ging auf uns los, aber das Echsending tat es nicht.«

»Es ist durch das Fenster gekracht. Es hat mit mir gekämpft.«

»Du hast dich darauf gestürzt. Ihr habt nicht lange gekämpft, bis der Hundemann zurück war.«

»Dann ist es auf dich losgegangen.«

Ein totaler Schreckmoment, aber selbst sie musste zugeben: »Es war langsam hinter mir her.«

»Er reizt seine Beute also gern. Das ist nicht ungewöhnlich für ein Raubtier. Manchmal spielen wir auch gern mit unserem Essen.«

»Du bist ein eingebildeter Kerl.«

»Mehr als du dir vorstellen kannst, Cyn.«

Wie er sie erschaudern ließ, wenn er ihren Namen in diesem Tonfall sagte.

»Also, dieser Typ, den wir treffen, ist ein –«

Bumm!

Der Aufprall von etwas Großem, das den Wagen traf, erschütterte ihren ganzen Körper. Die Welt zerbrach mit einem lauten Krachen. Quietschendes Metall. Lautes Fluchen. Ihr Kopf ruckte zur Seite und ihr stockte der Atem.

Cynthia schlug mit den Händen um sich, aber das half nichts, denn ihr Fahrzeug rutschte über den Asphalt, weil etwas sie schubste.

Ein Blick zur Seite zeigte, dass Daryls Kiefer angespannt und seine Augen starr waren. »Scheiße! Halt dich fest, Süße. Ich werde uns hier rausholen.«

Wie genau hatte er vor, irgendetwas zu tun?

Ihr Wagen wurde über den Asphalt geschoben, prallte auf die andere Seite und kippte fast in den Graben.

»Schnall dich ab«, brüllte Daryl über den Lärm hinweg.

»Warum?«

»Schnall dich jetzt ab«, rief er erneut.

Als sie gehorchen wollte, kippte das Fahrzeug so stark, dass sie spürte, wie sie auf Daryl fiel.

Das war nicht gut. Mit einem Klicken, das sie wegen des knirschenden Metalls kaum hörte, löste sich der Sicherheitsgurt und sie verlor den Halt. Sie hatte kaum Zeit, sich zu fangen, bevor sich das Fahrzeug fast vollständig überschlug. Es landete auf der anderen Seite im Graben und ihr Fenster zeigte zum Himmel.

Ein dumpfer Schlag erschütterte den Wagen und man musste kein Genie sein, um zu erkennen, dass irgendetwas auf dem Fahrzeug gelandet war, vor allem, weil einen Moment später ein Gesicht sie durch das unversehrte Fenster anstarrte.

Knack. Das Fenster bekam Risse, als es von einer fleischigen Faust getroffen wurde.

Sie kreischte.

»Lass mich an dir vorbei«, forderte Daryl. Er hockte irgendwie unter ihr, aber da sie im Weg war, konnte er weder stehen noch weiterkommen.

»Wenn du den Psycho draußen haben willst, dann schnapp ihn dir.« Denen, die behaupteten, sie sei feige, sagte sie: *Versuch es auf die kluge Art*. Stärke kam von der richtigen Entscheidung. Törichter Stolz hatte hier nichts zu suchen, also ließ sie die Person, die am fähigsten war, sich um die Situation kümmern.

Jemand, der das Fenster zerschlug und eine Hand mit einer Waffe hineinschob? *Eher ein Daryl-Problem*, dachte sie von ihrem Platz auf der Rückbank aus. Sie war schnell zur Seite gerutscht, und gerade rechtzeitig, denn als die Faust mit der Waffe durch das zerbrochene Fenster kam, stürzte Daryl sich darauf und zerrte daran.

Sie zog es vor, nicht darüber nachzudenken, was das knackende Geräusch bedeutete. Dennoch zuckte sie zusammen, als sie das Gebrüll eines Mannes hörte, der Schmerzen hatte, wütend war und Daryl sehr abscheuliche Dinge antun wollte.

Ich glaube nicht, dass viele seiner Ideen physisch möglich sind.

Unbeeindruckt von der Aussicht auf Schmerzen lachte Daryl, als der Arm zurückgezogen wurde. »Ich würde gern sehen, wie du es versuchst.«

Mit diesen herausfordernden Worten griff Daryl an die Seite des Fensters und zog sich mit der Beweglichkeit eines Turners hindurch.

Der Kerl hatte richtig Muskeln.

Da sie allein war, musste sie entscheiden, was sie tun würde. Nur ein Feigling würde im Wagen bleiben, und so reizvoll es auch war, sich zu verstecken, sie musste etwas tun.

Sie griff nach den Vordersitzen und steckte den Kopf hindurch, nur um quietschend zurückzuweichen, als ein Körper auf das zerbrochene Fenster der Beifahrerseite fiel. Der Kopf eines Fremden mit kurzem, fast platinblondem Haar baumelte herunter und versperrte ihr den Fluchtweg ... zumindest von vorn. Hier hinten hatte sie andere Möglichkeiten, die sie schnell abwägte.

Sie stand neben der Rückbank, die Füße auf dem Fenster der anderen Tür. Sie hatte Zugang zu einer Tür, aber sie wusste bereits, dass die Schwerkraft gegen sie arbeiten würde, wenn sie versuchte, sie zu öffnen. Ganz zu schweigen davon, dass sie die Tür nie weit genug aufbekommen würde, wenn ein anderer Kerl da oben war und darauf stand. Aber das war nicht der einzige Weg nach draußen.

Ich muss das Fenster zerbrechen. Aber wie? Sie hatte keine Waffe und ihre Schuhe waren zu weich.

Aber deine Faust ist hart.

Ihr Wolf wich zurück. Aua.

Ja, aua, aber sie konnte nicht hier drin bleiben, wenn sie hörte, dass draußen etwas passierte.

Sie zog ihre Faust zurück und ihr Wolf fauchte in ihrem Kopf: *Wickele sie zuerst ein.*

Sie schützen. Sie dachte nicht zweimal darüber nach, sich ihr Hemd auszuziehen. Sie trug den BH, den sie von ihrem vorherigen Outfit gerettet hatte, und eine Yogahose.

Sie wickelte den Stoff ihres Oberteils um ihre Fingerknöchel. Sie zog zurück und schlug zu, wobei sie das Gleichgewicht verlor, als ihre Faust ins Leere traf.

»Ah«, quiekte sie und fiel mit dem Gesicht voran auf den Sitz. Besser als Schotter. Sie spähte zur offenen Tür.

Daryl stand darüber, die Füße auf der Karosserie des

Wagens abgestützt. Er stieß einen leisen Pfiff aus. »Ist das für mich?«

Ein schüchternes Mädchen hätte vielleicht die Arme vor den Brüsten verschränkt. Ein freches würde sie zusammendrücken.

Eine kluge Frau würde ihre Arme hochhalten und sagen: »Hol mich hier raus. Ich rieche Benzin.«

Ein Strom von Schimpfwörtern kam Daryl über die Lippen, als er nach ihren Handgelenken griff. Er zog sie gerade aus dem Wrack, als sie beide das Geräusch quietschender Reifen wahrnahmen.

Als sie auf dem Fahrzeugwrack stand, konnte sie gerade noch sehen, wie ein schwarzer Geländewagen quietschend zum Stehen kam. Eine Gestalt humpelte zu ihm und öffnete die hintere Beifahrertür. Das Fahrerfenster wurde heruntergelassen, aber der Stand der Sonne machte es unmöglich, ins Innere zu sehen.

Klick. Flimmer. Eine Flamme tanzte auf dem Feuerzeug im Fenster des anderen Fahrzeugs.

Sicherlich würde derjenige es nicht wagen, es wegzuwerfen. Immerhin war sein stöhnender Kamerad mit ihnen am Wrack.

Die Flamme des Butanfeuerzeugs flackerte nicht, als dieses geworfen wurde, in einem perfekten Bogen, den ihr Blick dorthin verfolgte, wo es auf der Ladefläche des Pickups landete, der sie im Graben einklemmte. Ein Pick-up, der mit Fässern voller Düngemittel beladen war.

Oh, oh.

Bevor Cynthia schreien konnte, glitt sie ruckartig vom Wagen herunter, hauptsächlich weil Daryl an ihr zerrte. Die Landung auf dem Boden war erschütternd, aber das war es nicht, was ihr den Atem raubte. Daryl landete auf ihr und bedeckte sie mit seinem Körper.

Aber das Schlimmste stand noch bevor.
Bumm!
Die Welt explodierte.

KAPITEL ZEHN

Daryls geliehenes T-Shirt von Constantine: »Ich liebe Chihuahuas.«

Wenn Daryl das T-Shirt ignorierte, das er sich von Constantine geliehen hatte, um sein zerfetztes zu ersetzen, ging es ihm gar nicht so schlecht.

Das Klingeln in seinen Ohren von der Explosion hatte größtenteils aufgehört. Die versengten Haare würden nachwachsen. Cyn war verschont geblieben, weil er sie abgeschirmt hatte, und sein T-Shirt hatte er nur verloren, weil sie es brauchten, um die Blutung zu stoppen.

Er hatte den Vorfall nicht unversehrt überstanden.

Als er sich von Cyn abrollte, wobei die starke Hitze und der Rauch ihn zum Husten brachten – und nein, er brauchte kein Mittel gegen Haarballen –, wusste er, dass ihn ein paar Splitter des explodierten Wagens und des Pick-ups getroffen hatten.

Aber das machte ihm weniger Sorgen als das Inferno,

das nur wenige Meter entfernt war. Durch die lodernden Flammen und den aufsteigenden Rauch griff er nach Cyn und zog sie auf die Füße, woraufhin sie auf das Feld eines Bauern humpelten. Im Taumel zertraten sie die aufkeimenden Halme, bis Daryl der Meinung war, dass sie weit genug entfernt waren, um eine Pause einzulegen.

Er ließ sich in die Hocke fallen und blickte zurück, während Cyn neben ihm zusammensank.

»Sind wir hier sicher?«, fragte sie.

Bumm. Die Explosion erschütterte den Boden, aber es regnete nichts auf sie herab.

»Ich würde sagen, ja, solange das Feuer nicht in unsere Richtung kommt.«

Angesichts der Windrichtung schien das unwahrscheinlich, aber bei einer tödlichen Waffe von Mutter Natur konnte man nie wissen.

Er bemerkte ihr Zittern, als der Schock einsetzte.

»Diese Leute haben versucht, uns zu töten.«

»Ja, und sie werden es vielleicht noch weiter versuchen, also bleib in Deckung. Ich weiß nicht, wie gut sie durch den ganzen Rauch sehen können, aber ich würde sie lieber noch nicht wissen lassen, dass wir es lebend raus geschafft haben.«

»Glaubst du, sie werden es noch einmal versuchen?« Sie krächzte die Worte geradezu.

Er hoffte es nicht, denn angesichts ihres letzten brutalen Versuches reichte er vielleicht nicht aus, um Cyn zu beschützen.

Ein kluger Mann wusste, wann er Verbündete brauchte. Er holte sein Handy aus der Tasche und drückte die Kurzwahltaste. Wes ging gleich beim ersten Klingeln ran.

»Was ist los?«, schnauzte Wes. »Ich war irgendwie beschäftigt.«

Daryl blieb bei der Sache. »Wir wurden an der vierzehnten Trasse angegriffen, gleich hinter dem riesigen Wasserdurchlass. Ruf die Feuerwehr an. Und ich brauche einen Erste-Hilfe-Kasten.«

»Geht es dir gut?«, sagte Wes in ein Ohr, während Cyn murmelte: »Ich brauche keine Pflaster.«

»Ein paar blaue Flecke und Schnitte, keine große Sache.«

»Daryl! Was ragt da aus deinem Rücken raus?« Cyns Schrei ließ ihn das Gesicht verziehen, vor allem weil Wes lachte.

»Wir sehen uns gleich. Ich hoffe, du überlebst.«

Das stand infrage, und zwar nicht wegen seiner Schrapnell-Wunde, sondern weil Cyns panische Schreie die Killer zu ihnen führen könnten.

»Warum hast du nichts gesagt?«

»Das ist doch keine große Sache.«

Sie starrte ihn an. »Keine große Sache? Aus deinem Rücken ragt ein Stück Metall heraus.«

»Das erklärt vielleicht, warum es ein bisschen wehtut. Zieh es bitte raus und drücke deine Hände darauf. Das wird den Blutfluss verlangsamen.«

»Hast du den Verstand verloren?«

»Nein, aber ich habe offensichtlich ein Stück Metall gefunden.«

»Ich kann nicht glauben, dass du willst, dass ich das Ding rausziehe. Du brauchst ein Krankenhaus.«

»Warum, wenn ich eine Tierärztin habe?«

»Nur weil ich Tierärztin bin, heißt das nicht, dass ich weiß, wie ich dich in dieser Form behandeln soll.« Sie deutete auf seinen Körper.

»Ich gebe zu, dass es nur eine lange und harte Form gibt, die du behandeln sollst, aber wenn das passieren soll, musst du zuerst dieses Stück Metall aus mir herausziehen. Es schmerzt.«

»Schmerzt?«

»Es tut höllisch weh. Würdest du es jetzt rausziehen?«

Während sie ihn ärgerte, hatte sie sich tatsächlich die Wunde angesehen. Er fragte sich, ob sie das mit Absicht tat, um ihn abzulenken. Hielt sie ihn für ein Weichei?

An einer majestätischen Katze ist nichts auszusetzen, schniefte sein Panther.

»Gute Nachrichten. Das Stück ist nicht dick. Eher wie Blech und nicht spitz. Und ich glaube nicht, dass es allzu tief sitzt.«

Er fragte sich, ob sie sich auf die Unterlippe biss, während sie sanft seine Haut abtastete. »Zieh es raus.«

»Soll ich zählen?«, fragte sie.

»Zieh es raus.«

»Bist du dir sicher? Ich meine, was ist, wenn –« Ein Ruck, und dann ein weiteres Ziehen.

Er brüllte, als Stoff gegen ihn zurückschnellte. »Was zum Teufel?«

»Ich habe es herausgezogen, wie du es wolltest.«

»Du hättest mich vorwarnen können.«

»Ich dachte, du wolltest nicht, dass ich zähle.«

»Das war, bevor ich wusste, dass du zwei Stücke herausziehst.«

»Sei nicht so ein Baby.«

Schalt sie ihn? »Ich weine nicht.«

»Jammern ist genauso unattraktiv.«

»Ich jammere nicht«, schmollte er.

»Natürlich nicht«, neckte sie und kniete sich neben ihn. Da bemerkte er erst, was sie trug. Oder auch nicht.

Der BH konnte diese reifen Pfirsiche kaum verbergen. Die Hose schmiegte sich an ihre Kurven.

Ich will diese Kurven umarmen. Und sie lecken.

Ein offenes Feld war vielleicht nicht der ideale Ort für eine Verführung, aber ein Mann nahm, was er hatte. Natürlich half es, wenn sie die Dinge aus seiner Sicht sah.

»Ich nehme nicht an, dass du darauf stehst, Wehwechen zu küssen, damit sie besser werden?«, erkundigte er sich mit einem hoffnungsvollen Unterton.

»Daryl! Das ist weder der richtige Zeitpunkt noch der richtige Ort.«

»Heißt das, dass das ein Ja für einen anderen Ort ist?«

»Nein. Ich meine, vielleicht. Ich meine – wir sind hier drüben!«, rief sie über seine Schulter, als sie Wes entdeckte, der mit großen Schritten auf sie zukam.

Damit war ihr gemeinsamer Moment dahin. Daraus wurde eine Stunde oder mehr mit Sirenen und Leuten in offiziellen Uniformen, die Fragen stellten. Viele Fragen. In dieser Zeit beschaffte er sich ein neues T-Shirt und Cyns Brüste wurden bedeckt – durch das Hemd eines anderen Mannes. Den Duft eines anderen Mannes.

Grrr.

Egal wie sehr er sich an Cyn rieb, er konnte den Geruch von Wes nicht loswerden, und angesichts seines Grinsens wusste der Trottel das.

Was ihre Geschichte für die Behörden anging?

Es war ein unglücklicher Unfall. Der Pick-up kam aus der Seitenstraße, ohne sie zu sehen, und raste in ihr Fahrzeug. Die verbrannte Leiche, die eingeklemmt im Fenster des Wagens gefunden wurde, wurde als barmherziger Samariter abgetan, der dachte, sie seien noch im Wagen, und ihnen zu Hilfe kommen wollte.

Die Tatsache, dass der gute Samariter eine Waffe besaß,

wurde verschwiegen. Genauso wie die Tatsache, dass Daryl verletzt war, nicht in den Bericht aufgenommen wurde.

Wenn kein Mensch von seinen Verletzungen wusste, würde in ein paar Tagen, wenn er geheilt war, auch niemand mehr davon Notiz nehmen.

Als das Chaos sich gelegt hatte, lehnten er und Cyn an Wes' gepflegtem Bronco. Ein Feuerwehrmann in einer gelben Hose, die von Hosenträgern gehalten wurde, und mit einer schweren Jacke kam auf sie zu und nahm seinen Helm ab, als er sich näherte.

Constantine warf seinen Hut auf das Feuerwehrauto, bevor er seinen Weg fortsetzte und dabei seine Jacke aufknöpfte. »Das verdammte Ding ist heiß.«

»Aber es hält deine Haut babyweich«, prustete Wes. »Wie steht es um das Feuer?«

»Offiziell heißt es, dass der Typ, der den Pick-up fuhr, berauscht von den Dämpfen des auslaufenden Düngers auf seiner Ladefläche war, in euren Wagen krachte und euch in den Graben schleuderte. Da er nicht bemerkt hat, dass ihr weg wart, hat er in eurem Fahrzeug nachgesehen, als sich der Pflanzenmist entzündet hat, kabumm.«

»Und inoffiziell haben wir gerade erfahren, dass es einen Zusammenhang zwischen dem, was vor ein paar Jahren passiert ist, und jetzt gibt.« Denn ein Zusammenhang ließ sich nicht mehr leugnen. Zu viele Zufälle bedeuteten, dass etwas faul war.

»Ich verstehe nicht, warum sie sich Sorgen machen, dass wir etwas finden. Ich meine, sie scheinen ihre Spuren ziemlich gut zu verwischen.« Cyns Meinung dazu.

»Gut oder nicht, sie waren besorgt genug, um ein paar Leute zu schicken, die uns ausschalten sollten.« Es machte Daryl immer noch Angst, zu wissen, wie nahe Cyn der Gefahr gekommen war.

»Wenn das Absicht war, heißt das nicht, dass sie wussten, wohin wir unterwegs waren?«, gab Cyn zu bedenken. »Und wenn sie so entschlossen waren, uns aufzuhalten, was ist dann mit diesem Gary, zu dem wir unterwegs waren?«

Eine plötzliche Stille trat ein, die durch das abrupte Knistern des Polizeifunks unterbrochen wurde.

*Code 10-80. 139 Weeping Willow Lane.«

»Ist das nicht Garys Haus?«, fragte Wes.

Es war tatsächlich Garys Haus, das brannte, mit Gary darin. Der alte Mann überlebte, aber nur, weil er es schaffte, nach draußen zu kriechen, wo er auf dem Rasen ohnmächtig wurde.

Ein Krankenwagen hatte ihn in die städtische Klinik gebracht. Aufgrund seines Alters waren seine Verletzungen ernst, aber der sture Kauz würde überleben. Er war zu zäh, um es nicht zu tun.

Garys Haus war es leider nicht so gut ergangen. Erstaunlich, wie ein altes Haus mit originalem Fachwerk und Verkleidungen, gefüllt mit Büchern, Zeitschriften und Zeitungen, brannte. Es brannte bis auf den Boden ab. Nicht ein Fetzen Papier blieb übrig. Asche als Hinweise und eine Sackgasse bei ihren Ermittlungen.

Da es kurz vor der Happy Hour war, suchten sie eine Kneipe auf, in der sie sich wenig Chancen ausrechneten, befragt zu werden. Der einzige Ort in der Stadt, an dem sich jeder um seine eigenen Angelegenheiten kümmerte. Das *Itsy Bitsy*.

Natürlich erkannte Cynthia die Logik ihrer Wahl nicht. Sie stand schockiert da, machte große Augen, während sie es betrachtete, und rief dann: »Ihr habt mich in eine Tittenbar gebracht?«

KAPITEL ELF

Cynthia: Also, ich war in meinem allerersten Striplokal und überlege, ob ich Pole Dance ausprobieren soll.

Mom: Ich habe gehört, dass alle Supermodels so ihre Figur halten.

Cynthia: Die Männer haben mir Geld zugeworfen.

Mom: Ich hoffe, du hast es in einen Rentenplan investiert. Es ist nie zu früh, damit anzufangen.

Vielleicht war es nicht das Beste, *Tittenbar* zu rufen, wenn man von spärlich bekleideten Frauen umgeben war, die einen bösen Blick in ihre Richtung warfen.

Daryl brachte seine Lippen an ihr Ohr. »Vorsichtig, Cyn. Es ist ein Lokal wie jedes andere.«

»Mit Frauen, die sich für ein paar Mäuse ausziehen«, zischte sie zurück.

»Ein paar Mäuse?«, prustete Wes über seine Schulter, als er sich einen Weg durch die Tische bahnte. »Ich habe schon viel zu viel von meinem Gehalt hier ausgegeben. Zum Teufel, wahrscheinlich habe ich im Alleingang einen Haufen Tänzerinnen durchs College gebracht.«

»Ich auch«, fügte Daryl hinzu. Als er Cyns finsteren Blick sah, grinste er. »Ich tue nur mein Bestes, um meine Gemeinde zu unterstützen.«

Sicherlich war es nicht Eifersucht, die sie dazu brachte, ihre Fingernägel in die Handflächen zu bohren? »Gibt es keine andere Kneipe in der Stadt? Eine, die Essen serviert?«

»Das *Itsy Bitsy* hat auch Speisen.«

»Wird irgendetwas davon nicht in einer Fritteuse zubereitet?«, fragte sie.

Die Jungs tauschten einen Blick aus. »Ich glaube, die Erdnüsse nicht.«

Mit anderen Worten: nichts Gesundes nach dem Tag, den sie hinter sich hatte. Perfekt. »Ich bin dabei.« Sie war ausgehungert. Sie spürte, wie sie schrumpfte ... *schrumpfte* ... Sie brauchte etwas zu essen. Sofort!

Ihre Wiederbelebung begann mit einem leckeren Eistee – mit einem kleinen Spritzer Besonderheit –, der von keiner Geringeren als Renny serviert wurde.

»Du arbeitest hier?« Cynthia konnte nicht anders, als damit herauszuplatzen.

»Von Dienstag bis Freitag bis zur Abendessenszeit. Das Geld ist anständig und das Trinkgeld ist fantastisch.«

»Mehr als fantastisch«, grummelte Caleb, als er einen Arm um seine Frau legte und ihr einen Kuss auf die Lippen drückte. »Auch wenn es mir anfangs nicht gefallen hat, ist es doch ein anständiger Arbeitsplatz. Sie behandeln die Mädchen hier viel besser als anderswo.«

»Das liegt daran, dass Bobby weiß, dass glückliche

Tänzerinnen auch glückliche Kunden bedeuten, und glückliche Kunden kommen immer wieder für überteuertes Bier zurück.«

»Ich komme wegen der Zwiebelringe im Bierteig«, gab Daryl zu, als er sich an die Wand setzte und Wes anknurrte, als dieser den anderen Platz nehmen wollte. Daryl warf Cyn einen Blick zu und klopfte auf die Stelle neben sich.

Wes und Caleb nahmen auf beiden Seiten Platz, während Renny sich mit der Hüfte an das Tischende lehnte.

»Also, was zum Teufel ist passiert?«, fragte Renny. »Ihr seht furchtbar aus und riecht auch so.«

»Autounfall.«

»Versuchter Mord.«

»Ärger.«

Die verschiedenen Antworten wiesen alle auf die letzte hin.

»Ich lehne mich jetzt mal weit aus dem Fenster«, verkündete Wes, »und sage, dass der HRG weiß, dass wir immer noch untersuchen, was passiert ist.«

»Du glaubst, sie waren heute hinter uns her?«, quiekte Cynthia.

»Sie würden nicht auf angeheuerte Schläger zurückgreifen. Warum sollten sie so etwas Schmutziges tun, wenn sie einfach die HRG-Privatwache hätten schicken können, um uns abzuholen?«

»Wes hat recht. Sie müssten nicht so subtil sein. Wenn sie behauptet hätten, wir würden unser Geheimnis gefährden, hätten sie uns einfach schnappen können. Nein, wer auch immer heute hinter uns her war, wollte ein Zeichen setzen.«

»Und zwar ein verdammt lautes«, polterte Caleb.

»Ein Versuch, der gescheitert ist, was die Frage aufwirft,

ob sie es noch einmal versuchen werden. Immerhin wissen sie jetzt, dass wir in der Vergangenheit wühlen. Oder es getan haben. Da Garys Haus zerstört ist und die Mikrofilme unbrauchbar sind, haben sie alle Quellen eliminiert, die wir durchsuchen können. Wenn sie alle Beweise vernichtet haben, müssen wir uns dann Sorgen machen, dass sie wieder hinter uns her sind?«

»Sind wir sicher, dass sie alles vernichtet haben?« Als sich die Blicke auf Cynthia richteten, erklärte sie: »Bis jetzt haben wir nach schriftlichen Berichten gesucht. Internetrecherchen. Polizeiberichten. Zeitungen. Ihr geht alle davon aus, dass etwas aufgeschrieben wurde. Aber was ist, wenn die Leute damals auch bedroht wurden? Wenn man ihnen gesagt hat, sie sollen den Mund halten?«

»Dann gäbe es keine Aufzeichnungen«, sagte Caleb langsam. »Aber die Leute würden es trotzdem wissen, auch wenn sie die ganze Zeit geschwiegen haben.«

»Wenn wir sie finden und mit ihnen reden, sie wissen lassen, dass jetzt andere Leute beteiligt sind, werden sie uns vielleicht sagen, was sie gesehen haben oder wissen.«

»Ein großes Problem«, warf Wes ein. »Wie finden wir heraus, wer was weiß?«

Das war ein Problem, für das keiner von ihnen eine Lösung hatte. Und sie grübelten immer noch darüber nach, als das Essen kam, serviert von einer vollbusigen Blondine mit Zöpfen, die einen Rock trug, der in einem anderen Leben vielleicht einmal ein Stirnband gewesen war, zusammen mit einem Bikinioberteil, das aufgrund seines Mangels an Stoff umweltfreundlich war.

Cynthia mochte sie auf Anhieb nicht, und das hatte nichts damit zu tun, dass die übermäßig entblößte Frau Daryl mit ihrem Flittchenlächeln anstrahlte und quietschte:

»Süßer, es ist schon ein paar Tage her, dass ich dich gesehen habe. Ich dachte, du hättest mich ganz vergessen.«

»Natürlich hat er das, denn ich bin jetzt seine Lieblingsbarfrau«, verkündete eine sommersprossige Rothaarige mit einem großen runden Tablett mit Getränken und winzigen Shorts, die kleiner waren als der Großteil von Cynthias Unterwäsche.

Der Paukenschlag kam, als die dritte und vierte Frau an ihrem Tisch auftauchten und Daryl kichernd zuwinkten, während sie erklärten, sie seien sein Liebling.

»Du bist nicht nur ein böses Kätzchen. Du bist ein Kater«, rief Cynthia aus. »Du bist hier Stammgast.«

»Wegen des Mitarbeiterrabatts«, erklärte Daryl.

»Du arbeitest doch nicht hier, oder? Sag bloß, du bist Stripper?« Die Vorstellung schockierte und erregte sie. Sie war noch nie zu einem männlichen Stripper gegangen, aber wenn Daryl derjenige war, der sich auszog ...

»Ich strippe nur privat –«

»Oder betrunken«, meldete sich Caleb zu Wort.

»Renny ist diejenige, die mir erlaubt, ihren Rabatt auf das Essen zu nutzen. Ihre Ringe sind wirklich lecker. Probier einen.« Daryl schob ihr den knusprigen Leckerbissen an die Lippen, und es war ein Automatismus, sie zu öffnen und abzubeißen.

Knusprig. Salzig und süß und ... »Die sind verdammt gut.« Sie schnappte sich den Rest des Zwiebelrings aus seiner Hand und steckte ihn in den Mund, dann nahm sie einen Schluck von ihrem Bier.

Vielleicht hatte es etwas für sich, wegen des Essens zu kommen, aber das Aufblitzen der Brüste auf der Bühne, als alle paar Lieder andere Mädchen herauskamen, lenkte sie ab. Zu seiner Verteidigung musste man sagen, dass Daryl nicht darauf zu achten schien. Keiner der Jungs tat das.

Im Gegenteil, Daryl zeigte, dass er sich ihrer Anwesenheit bewusst war, indem er seine Hand schwer auf ihren Oberschenkel legte und sie durch gelegentliches Drücken und sanftes Reiben in einem ständigen Zustand des Bewusstseins hielt.

Trotzdem, der Mann hatte sie in ein Striplokal gebracht. Das klang für sie nicht gerade romantisch.

Und ist es das, was du willst? Romantik?

Was sie wollte, war, dass diese Flittchen aufhörten, ihre halb nackten Körper an ihrem Tisch zur Schau zu stellen und Luftküsse zu machen. Das machte sie ein wenig gereizt, also ließ sie das Objekt ihres Zorns das spüren.

»Weißt du, die ganze Sucherei wäre nicht so kompliziert, wenn du es neulich geschafft hättest, eines dieser Dinger zu schnappen«, warf sie ihm vor und bemerkte, dass ihr erstes Bier scheinbar durch ein frisches ersetzt worden war. Sie trank noch einen Schluck, der flüssige Mut wärmte sie.

»Was soll ich sagen? Diese Monster sind entkommen.«

»Und du hast sie nicht gejagt.« Sie schüttelte den Kopf.

»Natürlich habe ich das nicht. Ich bin bei dir geblieben, um mich zu vergewissern, dass es dir gut geht.«

»Du hast unsere einzige Spur verloren.« Ein kleiner Teil von ihr fühlte sich unanständig, weil sie ihn aufzog, aber in diesem Moment hüpfte ein weiteres pralles Paar vorbei.

Daryl schien es nicht zu bemerken. Er starrte Cynthia an – die bekleidete Gewinnerin! »Bist du aus einer psychiatrischen Anstalt entkommen?«

»Nein.«

»Nimmst du irgendwelche Drogen? Wurdest du als Kind auf den Kopf fallen gelassen?«

»Nein und nein. Warum?«

»Weil nur ein Idiot mich dafür beschimpfen würde, dass ich mich um eine bewusstlose Frau kümmere, die gerade angegriffen wurde.«

Caleb stöhnte, als er sich vorbeugte. »Kumpel. Das hast du gerade nicht getan. Hör sofort auf.«

»Womit soll ich aufhören, in ihrer Verrücktheit herumzustochern?«

Sie richtete sich auf, nachdem sie den letzten Schluck ihres Bieres getrunken hatte. »Ich bin nicht verrückt. Nur impulsiv.«

»Impulsiv bedeutet, dass man wilde, spontane Dinge tut. Verrückt bedeutet, dass man nicht alle seine geistigen Zylinder feuert.«

»Ich bin zu impulsiv.«

»Wirklich?« Daryls Augen funkelten herausfordernd. »Beweise es. Ich fordere dich heraus. Mal sehen, wie impulsiv und sündhaft du wirklich bist.«

»Du kannst mich nicht einfach so in Zugzwang bringen«, stotterte sie.

»Ein wirklich impulsives Mädchen hätte damit kein Problem.«

»Du willst Beweise?« Cynthia schob ihren Stuhl zurück und stand auf. »Ich werde auf die Bühne gehen und mit meinem Hintern wackeln. Ist das impulsiv genug?«

Er lehnte sich in seinem Sitz zurück und verschränkte die Arme. »Mach nur.«

»Das werde ich.« Sie bewegte sich nicht.

Er grinste. »Ich wusste, du würdest es nicht tun.«

»Ich glaube, du willst mich mit deiner Mutprobe davon ablenken, dass du es vermasselt und die beiden Verbrecher hast frei herumlaufen lassen.«

»Ich habe es nicht vermasselt. Ich habe mich um dich gekümmert.«

»Klar hast du das.«

Das Geräusch, das er von sich gab, erinnerte sie an das frustrierte Geräusch, das sie ihren Eltern bereits mehr als ein paarmal entlockt hatte.

Sie probierte den Trick aus, der bei ihrem Daddy funktionierte. Sie klimperte mit den Wimpern.

»Hast du etwas im Auge?«

»Nein, aber ich werde dir etwas zum Anglotzen geben«, murmelte sie.

Willkommen beim logischen Plan Nummer ... okay, sie zählte nicht mit, aber sie wusste, dass es einen guten Grund gab, warum sie zu dieser Bühne marschierte – abgesehen von dem Bier, das in ihrem Körper zirkulierte – und auf die Plattform kroch, weil es keine Treppe gab, die sie sehen konnte.

Die Bühne befand sich in der Pause, aber die Musik dröhnte immer noch, und ein bestimmtes Lied, das gerade zu Ende ging, führte zu einem anderen, einem Retro-Song, der recht schmutzig war.

So schmutzig.

So perfekt.

Und nicht so beängstigend wie erwartet. Jetzt, da Cynthia im Scheinwerferlicht stand, konnte sie weder die Menge noch die Tische sehen, nur verschwommene Schatten, nicht dass sie lange gesucht hätte. Cynthia tanzte immer mit geschlossenen Augen. Ohne Sicht, mit seitlich ausgestreckten Armen und kreisenden Hüften begann sie zu tanzen, während sie den Rhythmus von »Touch Me« von Samantha Fox durch ihren Körper strömen ließ.

Sie bewegte ihre Schultern, ging damit über zu ihrem Oberkörper und hinunter zur Taille. Auch ihr Hintern wackelte. Das war doch gar nicht so schwer.

Bis jemand sie daran erinnerte, wo sie war. »Zieh dich aus!«

Ausziehen? Jemand wollte tatsächlich, dass sie sich auszog?

Sind wir nicht deshalb hier oben?

Ausziehen. Ein Körper war eine schöne und natürliche Sache. Sie neigte nicht dazu, ihn zur Schau zu stellen, aber da ihre Hemmungen gesunken waren und ihre Haut vor Bewusstsein kribbelte – weil Daryl sie beobachtete –, griff sie nach dem Saum ihres Hemdes und zog es sich über den Kopf.

Es blieb kurz an ihrem wirren Haarknoten hängen, aber nicht lange.

Mit einem triumphierenden Grinsen wirbelte sie es um ihren Kopf und ließ es los.

Jemand fing es, denn sie hörte, wie derjenige rief: »Es riecht nach Rauch.«

Ja, weil ich in Flammen stehe. Und diesmal nicht buchstäblich, wie bei dem Vorfall mit dem Grill.

Ihre Hüften wogten zusammen mit ihren Armen in einer Körperwelle, die ihr Pfiffe aus dem Publikum einbrachte.

Seltsam, wie schmeichelhaft es sein konnte, das Objekt der Aufmerksamkeit zu sein, aber nicht so schmeichelhaft wie der Mann, der sich an den Rand der Bühne gedrängt hatte.

Daryls Blick glühte vor Hitze. Sie schüttelte ihre Hüften, wackelte mit den Schultern und spürte einen Anflug von Triumph – oh ja, und Hitze –, als es neben seinem Auge zuckte. Ihm gefiel, was er sah.

Er wollte ...

Sie wollte auch. Cynthia ließ sich auf den Boden fallen und kroch zu ihm in dem Wissen, dass ihre Brüste schwer in ihrem BH hingen. Die Spitzen schmerzten, weil sie so hart geworden waren. Sie hielt nur wenige Zentimeter vor der Kante inne, weniger als einen halben Meter zwischen ihr und Daryl. Sie konnte förmlich sehen, wie das elektrische Bewusstsein zwischen ihnen aufflammte. Lächelnd warf sie den Kopf zurück und entblößte ihren glatten Hals vor ihm. Eine offene Einladung.

»Komm runter«, knurrte er, oder hatte sie gerade von seinen Lippen abgelesen? War das wichtig? Seine Absicht war klar. Er wollte, dass sie runterkam? Ihr Lächeln wurde verrucht und verschmitzt, als sie ihm nachkam, ihre Hüften auf die Bühne senkte und dann eine Welle sinnlicher Bewegungen durch ihren Körper rollen ließ, die ihre Brüste nach vorn drückten. Die harten Spitzen ihrer Brustwarzen, die sich durch den Stoff ihres BHs drückten, gaben den Weg vor.

Das Zucken wurde deutlicher, als seine Lippen eine gerade Linie bildeten, aber sie wusste, dass es nur zum Teil aus Wut geschah. Sie brauchte nur einen Blick unter seine Taille zu werfen, um zu sehen, dass er auf eine andere Weise betroffen war.

Er will mich. So unbeständig er auch sein mochte, diese eine Tatsache blieb bestehen.

Aber was würde nötig sein, damit er endlich nachgab?

Lass es uns herausfinden. Sie drückte sich wieder gegen die Bühne, ihre Hüften flach auf dem Boden, und leckte sich über die Lippen, während sie sich im Takt der Musik bewegte.

Es war absolut dekadent. Auch wenn sie immer noch ihre Yogahose und ihren BH trug, bewegte sie sich auf eine Weise, die nichts der Fantasie überließ.

Aber manche Leute brauchten visuelle Hilfe, deshalb der Ausruf: »Zieh dein Oberteil aus. Lass uns deine Titten sehen!« Die Aufforderung kam mit einem Schwall aus Geldscheinen, ein grüner Papierregen, der es schaffte, den intensiven Blick zwischen ihr und Daryl zu unterbrechen. Er löste den erotischen Bann, in dem sie standen.

Bevor sie auf die Aufforderung, das Geld und die plötzliche Erkenntnis, was sie da tat – *in der Öffentlichkeit!* –, reagieren konnte, drehte Daryl sich um und schnappte sich den Typen, der ihr vorgeschlagen hatte, sich weiter auszuziehen. Ihr sehr wütend wirkendes Kätzchen hielt den bulligen Mann vom Boden hoch und sie konnte nur schockiert zusehen, wie Daryls Faust das Gesicht des Mannes traf und er knurrte: »Sprich nicht so mit meiner Frau.«

Meine Frau. Hat er das gerade gesagt? Hatte er gerade ihre Ehre verteidigt? Schwärm, denn sie hatte in ihrem Leben noch nie etwas Heißeres gesehen oder gehört.

KAPITEL ZWÖLF

Daryls anderer Autoaufkleber: »Komm ein wenig näher. Meine Faust will mit deinem Gesicht reden.«

Er hatte noch nie etwas Heißeres als Cyn auf dieser Bühne gesehen, und obwohl Daryl gern noch mehr von ihren sinnlichen Neckereien gesehen hätte, kam die Sache, einem Gast ins Gesicht zu schlagen, beim Management nicht gut an, auch wenn er ein guter Trinkgeldgeber war.

Mit einem kleinen Protest – »*Der Typ hat es nicht anders gewollt*« – wurde Daryl aus dem Lokal geführt, aber er wehrte sich nicht dagegen, denn zu seiner Erleichterung war Cynthia direkt hinter ihm.

Bruno, der Türsteher des *Itsy Bitsy*, klopfte ihm auf den Rücken und sagte: »Halte dich aus Ärger raus und wir sehen uns in ein paar Tagen wieder.«

Sich aus Ärger raushalten? Wo blieb denn da der Spaß?

Apropos Ärger: Was hat Cynthia sich dabei gedacht, als sie auf die Bühne ging und diese Perversen erregte?

Du hast sie herausgefordert, erinnerte sein Panther ihn.

Vielleicht, aber er hatte nie erwartet, dass sie es tun würde. Er hatte nicht mit der lächerlichen Hitze gerechnet, die sich einstellte, während er ihr zusah.

Verdammt, als sie sich das Hemd ausgezogen hatte, war er praktisch durch den Raum gesprungen, um ihr ein Tischtuch zuzuwerfen. Nur mit großer Mühe schaffte er es, zur Bühne zu gehen, nicht zu rennen, und als er dort ankam, war er in ihrem faszinierenden erotischen Netz gefangen.

Eine Frau mit Rauchflecken im Gesicht, ihr Haar in einem zerzausten Dutt, die aussah, als wäre sie einer Apokalypse entkommen, hätte nicht jedes einzelne Atom in seinem Körper entzünden sollen. Aber das war nicht wichtig. Er wäre fast in Flammen aufgegangen. Beinahe hätte er sie von der Bühne gezerrt, um sie sich über die Schulter zu werfen und mit ihr zu verschwinden. Irgendwohin. Er wollte, besser gesagt musste, sie berühren.

Brauchte. Sie. *Mein*.

»Geht es dir gut?« Ihre leise Frage riss ihn aus seinen Gedanken und er drehte sich zu ihr um, doch als er sie ohne Hemd und nur mit einem BH bekleidet sah, taumelte er. Es reichte aus, um in ihm das Bedürfnis auszulösen, gen Himmel zu heulen und dann zu fluchen. »Verdammte Scheiße. Wo ist dein Oberteil?«

Sie zuckte mit den Schultern. »Ich weiß es nicht. Jemand in der Menge hat es gefangen.«

Damit erinnerte sie ihn daran, dass jemand anderes es hatte und wahrscheinlich unaussprechliche Dinge mit dem Hemd anstellte. Wes' Hemd, lach.

»Zieh das an.« Er wollte sein eigenes Hemd ausziehen, aber sie legte ihm eine Hand auf den Arm.

»Mach dich nicht lächerlich. Ich komme mit dem, was ich anhabe, schon klar. Zum Teufel, ich habe sogar ein Bikinioberteil, das weniger Stoff hat als das hier.«

Hatte sie das? *Sabbern ist nicht akzeptabel.* Katzen sabberten nicht wie ein gewöhnliches Tier. Sie handelten. Es gab nur ein Problem. Es gab nicht viele Handlungen, die er auf einem verdammten Parkplatz unternehmen konnte, auf dem keines der Fahrzeuge ihm gehörte.

»Wir müssen hier weg, aber wir haben keinen fahrbaren Untersatz«, grummelte Daryl.

»Was du nicht sagst, Sherlock. Aber heute ist dein Glückstag, denn ich habe für dich gesorgt«, sagte Wes, der aus der Kneipe trat und sich sofort eine Zigarette anzündete. Eine neue Angewohnheit? Und keine, die man oft bei Gestaltwandlern sah, die, wie die meisten Tiere, eine gesunde Abneigung gegen Flammen und Respekt vor ihrem Körper hatten. Aber wen kümmerte es schon, dass Wes ein rauchender Alligator war? Er warf Daryl seinen Schlüssel zu. »Nimm meinen Pick-up, da dein Wagen ein Wrack ist. Ich fahre mit meinem Cousin Bruno mit.« Derselbe Türsteher, der Daryl gerade hinausbegleitet hatte.

Daryl fing den Schlüssel auf. »Danke, Kumpel. Treffen wir uns morgen früh und planen unseren nächsten Schritt?« Denn trotz des heutigen Angriffs konnten sie nicht aufgeben. Tatsächlich hatten die tödlichen Aktionen nur gezeigt, dass sie den Geschehnissen in Bitten Point auf den Grund gehen mussten.

Wes nahm einen langen Zug und schüttelte den Kopf. Rauch stieg in Schwaden aus seiner Nase, als er sagte: »Ich muss zur Arbeit, also müsst ihr es größtenteils alleine schaffen. Aber ich werde mein Handy dabeihaben, also ruf an, wenn du und Cynthia etwas findet.«

»Mach ich.« Das waren die letzten Worte, die für eine

Weile gesprochen wurden. Schweigend stiegen Daryl und Cyn in den Pick-up, nur das Grollen des Motors und das knisternde Westernlied, das aus der Stereoanlage dröhnte, waren zu hören. Er lenkte sie vom Parkplatz und fuhr auf Autopilot, das Einzige, wozu er im Moment in der Lage war.

Heute hatten sie dem Tod ins Auge geblickt, was für sich genommen schon überwältigend war, aber das war es nicht, was ihn so verdammt fertigmachte.

Das Blut kochte in seinen Adern. Erregung erhitzte jeden Zentimeter in ihm. Die böse Ursache saß neben ihm und hatte die Hände sittsam im Schoß gefaltet.

Als wäre irgendetwas an ihr sittsam. Das hatte sie erst vor Kurzem widerlegt, als sie praktisch die Bühne trockengebumst hatte.

Wie falsch war es, eifersüchtig auf dieses abgenutzte Podest zu sein?

Cyn war die Erste, die das Schweigen brach. »Hey, wenn ich eine Weile in Bitten Point bleiben muss, muss ich etwas Geld verdienen. Meinst du, der Besitzer des *Itsy Bitsy* würde mir erlauben, hier und da ein paar Schichten zu schieben?«

»Nein.«

»Warum nicht? Ich dachte, ich hätte das ganz gut gemacht.«

Das hatte sie. Viel zu gut. »Du arbeitest nicht dort.« Er knurrte den Befehl.

»Warum nicht? Es ist ein guter Ort, um Geld zu verdienen. Renny sagt, das Management ist gut zu den Mitarbeitern.«

Er wusste, dass er es nicht sagen sollte, aber das hielt ihn nicht davon ab. »Du ziehst dich nicht für fremde Männer aus.«

»Warum nicht?«

Er fuhr an den Straßenrand und parkte den Pick-up, damit er sie ansehen konnte. »Warum nicht? Weil du dich nur für mich auszieht.«

Wer sagte das? Seit wann interessierte es ihn, ob eine Frau für ihr Geld strippte? Seit wann verlangte er Exklusivität?

Seit ich Cyn getroffen habe.

Als er sah, wie sich ihre Lippen – diese prallen neckischen Lippen – zu einer Erwiderung öffneten, tat er das einzig Sichere, um ihr Schweigen zu wahren. Er küsste sie.

Er küsste sie mit der Leidenschaft, die sie schon mit einem leichten Neigen ihrer Lippen entfachte.

Er umarmte sie mit der Inbrunst eines Mannes, der dem Wahnsinn nahe war.

Er beanspruchte diesen Mund für sich allein und wusste, dass sie ihm nachgegeben hatte, als sie leise vor Lust wimmerte und ihre Arme um seinen Hals schlang.

Der Vordersitz eines Pick-ups war nicht der beste Ort zum Knutschen. Aber das war Daryl egal. Er wollte nicht aufhören, nicht wenn er Cyn genau da hatte, wo er sie haben wollte: in seinen Armen.

Ein Gleiten seiner Zunge traf auf die süßere Berührung der ihren. Er saugte an ihr, während er mit den Händen über ihre nackte Haut strich, was nur durch den Träger ihres BHs behindert wurde.

Welcher Träger? Mit geschickten Fingern löste er ihn, und es war ein Leichtes, das störende Material von ihr zu entfernen.

Sie neigte den Kopf nach hinten, als seine Lippen langsam über ihren straffen Hals glitten. Er hielt über dem Flattern ihres Pulses inne. Schnell. Unregelmäßig. Aufgeregt. Alles an ihr war aufgeregt. Die Hitze ihrer Haut und der Moschusduft ihrer Erregung verrieten es.

Er ließ seine Lippen über die Rundungen ihrer Brust wandern, knabberte und kostete die Haut, bevor er sein Ziel erreichte.

Eine harte Knospe. Lecker.

»Daryl!« Sie keuchte seinen Namen, als er seinen Mund auf die verlockende Spitze presste, sie einatmete und dann daran saugte, wobei jeder Zug sie dazu brachte, aufzuschreien und ihre Finger tiefer in ihn zu graben.

Wie ihre erotische Reaktion ihn anspornte. Seine Erektion pochte schmerzhaft in seiner Hose, aber er konnte nicht aufhören. *Würde* nicht aufhören.

Er widmete sich ihrer anderen Brustwarze, genoss, wie sie sich in seinem Mund anfühlte, und liebte es, wie schwer sich ihre vollen Brüste in seinen Händen anfühlten. Er drückte sie zusammen, sodass er seine Zunge schnell zwischen ihren steifen Nippeln hin und her bewegen konnte.

Sie keuchte. Sie stöhnte. Sie wand sich sogar in ihrem Sitz. Aber das war der neugierigen Katze noch nicht genug. Er wollte, dass sie *seinen* Namen schrie, während sie an seinen Fingern kam.

»Lehn dich gegen das Fenster.«

Bereits halb umgedreht gehorchte sie und stellte ausnahmsweise keine Fragen, sondern lehnte sich einfach gegen die beschlagene Scheibe, die Augen geschlossen, die Lippen gerötet vom Küssen.

Ungezogen wie sie war, umfasste sie ihre Brüste und strich sogar mit einem Daumen über die feuchten Spitzen.

Verlockend. So verlockend, aber er hatte ein anderes Ziel. Er zog ihre Yogahose herunter und genoss es, wie sie mit den Hüften wackelte und ihren Hintern anhob, damit er sie so weit herunterziehen konnte, dass ihr winziger Slip zum Vorschein kam. Und er meinte winzig.

»Wenn ich gewusst hätte, dass du den da drunter versteckst ...«, knurrte er.

»Was hättest du dann getan?«, fragte sie, die Stimme heiser vor Verlangen.

»Das hier.« Er beugte sich hinunter und zerrte an dem Einzigen, was ihn davon abhielt, sie zu kosten. Der Stoff dehnte sich, als er daran zog, was ein Entfernen mit den Zähnen unmöglich machte. Und inakzeptabel.

Er hatte keine Skrupel, es ihr vom Leib zu reißen. Sie war für ihn entblößt.

Viel besser.

Trotz des beengten Vordersitzes und der im Weg stehenden Konsole beugte er sich vor, um sein Gesicht zwischen ihren Schenkeln zu vergraben. Er rieb sich an ihrem entblößten Schritt und summte dagegen, wobei die Vibration sie nach Luft schnappen ließ, während sie sich an seinen Haaren festhielt. Ihre Hüften wackelten, aber sie konnte die Beine nicht wirklich spreizen. Ihre Hose war zwar heruntergelassen, hinderte sie aber dennoch in der Bewegung, sodass er nur ein paar Zentimeter Spielraum hatte.

Er würde es schaffen. Seine Zunge fand ihre Klitoris, die bereits geschwollen war. Er leckte sie probeweise, dann drang er weiter vor und fand ihre Schamlippen feucht vor.

Lecker.

Er leckte sie, so gut er konnte, aber der Raum war eng, genau wie sie eng war, wie er feststellte, als er seine Zunge zu ihrer Klitoris zurückkehren ließ, damit seine Finger ihren Platz einnehmen konnten.

Er schob einen in die Hitze hinein, die ganz Cyn war. Ganz feucht. So wunderbar.

Während er mit seiner Zunge über sie strich, ließ er einen zweiten Finger in sie hineingleiten und spürte, wie sie sich um ihn herum zusammenzog und pulsierte.

Eng. Oh, so verdammt eng.

Er pumpte sie mit seinen Fingern, während er leckte und knabberte. Er liebte es, wie sich ihre Fingernägel in seine Kopfhaut gruben und sie leise Schreie ausstieß. Er bearbeitete sie schneller, genoss ihren unregelmäßigen Herzschlag, ihre erhitzte Haut und ihren sich windenden Körper.

Als sie zum Höhepunkt kam, schrie sie seinen Namen. »Daryl!« Oh ja! Und er stieß und leckte weiter, süchtig nach dem Gefühl, wie sie an seinen Fingern bebte.

Ihr Duft umgab ihn und machte ihn ein wenig verrückt. Nur so war zu erklären, was als Nächstes geschah, und nein, er meinte nicht die peinliche Tatsache, dass er wie eine verdammte Jungfrau fast in seiner Hose gekommen wäre. Er meinte die andere Sache, die er tat.

Den Biss. Den Paarungsbiss. Oh, verdammt.

KAPITEL DREIZEHN

Cynthia: Also, Mom, ein Typ hat mich heute gebissen, als wir rumgemacht haben. Mom? Mom? Hörst du mir zu? Ich habe gesagt, dass Daryl Zahnabdrücke bei mir hinterlassen hat.

Mom: Tut mir leid, meine Kleine. Ich schicke gerade die Verlobungsanzeige an die Lokalzeitung.

Er hat mich gebissen!

In der normalen menschlichen Welt kam das Beißen vor. Es war eine leidenschaftsbedingte Sache oder erregend. In der Welt der Gestaltwandler kam das Knabbern vor, denn hallo, hier gab es jede Menge Fleischfresser; allerdings gab es Beißen und dann war da *der Biss*. Manche nannten es die Beanspruchungsmarkierung oder den Paarungsbiss. Egal, wie man es nannte, dieser Biss war anders. Erstens durchbrach er die Haut, und zweitens verband ein echter Biss ein Paar.

Sie hätte sich vielleicht darüber gewundert, wenn es ihr

nicht passiert wäre: Das Eindringen seiner Zähne in ihre Haut löste einen zweiten Orgasmus aus, der sie weit über den siebenten Himmel hinausschickte. Es war das Erstaunlichste, was sie je erlebt hatte, und so brauchte sie einen Moment, um wieder zu sich zu kommen und festzustellen, dass Daryl gegen seine Seite des Wagens gedrückt war und aussah, als hätte er seinen Finger in eine Steckdose gesteckt.

Sie kannte diesen Blick. Sie hatte das auch schon einmal getan, absichtlich. Damals war sie noch nicht sehr alt gewesen und wollte sehen, ob sie elektrisch genug werden konnte, um eine Glühbirne zu aktivieren. Das war nicht der Fall, und ihre Haare waren seitdem nicht mehr dieselben.

Dieser Biss hatte in etwa den gleichen Effekt. Im Grunde genommen hatte Cynthia sich nicht verändert, und doch fühlte es sich an, als wäre alles an ihr gekippt.

Irgendetwas in ihrer Welt hatte sich verschoben, und das war allein seine Schuld.

Es war nie leicht, von einem orgastischen Rausch herunterzukommen, aber die Scheinwerfer, die das Fahrerhaus des Wagens beleuchteten, als ein Fahrzeug hinter ihnen anfuhr, halfen dabei.

Daryl reckte sich und blinzelte. »Scheiße, das sind die Bullen. Wahrscheinlich wollen sie wissen, warum wir geparkt haben.«

Der Grund war offensichtlich, man musste nur die beschlagenen Fenster sehen, um zu wissen, dass sie knutschten.

Cyn kicherte. »Meinst du, wir kriegen einen Strafzettel wegen unsittlicher Entblößung?« Seit sie in diese Stadt gekommen war, hatte sie wirklich ein kriminelles Leben begonnen.

»Wir werden keinen Strafzettel bekommen, weil du das hier anziehen wirst.« Damit meinte er sein T-Shirt.

Sie hätte Nein sagen können, aber sie hatte keine Ahnung, wo ihr BH war, und da sie hörte, wie die Tür des Polizeiautos hinter ihnen zugeschlagen wurde, bedeutete das, dass sie gleich Gesellschaft bekommen würden.

Trotz ihres kurzen Bühnentanzes und ihrer zufälligen Frage an Daryl war Cynthia sich nicht sicher, ob sie bereit war, ein Leben zu führen, in dem sie ihren nackten Hintern zeigen musste – auch wenn sie Daryls Eifersucht bei dem Gedanken genoss.

Schnell zog sie sich das warme T-Shirt über den Kopf und streifte es über ihre Brüste. Zitter. Selbst die leichte Berührung des Stoffes war zu viel für die Brustwarzen, die noch immer so empfindlich von seinem oralen Spiel waren. Als sie ihren Oberkörper bedeckt hatte, zog sie auch ihre Hose zurück über ihre Hüften und ihren Hintern, wobei die Feuchtigkeit ihres Schritts den Stoff durchnässte. Aber sie war bedeckt, und das gerade noch rechtzeitig, als es an das Fenster klopfte.

Daryl ließ das Fenster herunter und nahm eine lässige Miene an. »Hallo Chet. Schöner Abend.«

»Ist alles in Ordnung?«

»Es ging mir nie besser.« Sogar sie hörte die falsche Fröhlichkeit in Daryls Tonfall.

Sommersprossige Arme lehnten am Fenster und das Gesicht eines Hilfssheriffs, dessen grüne Augen tanzten, spähte herein. »Guten Abend, Ma'am. Ich nehme an, bei Ihnen ist auch alles in Ordnung?«

»Ja. Nicht alle von uns sind große Weicheier, wenn es um bestimmte Dinge geht.« Sie hatte keine Skrupel angesichts des Seitenhiebs. Wenn Daryl so tun wollte, als hätte er etwas Unerträgliches getan, dann würde sie es ihm unter die mit Schnurrhaaren versehene Nase reiben.

»Vielleicht solltet ihr eure *Diskussion*«, leises Husten, »woanders führen. Es ist nicht sicher, in diesen Nächten draußen unterwegs zu sein. Da laufen Dinge herum.«

Diese Worte weckten Daryls Aufmerksamkeit und rissen ihn teilweise aus seiner finsteren Benommenheit. »Was für Dinge? Hast du etwas gesehen?«

Chet umklammerte das Fenster mit den Fingern und blickte hinunter, als würde er versuchen zu entscheiden, was er sagen sollte. Es dauerte ein paar Augenblicke, aber dann hob er den Blick wieder. »Ich werde es leugnen, wenn jemand fragt, aber ich weiß, dass du und die Dame angegriffen wurdet, und zwar schon zweimal, wie es sich anhört, es ist also kein Geheimnis. In der Stadt sind viele Dinge passiert. Es wurde in Häuser eingebrochen. Frauen und Kinder werden von angeblichen Monstern verängstigt.«

»Keiner der Männer hat etwas gemeldet?«, warf Cynthia ein.

Chet schüttelte den Kopf. »Nicht dass ich wüsste.«

»Aber das bedeutet nichts. Es ist unwahrscheinlich, dass Männer zur Polizei laufen und erzählen, dass ein Sumpfmonster sie erschreckt hat.« Daryl zuckte mit den Schultern und grinste. »Das ist eine Männerregel.«

Der Beamte lachte. »Meine Frau sagt, es liegt an unserem dummen Gen.«

Cynthia konnte nicht anders, als zu erwidern: »Da könnte sie recht haben.« Und als Daryl mit einem »Hey« protestierte, streckte sie ihm die Zunge heraus.

»Aber im Ernst, obwohl wir keine Meldungen über vermisste Personen erhalten haben, gibt es da draußen definitiv etwas, das die Leute verfolgt und verängstigt.«

»Und Leute entführt«, fügte Cynthia hinzu.

»Wen?«, fragte der Hilfssheriff.

»Aria ist verschwunden.«

Da Chet sie ausdruckslos ansah, klärten Daryl und Cynthia ihn auf, aber am Ende schüttelte er nur den Kopf. »Ich habe noch nie etwas von deiner vermissten Freundin gehört.«

»Ich habe technisch gesehen nie eine Anzeige aufgegeben.«

»Trotzdem, wenn einer von unserer Art nach Bitten Point kommt und vermisst wird, hätte das auffallen müssen. Wo war sie untergebracht?«

Daraufhin blinzelte Cynthia. »Ich weiß es nicht. Das hat sie nie gesagt.«

»Vielleicht kannst du herausfinden, ob sie in einem Motel in der Stadt übernachtet hat oder ob sie gezeltet hat. Und was ist mit ihrem Auto? Hast du nicht gesagt, dass sie gefahren ist?«

Während Chet einige Dinge aufzählte, die sie versuchen sollten herauszufinden, kam Cynthia eine Frage in den Sinn, die sie vergessen hatten zu stellen. »Wenn du weißt, dass das alles passiert, warum weiß die Stadt dann nichts davon? Warum wird keine Warnung herausgegeben, um die Leute zu schützen?«

Eine Grimasse zeichnete sich auf den Zügen des Polizisten ab. »Das ist eines der Dinge, die einige von uns ärgern. Wir haben den Sheriff gedrängt, eine Mitteilung herauszugeben, auch wenn es nur ein Ablenkungsmanöver ist, auf den wilden Hund und den riesigen Alligator im Sumpf zu achten. Aber man hat uns gesagt, wir sollen den Mund halten.«

»Hat der Sheriff gesagt warum? Oder wer es angeordnet hat?«

»Er hat nur gesagt, dass es von oben kommt und dass

wir darauf hören sollten, wenn wir keinen Ärger wollen.« Chet stieß einen Atemzug aus. »Aber scheiße, ich meine, wenn etwas hinter den Leuten in der Stadt her ist, Leuten, die ich kenne ... Das ist nicht richtig.«

Nein, es war nicht richtig, und der Hilfssheriff gab ihnen viel zu denken, was vielleicht auch Daryls Schweigen erklärte, als sie wegfuhren. Doch die Anspannung, die von ihm ausging, beruhte nicht nur auf der Sorge über die Situation.

Ich glaube, er ist immer noch beunruhigt über das, was passiert ist, auch wenn es ganz allein seine Schuld war. Er hat mich verführt. Und jetzt umklammerte er das Lenkrad des Pick-ups und starrte geradeaus.

Will er mich ignorieren?

Sicherlich nicht. Er war derjenige, der ihre Geschlechtsteile zum Kribbeln brachte, der sie Sterne sehen ließ und der sie gebissen hatte. Er hatte es getan, und jetzt wollte er so tun, als wäre sie nicht da? Nun, sie konnte dieses Spiel auch spielen – und zwar besser.

Als Daryl den Bronco in der Gasse hinter seinem Haus anhielt, wartete sie nicht auf ihn, sondern sprang aus dem Wagen.

»Langsam«, schnauzte er sie an, als sie die Stufen der Feuerleiter hinaufhüpfte, derselbe Weg, über den sie vorhin gegangen waren.

»Zwing mich doch«, gab sie zurück.

»Cyn!« Er knurrte die Worte und fluchte dann eine Sekunde später.

Sie fragte sich warum, bis sie einatmete. Ein seltsamer Geruch von Dinosauriermann lag in der Luft. Sie erstarrte auf der Treppe und hielt den Atem an, als ihr Wolf den Kopf hob und schnupperte.

Über uns. Die Kreatur wartete auf sie.

Sie protestierte nicht, als Daryl sich an ihr vorbei drängte. Er sollte sich der Bedrohung zuerst stellen. Sie schlich hinter ihm her, verängstigt, aber entschlossen, ihm den Rücken zu stärken. Allerdings war sie sich nicht sicher, womit sie kämpfen sollte. Es war ja nicht so, als würde ihr Wolf herauskommen und ihr zur Pfote gehen wollen.

Er darf uns nicht sehen.

Ihre Wölfin mochte es nicht, wenn jemand sie sah. Ihre Mutter und ihr Vater konnten behaupten, so viel sie wollten, dass ihre Abnormität keine große Sache sei, aber für Cynthias Wolf war es eine große Sache. Offenbar hatte ihre pelzige Seite Angst, dass Daryl sich von ihnen abwenden würde, wenn er es wüsste.

Das ist nichts, wofür wir uns schämen sollten. Doch egal, wie oft Cynthia versuchte, ihn zu beruhigen, ihr Wolf war zu gehemmt.

Sie konnten ihren Aufstieg auf der Treppe nicht verbergen, das Metall quietschte bei jedem Schritt. Sie erreichten den Metallgitterabsatz für sein Stockwerk, das Gott sei Dank nur das zweite war. Zu ihrer Überraschung blieb Daryl nicht an seinem Fenster stehen, sondern ging weiter nach oben, zwei weitere Stockwerke, bis zur Brüstung des Daches selbst.

Langsam folgte sie ihm, zum einen, weil es verdammt viele Stufen waren, aber auch, um sich einen Überblick zu verschaffen, anstatt vorschnell zu handeln. Sie blieb in der Hocke außer Sicht und beobachtete, wie Daryl über den Rand des Daches kletterte und dann in die Mitte des Gebäudes ging. Wie furchtlos er wirkte, während er nur in seiner Hose und Flipflops dastand. Die Muskeln seines Rückens waren selbst ohne Hemd kaum zu sehen, da die vereinzelten Wolken den Großteil des Sternenlichts am Himmel verdeckten.

Sie hätte sich fragen können, was er sah. Immerhin schien das Dach menschenleer zu sein, aber der Geruch war immer noch da.

»Zeig dich. Ich weiß, dass du hier bist«, forderte Daryl es kühn auf.

Einen Moment lang geschah nichts, dann, als würde sie aus dem Schatten selbst treten, schlurfte eine Gestalt ins Freie, nicht sehr nahe, aber gerade nahe genug, um den aufragenden Körper, die Spitzen nach hinten gelegter Flügel sowie die seltsam menschliche und irgendwie fremde Form der Kreatur zu erkennen.

»Wenn das nicht der Dinosauriermann ist. Bist du für die zweite Runde zurückgekommen?« Daryl rollte mit den Schultern und ließ die Halswirbel knacken, um seinen Körper zu lockern.

»Dumme Katze«, zischte das Ding. »Du bist mir nicht gewachsen.«

»Ich weiß nicht. Warum setzt du nicht dein menschliches Gesicht auf und wir machen es auf die altmodische Art?«

»Ich kann nicht.«

Nicht »Ich will nicht«, sondern »Ich kann nicht«. Cynthia wunderte sich über die Formulierung, während sie auf der Leiter nach oben kletterte, um den Echsenmann besser sehen zu können. Auch wenn das schwache Sternenlicht keine große Hilfe war, konnte sie doch ein metallisches Glitzern um den Hals der Kreatur erkennen.

»Du kannst dein Gesicht nicht zeigen?« Daryl schnaubte. »Warum nicht? Hast du Angst, dass ich herausfinde, wer du bist, und dich verfolge?«

»Wer ich bin, ist nicht wichtig. Die Stadt muss gewarnt werden.«

»Gewarnt wovor? Dass du sie terrorisierst?«

»Nicht ich.« Das Ding presste die Worte mit stockender Aussprache hervor, als wären sie ihm vertraut, aber seine Zunge wollte nicht mitspielen.

»Willst du mir weismachen, dass du anders bist als dein Kumpel, der das Kind meines Freundes entführt hat? Du hast Cyn und mich letzte Nacht angegriffen. Soweit ich weiß, bist du das andere Arschloch, das heute unseren Wagen gerammt hat.«

»Nicht ich«, wiederholte der Dinosauriermann. »Sie muss gehen. Das müsst ihr alle. Schreckliche Dinge sind …«

Bevor die Kreatur zu Ende sprechen konnte, zuckte ihr Körper zusammen. Obwohl sie nur wenige Meter von ihm entfernt stand, wehte ein verkohlter Geruch durch die Abendbrise.

Da er vermutlich seine Chance witterte, lief Daryl nach vorn, die Hände zu Klauen ausfahrend, nur um in die Luft zu schlagen. Der Dinosauriermann war nicht mehr da. Die Kreatur stürzte sich auf die Seite des Gebäudes und warf sich in die Luft, Arme und Beine eng an den Körper gepresst. Mit dem Geräusch eines sich entfaltenden Segeltuchs, das von einer steifen Brise erfasst wurde, entfalteten sich die Flügel. Die massiven, ledernen Flügel flatterten, verdrängten die Luft und verhinderten, dass der Körper des Reptilienmannes auf den Boden krachte. Mit einem letzten Zischen: »Lauft, solange ihr könnt«, schwebte es auf Luftströmen davon, die denen mit zwei Füßen nicht so wohlgesonnen waren.

»Scheiße. Er ist entkommen.« Der arme Daryl hörte sich so enttäuscht an.

Sie kletterte auf das Dach und lief zu ihm, ohne Rücksicht darauf, ob er sich im Pick-up wie ein Idiot benommen hatte. Ein Schauder durchzog ihre Glieder und sie brauchte beruhigende Wärme.

Daryl fing sie auf und legte einen Arm um sie. »Bist du okay, Cyn?«

»Bestens. Aber ich frage mich, warum er hierhergekommen ist.«

»Um zu beenden, was er letzte Nacht angefangen hat.« Er sagte es so, als wäre es das Selbstverständlichste der Welt.

Aber war es das? Sie schüttelte den Kopf, als sie zur Treppe zurückgingen. »Ich glaube nicht, dass diese Kreatur uns etwas Böses wollte. Ich meine, denk doch mal nach. Er hätte uns völlig überrumpeln können. Er kann fliegen. Warum hat er sich nicht auf der Treppe auf uns gestürzt, als er den Vorteil hatte?«

»Vielleicht weil er einen größeren Bereich zum Kämpfen wollte.«

Auf halbem Weg durch sein Fenster hielt sie inne und sagte über ihre Schulter: »Ich glaube nicht, dass er uns etwas antun wollte.«

»Er ist nicht der gute Kerl, Cyn.«

»Bist du dir da sicher?«, fragte sie, immer noch zur Hälfte im Fenster. »Ich meine, ist dir aufgefallen, dass er dasselbe Halsband trug wie der Hundemann neulich?« Es warf in ihr die Frage auf, ob der Dinosauriermann in der letzten Nacht auch eines getragen hatte. Möglich. Vielleicht hatte sie es vorher nicht bemerkt, weil sie so sehr versuchte, am Leben zu bleiben.

»Er ist also das Haustier von jemandem. Das entschuldigt seine Taten nicht.«

»Nein, aber es erklärt sie vielleicht. Was ist, wenn er keine andere Wahl hat? Was ist, wenn ihn jemand dazu zwingt, diese Dinge zu tun? Kurz bevor er weggeflogen ist, hat wohl jemand sein Halsband aktiviert.«

»Ich dachte, ich rieche gebratenen Alligator. Aber ich

verstehe nicht, was das für einen Unterschied macht. Er und derjenige, der ihn kontrolliert, müssen aufgehalten werden.«

Müssen. Cynthia musste selbst ein paar Dinge tun. Zum einen musste sie einen Hinweis auf Arias Aufenthaltsort finden.

Zum anderen musste sie duschen. Und zwar dringend.

Und drittens wollte sie, dass Daryl aufhörte, so zu tun, als wäre im Wagen nicht gerade etwas ganz und gar Sündhaftes und Wunderbares passiert.

Sie kletterte in seine Wohnung und hatte die Hände am Saum ihres Hemdes, fest entschlossen, etwas gegen Punkt eins und zwei zu unternehmen, als ein Räuspern ihre Aufmerksamkeit erregte.

Oh, oh. Jemand war bei ihnen. Jemand, dessen Geruch ihr so vertraut war, dass sie ihn zunächst nicht bemerkt hatte. Sie erstarrte, bevor sie ihr Hemd ausziehen konnte, und brachte schwach hervor: »Hi Mommy. Hi Daddy.«

KAPITEL VIERZEHN

Daryls Poster hinter seiner Couch: Drei
Kätzchen, die mit Garn spielen. (Nicht verurteilen,
es war ein totaler Frauenliebling – und sie waren
wirklich süß.)

Wie sollte man sich also verhalten, wenn man die Eltern eines Mädchens zum ersten Mal traf, ohne Hemd, immer noch nach Rauch riechend – oh, und nicht zu vergessen, mit dem moschusartigen Geruch ihrer Muschi an seinen Fingern und Lippen?

Da ihn ein gewisser Vater anfunkelte – und er meinte mit spitzen Dolchen, Laserstrahlen und vielleicht ein paar Kugeln – und weit über zwei Meter groß war, war Daryl alles andere als begierig darauf, zu nahe zu kommen.

Mit diesen Händen könnte er wahrscheinlich meinen Kopf zerquetschen.

Oder uns am Schwanz schwingen lassen, stimmte seine Raubkatze zu.

In beiden Fällen mit gutem Grund, nachdem er mit seiner Tochter definitiv äußerst intimen Kontakt gehabt hatte.

Da Daryl vorhatte, ein hohes Alter zu erreichen – mit all seinen Körperteilen intakt –, tat er, was jeder Mann mit Selbstachtung tun würde. Er sagte unwirsch: »Entschuldigt mich, Leute, ich muss wirklich pinkeln«, und lief los. Er nahm außerdem den direktesten Weg, der beinhaltete, über die Couch zu springen, um Cyns Daddy nicht zu nahe zu kommen, und stürzte ins Bad.

Sicherheit. Ha, ha! Er hatte es geschafft. Er schloss die Tür zur Toilette und lehnte sich dagegen.

Ein tollwütiger Bär kam nicht hereingestürmt. Die Lage war zwar noch nicht besser, aber zumindest nicht schlechter geworden.

Könnte es noch schlimmer werden?

Er hatte Cyn gebissen. Hatte den erotischsten Moment seines Lebens gehabt. War auf ihren Vater getroffen. Hatte eine mögliche Zukunft gesehen, und die war erdrückend. Buchstäblich.

Welchen Weg sollte er einschlagen, um sich aus Schwierigkeiten herauszuhalten?

Gab es überhaupt einen sicheren Weg?

Seit wann interessierte er sich für Sicherheit? Diese Raubkatze lebte am Abgrund. Gefahr und Abenteuer waren praktisch sein zweiter Vorname. Nein, im Ernst, er sehnte sich nach Abenteuern, denn sein Job als Bauarbeiter war zwar nicht sonderlich aufregend, aber er war gut dafür geeignet, um braungebrannt zu bleiben.

Ich kann mich nicht bräunen, wenn ich mir die Radieschen von unten ansehe. Und bevor ihn jemand einen Schlappschwanz nannte: Der Typ war mindestens zwei

Meter groß! Dazu kam, dass er Cyns Vater war und Daryl ohne Gleitmittel aufgeschmissen war.

»Scheiße.« Als er merkte, dass er es laut gesagt hatte, beugte er sich vor und drehte den Wasserhahn auf. Während das Rauschen des Wassers seine Handlungen überdeckte, murmelte er ein paar weitere Schimpfwörter.

Was hatten ihre Eltern hier zu suchen? Wie zum Teufel waren sie in seine Wohnung gekommen? Sollte er sich hier drin verstecken, bis sie weg waren? Das erschien ihm ziemlich feige, auch wenn er sich zu fünfzig Prozent sicher war, dass Cyns Vater versuchen würde, ihn zu töten.

Du hast auch den Teil vergessen, in dem du Cyn im Stich gelassen hast.

Es sind ihre Eltern.

Noch schlimmer.

Meinetwegen. Er müsste zurückgehen und Cyn retten, aber er konnte nicht so riechen, wie er es tat. Aufgrund seiner Erfahrung mit Morgen, an denen er die Schlummertaste zu oft gedrückt hatte, war er sehr erfahren, wenn es darum ging, schnell zu baden. Er zog sich aus und sprang unter die Dusche, die anfangs noch kühl war, da er nicht wartete, bis sie aufgewärmt war. Das Seifenstück schäumte seine Haut ein und hinterließ einen frischen Geruch – eine Schande, denn er genoss es, Cyns Duft auf seiner Haut zu tragen. Vielleicht würde er sich später an ihr reiben.

Und sie wieder lecken.

Tolle Idee.

Sie ist unsere Gefährtin.

Bumm. Er fragte sich, ob irgendjemand hörte, wie er mit der Stirn gegen die Kachelwand schlug. Es war schwer, nach einem Leben voller zwangloser Affären mit der lächerlichen Gewissheit zu kämpfen, dass sie ihm gehörte.

Mein.

Hilfe.

Er tat so, als würde er dieses Wort nicht wimmern, während er sich abspülte. Das Handtuch, das an einem Haken hing, war praktisch zum Abtrocknen, aber er konnte damit nicht rausgehen. Da sich seine Waschmaschine und sein Trockner im Badezimmer befanden, versteckt hinter Faltflügeltüren, konnte er ein paar saubere Klamotten finden. Sie waren zerknittert, aber wen kümmerte das? Wenigstens roch er besser, auch wenn es Cynthia nicht zu gefallen schien, dass er die Spuren ihrer Tändelei abgewaschen hatte.

Als er aus dem Bad trat, wobei ihn Dampfschwaden umgaben, warf sie ihm einen harten Blick zu. *Der Blick.* Ein Blick, den Männer auf der ganzen Welt fürchteten.

Seine Mutter hatte ihn schon als Kind mit diesem Blick bedacht. Er wirkte immer noch, aber wow, in Cyns Gesicht war er noch furchterregender.

»Fühlst du dich besser?«, schnauzte sie und verschränkte die Arme vor der Brust. Außerdem legte sie den Kopf schief und ließ damit ihre ungezähmten Haare fliegen. So viele Haare. Er liebte es. Am liebsten hätte er sie gepackt und daran gezogen und …

Ähm. Ja. Nicht gerade der richtige Zeitpunkt, um darüber nachzudenken. Großer Kopf, halt dich zurück. Kleiner Kopf, benutze etwas von der Gehirnmasse, bevor er doppelt ermordet würde, wahrscheinlich zuerst von Cyn.

Er machte einen Versuch, die Spannung zu lindern. »Ich fühle mich viel besser, danke.«

»Toll, denn Daddy hat ein paar Fragen an dich.«

»Hat er das?« Denn es sah eher so aus, als hätte ihr Daddy eine Tracht Prügel für ihn parat.

»Ich bin sicher, es macht dir nichts aus, ihm zu erzählen, wie wir uns kennengelernt und was wir gemacht haben.« Er bemerkte die spitze Bemerkung, die sie ihm zuwarf, und hätte das Grinsen, das ihre Lippen umspielte, küssen können. »Jetzt bin ich dran, mich auszuziehen und sauber zu machen«, verkündete Cyn, als sie an ihren Eltern vorbei ins Bad huschte. Als sie an Daryl vorbeiging, murmelte sie: »Ich hoffe, du hast noch ein paar Leben übrig, Süßer.«

Mit diesen beruhigenden Worten schloss sie die Tür und ließ ihn mit *den Eltern* allein. Dum-dum-dum. Hörte noch jemand unheilvolle Musik?

»Du musst Daryl sein«, sagte die Frau. Während ihr Mann groß war und einen dunklen Teint hatte, war sie klein und rundlich mit blasser Haut. Außerdem hatte sie die wildesten honigbraunen Haare, die so gar nicht zu ihrem sittsamen knielangen Rock und der perfekt gebügelten Bluse passen wollten.

»Jetzt weiß ich, woher Cyn ihr Lächeln und ihr wunderschönes Haar hat.«

Sie tätschelte es mit einer Hand. »Danke. Das liegt in meiner Familie. Ich ziehe es vor, es gebändigt zu halten, aber Larry mag es so.«

»Dein Haar ist ihm egal, Eleanor. Er versucht, dir in den Arsch zu kriechen, weil er unser kleines Mädchen in etwas Gefährliches verwickelt hat.«

»Das habe ich nicht. Es passiert einfach immer wieder«, fügte er achselzuckend hinzu.

»Wie habt ihr euch kennengelernt?«, fragte Eleanor, deren Augen vor Interesse strahlten.

Sollte er die Sache mit der Entführung erwähnen? Wie viel genau wussten Cyns Eltern über ihre aktuelle Suche nach ihrer Freundin?

»Wir haben uns bei einem Drink kennengelernt.« *Und dann sind wir in ihr Motelzimmer gegangen und haben miteinander geschlafen.* Diesen Teil erwähnte er nicht, vor allem weil dieser platonische Abend mit einer heißen Frau völlig seinen Ruf als Frauenheld ruinieren würde. *Brüll.*

»Ein Drink, ja?« Der Blick wurde schmaler.

Übersetzung: *Du dachtest, du könntest meine Tochter betrunken machen und dich an mein kostbares Mädchen ranmachen.*

War es zu spät, zum Fenster und zum Sumpf zu laufen?

Seine Katze stupste ihn mit einer pelzigen geistigen Pfote an. Er konnte das. »Cyn kam in die Kneipe und suchte nach Leuten, die ihre Freundin gesehen haben könnten. Sie erkannte mich von einem Foto. Wir haben darüber gesprochen. Als Cyn merkte, dass ich nichts mit Arias Verschwinden zu tun hatte, war sie einverstanden, dass ich ihr helfe.«

»Und du hilfst allen jungen, naiven Mädchen, indem du sie bei dir wohnen lässt?« Eine dunkle Braue wölbte sich und Zähne wurden gefletscht.

Auch wenn Cyns Vater mit einem Gipsbein dastand, zweifelte Daryl nicht daran, dass der Mann ihn verletzen konnte, und zwar schwer, zumal Daryl ihm aus Respekt vor Cyn nicht ebenso wehtun konnte.

Mist.

»Larry, hör auf, den armen Jungen zu ärgern. Ich bin mir sicher, dass er nur ehrenhafte Absichten gegenüber unserem Mädchen hat. Stimmt's?« Eleanor durchbohrte ihn mit ihren hellen Augen.

»Ähm.« Er wusste, was die richtige Antwort war. Sie lag ihm auf der Zunge. Man sah es an der Markierung auf Cyns Innenschenkel. Er konnte sie nur nicht laut aussprechen. Die Worte »Cyn ist meine Gefährtin« zu sagen, würde die Dinge unwiderruflich ändern.

Aber haben sich die Dinge nicht in dem Moment geän-

dert, in dem ich sie berührt habe?

Bevor Daryl etwas sagen konnte, bei dem er wahrscheinlich Larrys Granitfaust ins Gesicht bekommen hätte, klingelte ein Telefon. Eher sang es »Hotel California« von den Eagles.

Drei Augenpaare richteten sich auf das Smartphone, das auf dem Tresen tanzte und dessen Kabel aus dem Ladeanschluss baumelte. Es war Cyns Telefon, das sie bei ihrem heutigen Ausflug zurückgelassen hatten, damit es seinen völlig leeren Akku aufladen konnte.

Sollten sie rangehen? Das Lied schien sie aufzufordern, etwas zu tun. Aber trotzdem rührte sich keiner von ihnen.

Dampf ging einer gewissen wütenden Dame mit mokkafarbener Haut voraus, als sie, eingewickelt in ein Handtuch, aus dem Badezimmer stapfte. »Ist denn keiner von euch in der Lage ranzugehen?«

Nein, das waren sie nicht, denn ein lächelndes Gesicht und der Name Aria leuchteten auf dem Bildschirm auf.

Für einen Moment wurde Cyns Gesicht bleich, doch dann erholte sie sich, schnappte sich ihr Telefon, nahm ab und sagte: »Was zum Teufel, Aria? Warum hast du nicht geantwortet? Du hast mich zu Tode erschreckt.«

Es gab gespannte Zuhörer, als Cyn sich mit dem Telefon in der Hand gegen den Tresen lehnte und auf Lautsprecher stellte. Sie brauchte ihre Finger nicht an die Lippen zu legen, damit sie wussten, dass sie still sein sollten.

»Tut mir leid, Thea. Ich habe in den letzten Tagen recht einfach gelebt. Im Einklang mit der Natur und so. Du weißt ja, wie gern ich unter den Sternen schlafe.«

Für Daryl klang bisher alles gut, doch aus irgendeinem Grund schürzte Cyn die Lippen. »Ja, also, ich habe mir schon Sorgen gemacht. Du rufst doch sonst jeden Tag an.«

»Es kamen Dinge dazwischen. Ich wollte dich nur wissen lassen, dass es mir gut geht.«

»Wo bist du jetzt?« Cynthia hatte immer noch diese Falte auf der Stirn. Die Anspannung sickerte förmlich aus ihr heraus.

»Hier und da«, lautete Arias vage Antwort.

»Bist du in Bitten Point?«

Sogar Daryl, der Aria noch nie getroffen hatte, wusste, dass ihr Lachen nicht echt war. »Ich bin schon lange nicht mehr dort. Ich durchwandere einfach die Straßen.«

»Hör mal, warum treffen wir uns nicht? Ich habe mir eine Auszeit von meiner Praxis genommen. Du weißt schon, wegen Stress und so. Warum schließe ich mich dir nicht an? Wir könnten ein richtiges Thelma und Louise Abenteuer erleben.«

»Das kannst du nicht machen.« Das war bisher die deutlichste Aussage. »Du solltest zu Hause bleiben. Ich bin beschäftigt. Sehr beschäftigt.«

»Beschäftigt womit? Aria, ist alles in Ordnung?«

Das Rascheln einer Hand, die den Hörer abdeckte, war deutlich zu hören, ebenso wie die plötzliche Stille, als der Anruf auf Arias Seite stumm geschaltet wurde.

Man musste kein Genie sein, um die Aufregung in Cyn zu erkennen, als sie eine nasse Haarsträhne auf einem Finger zwirbelte, als bräuchten ihre Locken Hilfe.

Als Aria zurückkam, war es abrupt. »Mir geht es gut. Alles ist gut. Ich habe einen Typen kennengelernt. Einen heißen Typen. Er reist mit mir. Deshalb kannst du nicht mitkommen. Vielleicht beim nächsten Mal. Hör zu, ich muss Schluss machen, Thea. Ich werde versuchen, dich in ein paar Tagen anzurufen, aber wenn nicht, mach dir keine Sorgen. Ich amüsiere mich wirklich prächtig.«

»Dann sag mir, wo du bist«, flüsterte Cyn. »Aria –«

Ihre Freundin unterbrach sie mit einem eiligen »Tschüss«. Dann war die Leitung tot und Cyns Knie gaben nach.

Sie landete nicht auf dem Boden. Daryl musste springen und sich nach vorn stürzen, damit er zuerst auf dem Boden aufschlug, aber es war besser, dass er den Aufprall abbekam als Cyn. Nachdem Verletzungen abgewandt waren, richtete er sich in eine sitzende Position auf und hielt sie auf seinem Schoß.

»Komm schon, Cyn. Kein Grund auszuflippen. Wenigstens wissen wir, dass sie am Leben ist.«

Offensichtlich hatte Aria eine geheime Nachricht überbracht, denn das war die einzige Erklärung für Cyns Verzweiflung. »Du verstehst das nicht. Das Gespräch, das war alles nur vorgetäuscht.«

Ihr Vater ließ sich auf ein Knie fallen, während das Bein mit dem Gips ausgestreckt war, und berührte Cyns Wange mit einer schinkengroßen Faust, deren Oberfläche zwar rau, die Berührung aber umso sanfter war. »Mein Mädchen. Mach dir keine Sorgen um Aria. Daddy ist hier und wir werden dafür sorgen, dass sie in Sicherheit ist.«

Eleanor schniefte. »Natürlich werden wir das. Was für eine Frechheit, sie gefangen zu halten. Wissen die denn nicht, dass sie die zweite Tochter meines Herzens ist?«

Cyn schniefte ebenfalls. »Wie werden wir sie finden?«

»Gleich morgen früh suchen wir nach ihrer Unterkunft und ihrem Auto.«

»Sie fährt ein Motorrad«, sagte Cyn.

»Wie auch immer. Chet hat recht. Wir hätten danach suchen sollen, wo sie übernachtet hat. Vielleicht finden wir dann einen Hinweis.«

»Klingt nach einer guten Idee«, rief Eleanor und klatschte in die Hand. »Wir sehen uns dann morgen früh.«

Larry drehte den Kopf, um sich an seine Frau zu wenden. »Was meinst du damit, dass wir sie sehen werden? Thea kommt mit uns.«

»Um wo zu übernachten? Unser Hotelzimmer hat nur ein Bett, du dummer Bär.«

»Dann mieten wir ein anderes Zimmer.«

»Das Hotel ist voll«, sagte Eleanor mit zusammengebissenen Zähnen. Sie packte den Arm ihres Mannes. »Wir sollten gehen. Damit sich die beiden ausruhen. Hier. Alleine.«

Warum erschauderte Daryl, als Eleanor ihm zuzwinkerte?

Larry stand auf und blickte finster auf seine Frau herab. »Gehen? Wir sind doch nicht sechs Stunden gefahren, um unsere Tochter einfach mit diesem – diesem –«

»Wir gehen *jetzt*.« Die Härte in dieser Aussage stand im Widerspruch zu dem freundlichen Lächeln, das Eleanor Daryl zukommen ließ. »Wir sehen euch beide morgen früh wieder.« Sie packte ihren Mann am Arm und ging zur Tür hinaus, sodass die beiden allein waren, aber Larrys gemurmeltes »Mir gefällt das nicht« noch hören konnten.

»Ich weiß, Schatz. Finde dich damit ab. Und gib mir dein Handy. Ich muss ein Status-Update posten.«

Cyn, die immer noch auf seinem Schoß saß, stöhnte auf.

Daryl richtete die Aufmerksamkeit sofort auf sie. »Süße, geht es dir gut?« Hatte sie sich beim Sturz gegen seinen steinharten Körper verletzt? Tatsache, nicht viel Arroganz.

»Mir geht es gut, aber nicht mehr lange, und dir auch nicht. Dir ist schon klar, dass meine Mutter jetzt der ganzen Welt verkündet, dass wir miteinander schlafen?«

»Aber das tun wir nicht.« Noch nicht, aber das war Haarspalterei.

Cyn gab ein wenig damenhaftes Prusten von sich. »Meine Mutter interessiert sich nicht für solche Details. Sie hat mich gerade mit einem Kerl in seiner Wohnung gefunden, wie ich sein Hemd trug und wir aussahen, als hätten wir gerade in einer Feuerstelle herumgealbert. Du kannst froh sein, dass sie dich nicht für einen Smoking vermessen hat.«

»Dann werden wir das eben berichtigen.«

»Viel Glück dabei.«

Musste Cyn kichern, als sie das sagte?

Um das Thema zu wechseln, das unangenehm nahe an die Sache heranreichte, die er getan hatte und die nicht genannt werden sollte, sagte er: »Wir sollten über Arias Anruf reden. Sogar ich habe gemerkt, dass die ganze Sache Blödsinn war.«

Cyn riss die Augen auf und schaute ihn an. »Du hast es auch nicht geglaubt?«

»Nicht eine Sekunde lang.«

»Gut, denn die ganze Sache war geschwindelt. Aria hasst Camping, und ich meine, sie hasst es leidenschaftlich. Sie ist ein Mädchen, das eine weiche Matratze mit sauberer Bettwäsche liebt. Außerdem hätte sie es mir gesagt, wenn sie sich mit einem Kerl einlässt. In der heutigen Welt kann ein Mädchen nicht zu sicher sein. Es gibt eine Menge Freaks und Verrückte da draußen, also ist die erste Regel beim Dating, dass man jemand anderen wissen lässt, mit wem man sich trifft.«

»Hast du jemandem von mir erzählt?« Er hätte sich für diese Frage ohrfeigen können, denn er hatte gerade angedeutet, dass sie etwas miteinander hatten, was auch der Fall war. Aber trotzdem. Scheiße.

»Natürlich habe ich das. Ich habe es meiner Mutter

erzählt. Die hat es dann der ganzen Welt auf Facebook erzählt.«

Gut, dass er nicht an soziale Medien glaubte, obwohl das vielleicht die Glückwünsche erklären würde, die er heute auf dem Weg in die Bibliothek mit Cyn erhalten hatte.

»Apropos deine Eltern, warum sind sie aufgetaucht? Weil du definitiv nie erwähnt hast, dass sie kommen würden.«

»Das wüsstest du, wenn du in der Nähe geblieben wärst, anstatt mit eingezogenem Schwanz loszulaufen, um zu duschen und mich Papa Bär und Mama Wolf zu überlassen«, beschuldigte sie ihn und warf ihm einen strengen Blick zu.

»Sie sind deine Eltern«, war seine Ausrede.

»Welcher Mann lässt ein Mädchen zurück, das er gerade in ein Striplokal geschleppt hat, um von seinem Vater verhört zu werden?«

»Ein kluger und noch lebender.« In seiner Antwort und in seinem Grinsen war kein Funke Reue zu erkennen.

»Du bist eine böse Katze.«

»Die schlimmste, Süße. Du kannst mich gern jederzeit bestrafen.« Für einen Kerl, der unbedingt versuchen wollte, die Sache zu verlangsamen, forderte er sie immer wieder auf, ihn zu berühren.

Ja, fass mich an.

Stattdessen schnaubte sie. »Das hättest du wohl gern. Jetzt, da meine Eltern weg sind, bist du ganz Mr. Charmant und Sexy, aber ich habe deine kalte Schulter im Wagen nicht vergessen. Was zum Teufel sollte das? Hat dir mein *Garten* nicht gefallen?« Sie wollte ihn nicht vom Haken lassen, wie es schien.

Aber wie sollte er erklären, dass die Tatsache, dass er

genügend Kontrolle verloren hatte, um sie zu markieren, ihm höllische Angst machte? Ernsthafte Angst.

War er bereit für die Art von Verpflichtung, die eine Paarung mit sich brachte? Eine Frau, eine Muschi, eine Person, zu der er für den Rest seines Lebens nach Hause ging?

Bis wir Junge haben. Die Erinnerung beruhigte ihn nicht, aber anstatt vor ihr zurückzuschrecken und die Gelegenheit zu nutzen, die sie ihm bot, beruhigte er sie. »Ich habe noch nie in einem schöneren Garten gespielt.« *Argh. Erschieß mich auf der Stelle.*

»Dich zu erschießen wäre zu nett.«

Ups. Das hätte sie nicht hören sollen. »Ich fühle mich im Moment wirklich unsicher.«

»Und ich fühle mich in diesem nassen Handtuch ziemlich unwohl.«

Tat sie das wirklich? Denn er genoss die Tatsache, dass sie beide immer noch auf dem Boden saßen, wo sie sich auf seinen Schoß kuscheln konnte.

Aber würde ich es nicht noch mehr genießen, wenn sie das Handtuch ausziehen würde?

Verdammt richtig, das würde er.

Und jetzt bitte mal bremsen.

Warum konnte er sich nicht einmal fünf Minuten lang beherrschen, wenn es um Cyn ging? *Lass mir einen Hauch von Stolz oder eine Wahl.*

Aber es schien, als gäbe es keine Wahl. So sehr es ihn auch erschrecken mochte, zwischen den beiden war etwas im Gange. Etwas, das er scheinbar nicht aufhalten konnte, und wollte er das überhaupt?

Mit Cyn wurde er *lebendig*. Was für ein Idiot würde das wegwerfen?

KAPITEL FÜNFZEHN

Cynthia: Also, ich habe mit Daryl geschlafen.

Mom: Darf ich dich daran erinnern, dass eine echte Dame sich für den großen Tag aufspart, oder zumindest bis sie einen Ring bekommt?

Cynthia: Mom, ich habe die ganzen Halstücher gesehen, die du auf den Fotos getragen hast, als du mit Dad ausgegangen bist.

Mom: Ich habe gehört, dass es im örtlichen Restaurant tolle Krabbenküchlein gibt.

Ich bin so eine Idiotin. Oder Masochistin. Egal wie oft Daryl unbeständig war, Cynthia konnte nicht anders, als ihn zu wollen.

Manchmal fragte sie sich, ob er unter der gleichen Verwirrung darüber litt, was zwischen ihnen passierte. Kämpfte er auch gegen die unbestreitbare Anziehungskraft, die sie zusammenführte? Sie hätte gedacht, dass die Bissmarkierung die Dinge klarer machte, aber stattdessen hatte sie alles noch schlimmer gemacht.

Will ich ihn?

Ja.

Warum kämpfte sie dann immer noch dagegen an? Warum gegen das ankämpfen, was sie beide wollten?

Warum eigentlich? Es war ja nicht so, dass sie etwas anderes zu tun hatten. Es war schon zu spät für eine gründliche Suche und sie musste sich eingestehen, dass sie sich im Dunkeln draußen nicht sicher fühlte. Andererseits hatte der heutige Tag bewiesen, dass es tagsüber auch nicht sicherer war.

Sie wäre heute bei dem Autounfall fast gestorben. Dann wäre sie noch einmal fast gestorben, als Daryls Geschicklichkeit mit seinen Händen und seiner Zunge sie in eine Ekstase versetzte, die ihr Herz für eine oder zwei Ewigkeiten zum Stillstand brachte. Sie erinnerte sich genau daran, dass sie nicht mehr atmen konnte.

Sie wollte es unbedingt noch einmal tun. Sie fragte sich, ob die Intensität und das Vergnügen eine einmalige Sache waren. Konnten sie das, was sie erlebt hatten, auch nur annähernd wiederholen?

Sie hätte nichts dagegen, das herauszufinden, und da sie für die Nacht hier waren, war es an der Zeit, das herauszufinden. Die Frage war nun, ob sie die kühne oder die schlaue Variante wählen sollte.

Sie konnte nicht sagen, ob es Zufall oder Absicht war, dass sich ihr Handtuch verfing, als sie von seinem Schoß aufstand. War das wichtig? Sie schwang übertrieben die Hüften, als sie von ihm weg ins Schlafzimmer ging.

Vielleicht gab er einen erstickten Laut von sich. Auf jeden Fall klang er nicht ganz bei der Sache, als er bemerkte: »Cyn, du scheinst dein Handtuch verloren zu haben.«

Sie warf ihm einen, wie sie hoffte, koketten Blick über ihre Schulter zu. Sie konnte sich der Wirkung nicht ganz sicher sein, denn sie spürte, wie ihr Haar in einer flauschigen Mähne um ihren Kopf trocknete.

Aber es war schwer, sich über Haare Gedanken zu machen, wenn sie völlig nackt vor einem Kerl stand, der gerade aufgesprungen war und sich an sie heranpirschte, und damit meinte sie wirklich heranpirschte. Jeder Schritt war gemessen, seine Augen glühten und brannten förmlich vor erotischer Absicht.

Er blieb nur wenige Zentimeter vor ihrem Körper stehen. Mit geneigtem Kopf begegnete sie seinem Blick, leckte sich über die Lippen und stürzte sich auf ihn, als seine Arme sich um sie schlossen und sie zu einem Kuss von den Füßen rissen.

Er verwirrte sie mit seinen gemischten Signalen, aber das bedeutete nicht, dass sie sich seinen Berührungen widersetzte.

Ihre Leidenschaft war wild, fast gewalttätig in ihrer Intensität. Vielleicht rammte er sie gegen die nächste Wand, vielleicht zog sie ihn dorthin. So oder so war ihr Rückgrat gegen die feste Oberfläche gedrückt und ihre Beine spreizten sich unter dem eindringlichen Druck seines Schenkels. Er hielt sie mit den Händen fest, ihre Füße berührten den Boden nicht ganz.

Sie verschlang seine Lippen, liebte seinen Geschmack, liebte die brodelnde Leidenschaft, die jedes Mal ausbrach, wenn sie sich berührten. Eine Leidenschaft, die mit jeder neuen Liebkosung zu wachsen und nicht zu schwinden schien.

»Du machst mich völlig verrückt, Cyn«, grummelte er gegen ihre Lippen.

Sie biss ihn sanft und murmelte zurück: »So schlimm ist es gar nicht, wenn du dich erst einmal an die seltsamen Blicke gewöhnt hast.«

»Ich will dich so sehr, dass es wehtut.«

»Warum unternimmst du dann nichts?« Sie ließ ihre Lippen die Länge seines rauen Kiefers und dann seinen starken Hals hinunterwandern. Sie saugte und konnte sich nicht davon abhalten, eine Markierung auf seiner Haut zu hinterlassen.

Ich markiere ihn als mein.

Ihm schien das nichts auszumachen, denn er neigte den Kopf zurück und stöhnte, während sich sein Bein langsam gegen sie bewegte und der Stoff seiner Hose ihren feuchten Schritt reizte.

Sie stieß einen kleinen Schrei der Überraschung aus, als er sie höher hob, sodass sie ihre Beine um seine Taille legen konnte. Er ließ eine Hand zwischen ihre Körper gleiten, fand ihren bebenden Unterleib und schob einen Finger hinein.

Sie krallte sich an ihn, wollte mehr. Wollte ihn. Seinen Schwanz. In ihr. Der zustieß. Jetzt!

Ein Laut der Frustration kam über ihre Lippen, als ihre suchenden Hände nicht weit genug reichten, um ihn von seiner lästigen Hose zu befreien.

»Brauchst du Hilfe?«

»Ich brauche dich.« Sie sagte die Worte, ohne nachzudenken, und er holte scharf Luft.

Er handelte auch. Der Finger verließ sie, das Surren des Reißverschlusses erfüllte die Stille und einen Moment später klatschte die heiße Spitze seiner Erektion gegen sie.

Als er die geschwollene Spitze an ihren Schamlippen

rieb, konnte sie nicht anders, als zu erschaudern. Die Vorfreude sorgte dafür, dass ihre Muskeln sich anspannten, sodass er, als er die Spitze seines Schwanzes in sie gleiten lassen wollte, drücken musste, da ihre enge Muschi zu erregt war, um sich zu entspannen.

Während er mit einer Hand ihren Hintern umklammerte, umfasste er mit der anderen ihr Gesicht und zog sie für einen Kuss zu sich heran. Wie dieser Mann küssen konnte! Forschend, knabbernd und neckend.

Sie seufzte und er stieß seinen Schwanz in sie hinein.

Um Himmels willen, ja!

Sie schloss ihre Beine fest um ihn und umklammerte ihn auch mit den Armen, hielt ihn fest und genoss die Dekadenz seines T-Shirts auf der nackten Haut ihres Oberkörpers. Während er immer schneller stieß, wurden seine Küsse langsamer, bis er mit einem Stöhnen seinen Kopf zurückwarf. Die Sehnen in seinem Nacken traten hervor. Er hielt sich zurück, hielt sich für sie zurück.

Aber nicht mehr lange. Sie war genau da, an der Schwelle. Jedes Mal wenn er sich bis zum Anschlag in ihr vergrub, steigerte sich ihre Lust.

Sie leckte über die freiliegende Stelle seines Halses und brummte gegen seine Haut, während er hart und schnell zustieß. Er ließ seinen Schwanz hinein- und hinausgleiten, nicht zu grob, aber auch nicht zu sanft. Hart, schnell und leidenschaftlich, genau so, wie sie ihn haben wollte.

»Gib es mir.« Hatte sie das laut geknurrt? Er brachte die Dinge auf jeden Fall auf die nächste Stufe und sie spannte sich fest um ihn herum an.

Und dann änderte er den Winkel, nur ein kleines bisschen. Er traf diesen perfekten Punkt in ihr.

Nur das war nötig. »Oh mein Gott, ich komme.«

Sie explodierte. Zumindest fühlte es sich so an, als hätte

sich ein Damm in ihr geöffnet, der sie Welle für Welle mit Lust überschwemmte. Es war zu viel. Zu viel. Zu ...

Sie biss ihn, ihre Zähne krallten sich in sein Fleisch und hielten ihn fest, während sie immer wieder erschauderte und stöhnte. Sie ließ nicht los, auch als er ihren Namen schrie, »Cyn!«, und mit heißen Spritzern kam.

Gemeinsam klammerten sie sich aneinander, geschwächt durch den Tsunami der Glückseligkeit. Sie zitterten von den Nachwirkungen. Dann sanken sie auf das Bett, zu dem er sie trug, immer noch umschlungen. Als sie ihren Kopf an seine Brust legte, lächelte sie bei dem Gedanken an das nächste Telefonat mit ihrer Mutter.

Cynthia: Ja, also, was soll ich tun, wenn Daryl ein Halstuch braucht, um etwas zu verbergen?

Mom: Warum solltest du es verbergen? Lass die Frauen und Flittchen wissen, dass er nicht mehr auf dem Markt ist.

KAPITEL SECHZEHN

Ein T-Shirt, das ein Freund für Daryl bestellt hatte, nachdem er Cyn kennengelernt hatte: »So was von am Arsch.«

Am nächsten Morgen mit seinem köstlichen Mokkaschatz an seinem Körper aufwachen? Fantastisch.

Seinen Hals im Spiegel zu sehen, nachdem er sein Geschäft im Bad erledigt hatte?

»Was zum Teufel? Cyn! Cyn!«

Er brüllte ihren Namen, als er ins Schlafzimmer stolperte, und fiel dann fast über seine plötzlich unbeholfenen Füße, weil sie sich in seinem Bett auf den Rücken rollte. Die Decke hatte sich bei ihrer Drehung gelöst und sie hatte sich nach ihrem Spiel nicht angezogen – *brüll!* Das bedeutete eine atemberaubende Zurschaustellung von Brüsten. Brüste, die er sehr gut kannte.

Wir sollten rübergehen und noch einmal Hallo sagen.

Nein, er musste sich konzentrieren. Er musste ein ernstes Gespräch mit Cyn führen.

Es ist noch zu früh zum Reden.

Ja, und laut seiner Panik auch zu früh, um es mit einem Mädchen ernst zu meinen.

Sag das dem Biss, den du auf ihrem Oberschenkel hinterlassen hast.

Entschuldigung, aber sie sprachen über ihre Fehleinschätzung, nicht über seine. »Weißt du, was du getan hast?« Die Worte klangen ein wenig knurrig.

»Ich weiß es und ich habe es genossen.« Sie leckte sich über die Lippen und blinzelte. »Aber ich muss sagen, ich dachte, nur Hähne krähen in aller Herrgottsfrühe.« Cyn zog ihre Arme nach oben und streckte sich beim Gähnen.

Er konnte nicht anders, als sie anzustarren, steif zu werden und zu begehren. Vielleicht sollte er wieder mit ihr ins Bett gehen?

Bleib stark.

Die Decke rutschte weiter und zeigte die Rundungen ihres Bauches, die Vertiefung ihrer Taille und die Spitze ihres Gartens.

Miau? So ein gequälter Laut, und er kam von ihm, als sie sich ihm präsentierte. Aber er würde widerstehen. Er hatte schon öfter Brüste gesehen, und nur weil ihre prächtig waren, war das kein Grund, seine Beschwerde zu vergessen.

»Versuch nicht, mich abzulenken«, sagte er und wackelte mit einem Finger. Er deutete auf seinen Hals. »Sieh dir an, was du getan hast.«

»Ich sehe es.« Sie lächelte.

Verstand sie den Ernst der Lage nicht? Vielleicht, wenn er es erklärte. »Du hast mich gebissen. Warum solltest du das tun?«

»Warum sollte ich nicht?«

»Weil du es nicht hättest tun sollen.« Die schwächste Antwort aller Zeiten, die ihr das Lächeln aus dem Gesicht wischte.

»Nun, du hast Nerven, denn du hast mich zuerst gebissen.« Sie verschränkte ihre Arme über der Brust, aber unter ihren Brüsten, sodass diese praller wurden. Außerdem drückte sie sie zusammen, sodass eine geheimnisvolle Senke entstand – *die geradezu darum bettelt, mit meiner Zunge erforscht zu werden.*

Argh. Sie tat es schon wieder, spielte schmutzig, und das Blut, das sein Gehirn antrieb, floss nach Süden, weshalb er den kolossalen Fehler machte zu sagen: »Der Biss war ein Fehler.«

Als sie die Augen zusammenkniff, wich er fast einen Schritt zurück. »Ein Fehler?« Sie schlug die Decke zurück, spreizte ihre Schenkel – *Schenkel, die letzte Nacht um meine Taille geschlungen waren* – und zeigte auf die perfekte Markierung an der Innenseite ihres Schenkels. »Machst du oft solche Fehler?«

»Nein.« Denn er war sich nicht einmal ganz sicher, ob es ein Fehler war. Ein Teil von ihm schrie, dass es richtig war. Sie war richtig. Und perfekt. Dennoch ... »Ich bin nicht bereit dafür.« Er spürte, wie sich die Panik in ihm festkrallte. Oder war es Verlangen, weil er sich auf sie stürzen wollte, anstatt vor der Frau, die ihn herausforderte, davonzulaufen?

Ups. Moment, er tat es. Er riss ihr die Arme über den Kopf und drückte sie auf die Matratze.

»Was machst du jetzt?«, fragte sie und versuchte, böse zu klingen, aber stattdessen wirkte sie leicht atemlos.

»Guten Morgen sagen, hoffentlich ohne Fettnäpfchen.«

»Ich wünschte wirklich, du würdest dich entscheiden, was du willst.«

»Dich.« Ja, das Wort rutschte heraus.

Ihre Augen weiteten sich, aber sie hatte keine Chance, etwas zu erwidern, denn in diesem Moment klingelte sein Telefon. Er stürzte sich darauf, bevor er sich mit seinem Geständnis auseinandersetzen musste. Er hätte erst die Nummer überprüfen sollen.

»Hi Mama.« Er sagte es praktisch mit einem Seufzer.

»Komm mir nicht mit hi, *gatito*.«

Es war zu viel zu hoffen, dass Cyn es nicht hörte. Das Kichern sagte alles.

Egal wie oft er bettelte – und mit seinen großen Augen flehte –, seine Mutter nannte ihn weiterhin *gatito*. Übersetzt: Kätzchen auf Spanisch. Er war ein erwachsener Mann. Es war einfach nicht richtig.

Seiner Mutter war es egal, ob er das als entmannend empfand, genauso wie sie sich zu sehr um sein Liebesleben kümmerte. »Was höre ich da, dass du dich mit einer Frau triffst?«

»Du weißt doch, dass ich nichts von Beziehungen halte.«

Der heiße Blick zwischen seinen Schulterblättern verwandelte ihn praktisch in Asche.

Seine Mutter schniefte. »Das ist nur, weil du noch nicht die richtige Frau gefunden hast, *gatito*. Deine Schwester sagt, du lebst mit einem Mädchen zusammen, das du gerade erst kennengelernt hast.«

»Nein, tue ich nicht.«

Ein Räuspern, als Cyn Einspruch erhob. Verdammt sei ihr scharfes Gehör.

Und verdammt seien auch die scharfen Ohren seiner Mutter. »Willst du leugnen, dass in den letzten beiden Nächten eine Frau bei dir geschlafen hat?«

»Okay, es gibt ein Mädchen, das hier übernachtet. Aber es ist nicht das, was du denkst.«

»Zwei Nächte. Und du hast den Tag mit ihr verbracht. Streite es nicht ab. Meine Quellen haben dich gesehen.«

»Ich wünschte wirklich, du würdest mir nicht nachspionieren.«

»Was soll eine Mutter denn sonst tun, wenn sie wissen will, was ihr Sohn so treibt? Das ist auch gut so, sonst wüsste ich nicht, dass es dir mit diesem Mädchen ernst ist.«

»Wer sagt, dass es ernst ist?«

Seine Mutter stieß ein wenig damenhaftes Prusten aus. »Du hast sie bei dir schlafen lassen. Zweimal.«

»Du tust so, als hätte ich sonst nur One-Night-Stands«, zischte er in den Hörer und spürte, wie die Hitze seine Ohrenspitzen röstete.

»Die Mädchen, mit denen du dich triffst, könnten genauso gut welche gewesen sein. Du hast sie nie zu dir nach Hause gebracht.«

Denn er hatte diese Sache, allein zu schlafen, eine Regel, die er jetzt gebrochen hatte und nicht bereute.

Er warf einen Blick auf Cyn und sah, wie sie süffisant lächelte.

»Du interpretierst da zu viel hinein. Ich helfe ihr nur bei etwas.«

Cyn kicherte, bevor sie sagte: »Du hast mir sehr geholfen.« Und ja, das Luder wackelte auf dem Bett und zwinkerte.

»Kann sie kochen?«

Im Schlafzimmer, absolut. Aber das war nicht das, was seine Mutter wissen wollte. »Hör zu, Mom. Ich muss Schluss machen. Wir sprechen uns später.«

»Ich liebe dich, mein *gatito*.«

»Ich liebe dich auch, Mama.«

Ein Mann trug seine Verlegenheit wie ein Abzeichen der Ehre. Er drehte sich zu Cyn, die ihn angrinste. »Wer ist ein süßer *gatito*? Ich hätte dich nie für ein Muttersöhnchen gehalten.«

»Bin ich auch nicht.« Nicht sehr.

»Ich werde dich nicht dafür verurteilen. Ich bin mir sicher, dass deine Mutter nicht so schlimm ist wie meine.«

Darauf würde ich nicht wetten.

Das Telefon klingelte wieder, ein Soundtrack aus dem *Minions*-Film. Er brauchte nicht einmal auf die Nummer zu schauen, als er abnahm. »Hey Melanie.«

»Wer ist Melanie?«, flüsterte Cyn mit einem irritierten Gesichtsausdruck.

»Das ist meine Schwester«, erwiderte er.

Das strahlende Lächeln lenkte ihn ab, weshalb er sich wieder abwandte, aber das hielt seine Schwester nicht davon ab zu flüstern: »Ist das Mädchen da, mit dem du unterwegs warst?«

Unter Gestaltwandlern, die ein ziemlich gutes Gehör hatten, waren Geheimnisse schwer zu bewahren und Gespräche waren selten vertraulich.

Bevor Daryl etwas erwidern konnte, meldete Cyn sich zu Wort, laut und mit einem schelmischen Funkeln in den Augen.

»Hallo, ich bin Cynthia. Dein Bruder hat mir bei der Suche nach meiner Freundin Aria geholfen.«

Daryl hielt sich das Telefon vom Ohr weg, als seine Schwester rief: »Du bist das Mädchen, dem Renny und Caleb geholfen haben.«

»Zusammen mit Constantine und Wes«, fügte Cyn hinzu.

»Wes arbeitet auch mit euch zusammen? Nicht dass es mich interessiert«, fügte seine Schwester schnell hinzu.

In diesem Moment wurde ihm klar, wer das fünfte Rad am Wagen war. Daryl hielt ihr sein Handy hin und sagte in seinem sarkastischsten Tonfall: »Es tut mir leid. Störe ich dich bei deinem Gespräch mit meiner Schwester?«

Nicht nur Cyn sagte Ja.

Er konnte nur staunen, als sein Schatz sich das Telefon schnappte, es sich ans Ohr hielt und mit Melanie zu plaudern begann.

Blinzel.

Das konnte doch nicht wahr sein.

Erst mischte sich seine Mutter in sein Liebesleben ein, was nicht neu war, aber normalerweise versuchte seine Mutter, ihn mit den Töchtern von Freundinnen zu verkuppeln, Mädchen, mit denen Daryl sich nie beschäftigte. Dies war das erste Mal, dass seine Mutter sich für eine Frau interessierte, die Daryl auf eigene Faust gefunden hatte.

Eigentlich hat sie mich gefunden. Und seitdem konnte er nicht mehr von ihr lassen.

Scheiße. Wie war das passiert? Wie konnte er sie noch nicht leid sein? Oder bereit, etwas Zeit für sich allein zu haben?

Mit der Geräuschkulisse des Telefonats zwischen Cyn und seiner Schwester ging er völlig verwirrt aus seinem Schlafzimmer. Noch vor einem Tag war er ein alleinstehender Junggeselle gewesen. Er hatte sich fast einen eigenen Tisch im *Itsy Bitsy* verdient, weil er die Unterhaltung so sehr genoss.

Er hatte das Gefühl, dass Cyn ihn ruiniert haben könnte, wenn es um Brüste und halb nackte Frauen ging.

So sehr er sich auch bemühte, er konnte sich an keine einzige exotische Tänzerin erinnern, seit Cyn die Bühne betreten hatte, nicht nur in seinen Erinnerungen, sondern auch in seinem Herzen.

Alles, was er sah, wenn er die Augen schloss, war sie. Die Erinnerung an sie, wie sie auf seinem Bett lag, die Haut verführerisch schokoladenbraun, die Lippen strahlend und prall.

Wir sollten das Telefon kaputt machen und ihr einen richtigen guten Morgen wünschen. Vielleicht an dem anderen Schenkel knabbern.

Argh. Nein. Langsam. Wenn er jetzt zu ihr ginge, würde er etwas zugeben, was er immer noch verleugnete. Ein Mann brauchte Kaffee, bevor er sich mit Beziehungsproblemen befasste.

Während er an dem heißen Gebräu nippte – mit acht Würfeln Zucker, Milch und einem Zementmischer zum Umrühren des süßen Schlamms –, hörte er, wie Cyn mit seiner Schwester plauderte und lachte.

Ein paar Minuten später lachte sie nicht mehr, als sie mit dem Telefon in der Hand und völlig nackt aus dem Schlafzimmer kam. »Du hast mir nie erzählt, dass du Zwillingsneffen hast.«

»Ich habe dir gesagt, dass ich Neffen habe.«

»Ja, aber du hast vergessen zu erwähnen, dass es Zwillinge sind. Liegt das in der Familie?«

Konnten sie nicht über etwas anderes reden, zum Beispiel darüber, dass sie ein Nonnenkostüm anziehen musste? Aber nein, sie stichelte ihn weiter mit ihrer Nacktheit, und das Glitzern in ihren Augen sagte, dass sie eine Antwort wollte.

»Zwillinge liegen in der Familie meines Vaters.«

Cyn runzelte die Stirn. »Du hättest mich warnen können.«

»Dich warnen? Warum sollte das wichtig sein?«

Sie zog eine Augenbraue hoch und drückte die Hüfte heraus, was ziemlich interessant war, da sie es nackt tat.

Seine Ablenkung bedeutete jedoch nicht, dass ihm ihre Worte entgangen waren, aber er ließ sie sie trotzdem wiederholen.

»Ich sagte, du hast kein Kondom benutzt. Wenn *du* also nicht die Pille nimmst, sind Babys eine Möglichkeit.«

Ein Mann durfte lange blinzeln, während er dies verarbeitete. Er könnte sogar ein wenig hyperventilieren. Babys? Nein. Oh nein. Und doch hatte sie recht. Sie hatten den Schutz ausgelassen. Daryl benutzte selten Kondome, weil seine Art gegen die meisten Krankheiten immun war. Was die Schwangerschaft anging ... »Nimmst du nicht die Pille?« Nahm heutzutage nicht jede Frau die Pille? Die Hormone darin wirkten bei weiblichen Gestaltwandlern. Sie brauchten nur eine viel stärkere Dosis.

Sie schüttelte den Kopf, was ihr Haar fliegen ließ. »Nein, das tue ich nicht. Ich mag es nicht, dass sie mich haarig macht.«

»Aber ... Wir ... Das ist ...« Er konnte es nicht laut aussprechen, geschweige denn darüber nachdenken.

»Hatten Sex. Ich weiß. Und jetzt könnte ich schwanger sein, weil jemand nicht rausgezogen hat.«

Er zeigte sich auf die Brust. »Du gibst mir die Schuld? Du hättest mir sagen können, dass du nichts nimmst.«

»Das hätte ich vielleicht, aber ich war in dem Moment etwas verloren, und das ist wiederum deine Schuld. Und außerdem, welcher Mann benutzt keins, bevor er sich nicht sicher ist?«

Ein Kerl, der auch in dem Moment verloren war. »Es war nur ein Mal.«

»Ein Mal? Ein Mal kann Zwillinge hier drin bedeuten.« Jetzt war sie an der Reihe, sich in den Bauch zu piksen. »Ich weiß, dass wir uns gegenseitig markiert haben, aber das ist ein bisschen schnell, Kätzchen.«

»Nenn mich nicht Kätzchen.«

»Warum? Erinnert dich das an deine Mami?«

Nein. Cyn rief definitiv keine mütterlichen Gedanken hervor, aber sie weckte sehr wohl fleischliche.

Eine Frau, die andeutete, dass sie mit seinem Kind schwanger sein könnte, hätte ihn in die Flucht schlagen müssen. In die Sümpfe laufen lassen, um sich zu verstecken.

Nicht dieses Kätzchen.

Dieses Kätzchen pirschte sich an sie heran, weil es von ihr angezogen wurde.

Und Cyn? Sie floh nicht. Im Gegenteil, auch sie bewegte sich, und keiner von beiden blieb stehen, bis sie aneinandergepresst waren. Da er nur Boxershorts trug, konnte nichts das Knistern aufhalten, das sich zwischen ihren Körpern ausbreitete. Ihre Blicke trafen sich.

»Ich glaube, wir sind uns beide einig, dass zwischen uns etwas passiert«, sagte sie.

Er nickte zustimmend.

»Ich bin mir nicht sicher, wohin es führt, aber für den Moment werde ich aufhören, dagegen anzukämpfen. Wirst du das ebenfalls tun?«

»Ist das klug?«

Sie lächelte. »Fragst du ernsthaft das verrückte Mädchen? Nein, es ist vielleicht nicht klug, aber ich will ehrlich sein und sagen, dass ich noch nie so etwas erlebt habe wie mit dir.«

»Ich auch nicht.«

»Warum einigen wir uns also nicht darauf, dass wir uns erst einmal amüsieren, Aria finden und dann sehen, wie sich die Dinge entwickeln? Vielleicht gehen wir ein paarmal aus, hängen zusammen ab.«

»Redest du von einer Verabredung?«

»Das klingt zwar etwas rückwärtsgewandt, wenn man bedenkt, dass wir schon an der Haut des anderen genascht und ein Schlafzimmer geteilt haben, aber ja, wir sollten miteinander ausgehen.« Sie zwinkerte ihm zu und schlenderte mit ihren runden verführerischen Pobacken ins Bad.

Er konnte nicht anders, als sie anzustarren, und er starrte sie noch lange an, nachdem sie von ihm weggegangen war. Er erschrak sichtlich, als sie ihren Kopf aus der Tür steckte und seufzte.

»Falls du es nicht bemerkt hast, das war eine Einladung, deinen Arsch hierher zu bewegen. Wir könnten beide eine Dusche gebrauchen. Ich verspreche, ich bin sehr schmutzig.«

Er war nicht ahnungslos, sondern nur überwältigt, aber nicht so sehr, dass er seinen Hintern nicht in das Bad bewegt hätte. Es war gut, dass sie viel heißes Wasser hatten, denn sie wurde erst richtig schmutzig, bevor sie sauber wurde.

Gerade noch rechtzeitig, denn der Wahnsinn suchte sie wieder heim.

KAPITEL SIEBZEHN

Cynthia: Danke, dass ihr Daryl und mir gestern Abend etwas Zeit für uns gelassen habt. Wir haben es geschafft, ein paar Dinge zu besprechen.
Mom: Er hat dir also einen Antrag gemacht?
Cynthia: Nein!
Mom: Warum nicht?

Wenn Cynthia nur übertreiben würde. Armer Daryl, sie hatte ihm die Hölle heißgemacht, weil er sie nicht vor den Zwillingen in seiner Familie gewarnt hatte, aber andererseits hatte sie ihn auch nicht wirklich vor ihren Eltern gewarnt.

Wie du mir, so ich dir. Damit würden sie sich auseinandersetzen müssen, wenn sie zusammenbleiben würden. Sie würde mit seiner genetischen Veranlagung leben müssen, die dazu führen könnte, dass sich befruchtete Eizellen von ihr teilten. Er würde lernen müssen, sich mit ihren Eltern abzufinden. Die gute Nachricht war, dass ihre Eltern mehrere Stunden entfernt wohnten.

Die schlechte Nachricht war, dass sie keine Grenzen kannten, wenn es um sie ging.

Das Handtuch fest um ihren Körper gewickelt, verließ sie das Badezimmer in einer Dampfwolke, nachdem sie ein wenig Zeit alleine mit seinem Rasierer und ihren Beinen verbracht hatte. Sie hatte auch dafür gesorgt, dass ihr Garten beschnitten wurde.

Sie fühlte sich ziemlich gut, bis sie schrie: »Mom, Dad, was macht ihr denn hier?«

»Wir haben dir doch gesagt, dass wir am Morgen zurückkommen«, polterte ihr Vater. Bekleidet mit khakifarbenen Wandershorts und einem auffälligen Hawaiihemd hatte ihr Vater auf der Couch Platz genommen, sein Bein im Gips vor sich ausgestreckt.

Mom trug eine gebügelte weiße Hose, eine pastellfarbene Bluse und Haare, die mit ihrer bauschigen Höhe der Schwerkraft trotzten. »Du siehst ein bisschen müde aus, Schatz. War es eine lange Nacht?«

Da sie an ihre Mutter gewöhnt war, brauchte es schon mehr als eine schlaue Anspielung, um Cynthia in Verlegenheit zu bringen. »Mir geht's gut, Mutter.« Wenn sie mit »gut« meinte, dass sie sexuell gesättigt war, sich irgendwie mit einem Mann traf und sich fragte, ob sie mit einem Paar Kaulquappen schwanger war.

Daryl schlenderte aus der Küche und sah viel entspannter aus, als es sich für einen Mann gehörte. »Wird auch Zeit, dass du da rauskommst. Meine Mutter hat schon auf dich gewartet.«

Der Morgen schien sie unbedingt zum Erröten bringen zu wollen.

»Deine Mutter? Gib mir nur eine Sekunde, um mich

anzuziehen und –« Ja, das Universum war nicht so freundlich, ihr zu erlauben, Unterwäsche und BH anzuziehen, bevor sie Daryls Mutter traf.

Es war nicht zu leugnen, dass die Frau, die aus der Küche kam, Daryls Mutter war. Nicht nur die gebräunte Haut verriet es, sondern auch der gleiche dunkle Blick und die gerade Nase. Aber während Daryls Kinn eindeutig männlich war, war das seiner Mutter spitz zulaufend und sie war winzig neben ihrem Sohn.

»Cyn, das ist meine Mutter, Luisa. Mama, ich möchte dir Cynthia vorstellen. Sie ist, ähm«, er hielt inne und warf ihr einen unverständlichen Blick zu, bevor er mit den Schultern zuckte und sagte: »Meine Freundin.«

Lieber Gott. Hatte er gerade ihren Status öffentlich bekannt gegeben? Jetzt war es zu spät, es zurückzunehmen. Ihre Mutter hatte es gehört und lehnte sich in ihrem Sitz vor. Manche Raubtiere rochen Blut in der Luft. Ihre Mutter roch ein Hochzeitskleid.

Luisa musterte sie. »Kann sie kochen?«

Die Frage war zwar nicht an sie gerichtet, aber Cynthia beantwortete sie trotzdem. »Ja. Ich kann kochen. Backen. Und ich kann auch ein Bankkonto abgleichen, eine Dinnerparty für zwölf Personen planen und dabei Stöckelschuhe tragen.« Ihre Mutter hatte darauf bestanden, dass Cynthia bestimmte Fertigkeiten erlernte, als sie aufwuchs. Einige, wie kulinarische Kreationen, konnte sie gut. Über andere, die mit Nadel und Faden zu tun hatten, sprach sie besser nicht.

»Familie ist wichtig?«

Ihre Mutter mischte sich in das Gespräch ein. »Sehr. Meine Thea ist ein gutes Mädchen. Es gab nie Probleme mit ihr.«

Die beiden Frauen nickten sich zu und Cynthia spürte

schon die engen Fesseln eines Korsetts, als ihre Mutter plante, den Albtraum vom Kleiderkauf zu ihrem sechzehnten Geburtstag zu wiederholen, nur in größerem Maßstab.

In diesem Moment fühlte Cynthia sich wie ein Kojote und ihr fehlte nur noch ein Schild mit der Aufschrift »Hilfe«, als sie von einer Klippe stürzte.

»Ausgezeichnet. Mein Daryl braucht eine gute Frau, die ihn in der Hand hat. Vergiss nicht, *gatito*, wir essen am Donnerstag zusammen zu Abend. Bring deine Freundin mit.« Daryls Mutter hielt an der Tür inne. »Sie und Ihr Mann sollten auch kommen.« *Sie* war Cynthias Mutter.

»Wir würden uns sehr freuen.« Ihre Mutter strahlte, ein Lächeln, das viel zu breit und glücklich war. »Da ich sehe, dass du viel zu tun hast, Schätzchen, machen wir uns einfach auf den Weg. Daryl sagt, ihr trefft euch mit ein paar Freunden, um nach Arias letztem Aufenthaltsort zu suchen. Aber wir werden auch helfen. Dein Vater, der sich mit Autos auskennt, wird auf dem Schrottplatz vor der Stadt nachsehen, ob Arias Motorrad dort ist. Komm nicht in allzu große Schwierigkeiten.«

»Wie wär's mit gar keinen?«, brummte ihr Vater, als er ihrer Mutter zur Tür hinaus folgte.

Mit dem leisen Klacken der Türverriegelung waren sie wieder allein.

Blinzeln. Ein paar Atemzüge.

Niemand stürmte herein, Daryl stand immer noch am anderen Ende des Raumes und sah viel zu ruhig aus.

Nicht akzeptabel. Er sollte genauso durcheinander sein wie ihr Haar.

Sie ließ das Handtuch fallen. Er spuckte Kaffee aus.

»Könntest du mich vorwarnen, wenn du das tust?«

»Nein.« Sie tat nicht einmal so, als würde sie darüber nachdenken. »Was war das denn mit deiner Mutter?« Obwohl sie befürchtete, dass sie es wusste. *Sieht so aus, als sei meine Mutter nicht die einzige Heiratsvermittlerin. Wir sind so am Arsch.*

Er zuckte mit den Schultern. »Sieh mich nicht so an. Ich kam gerade aus dem Bad, als meine Mutter den Speck gebraten hat.«

»Es gibt Speck?« Sie rannte nicht ganz in die Küche, aber es war nahe dran.

»Während meine Mutter Pfannkuchen zubereitete, kamen deine Eltern herein, als gehörte ihnen der Laden.«

»Ja, Daddy mag es nicht anzuklopfen. Oder Leute zu besuchen. Er muss dich mögen.« Sie strahlte ihn an, ein Lächeln, das durch das Kauen auf einem Stück Schweinefleisch etwas ruiniert wurde.

Sie ließ sich auf einen Barhocker plumpsen und schnappte sich mit einer Gabel einen Pfannkuchen von der Platte, auf der sie gestapelt waren, bestrich ihn mit Butter und Sirup und stöhnte, als sie ihn aß, wobei sie süße Bissen mit knusprigem, salzigem Speck mischte.

Finger schnipsten vor ihrer Nase. »Hörst du mir zu?«

»Ähm, kann ich lügen und Ja sagen?« Sie klimperte mit den Wimpern und fragte sich, ob er beleidigt sein würde, wenn sie das letzte Stück Speck stahl.

Scheiß drauf. Sie wollte es. Er konnte sie später dafür versohlen.

Statt seiner Hand auf ihrem Hintern bekam sie einen Überblick über ihren Schlachtplan. Sie richtete sich in ihrem Sitz auf.

»Wes und Caleb werden einige der nahe gelegenen Campingplätze nach Spuren von Aria absuchen.«

»Aber Aria zeltet nicht.«

»Das mag sein, aber vorsichtshalber werden sie nachsehen.«

»Und was machen wir?« Obwohl sie bezweifelte, dass das, was sie tun würden, mit dem Sex der letzten Nacht mithalten könnte.

»Constantine wird sich uns anschließen, um die drei Motels in der Stadt zu durchsuchen.«

»Warum brauchen wir seine Hilfe? Wäre es nicht sinnvoller, sich aufzuteilen?«

»Angesichts der Angriffe auf uns nicht wirklich.«

Ein gutes Argument und ein ernüchterndes. Cynthia machte sich zwar Sorgen um den Umgang mit ihrer verkuppelnden Mutter – und jetzt Daryls –, aber sie konnte nicht vergessen, dass es trotz Arias Anruf etwas gab, das in Bitten Point stinkend faul war, und das waren nicht die Sumpfgase.

»Werden uns die Motels Informationen über Aria geben? Ich dachte, es gäbe Datenschutzgesetze dagegen.«

»Ja, aber das ist nichts, was ein kleiner Schubs oder ein Zwanziger nicht beheben könnte, vor allem, wenn es Gestaltwandler sind. Wenn sie herausfinden, dass es um ein vermisstes Mädchen geht, werden sie kooperieren.«

Kooperation war schön und gut, aber dazu brauchten die Angestellten an der Rezeption einen Bezug. Nachdem sie die drei Motels in der Stadt erfolglos abgeklappert hatten, suchten sie auch ein paar am Stadtrand auf. Es wurde zwar ein paarmal Geld übergeben, aber die Antwort war immer noch ein fettes Nein. Niemand hatte ein zierliches Mädchen auf einem Motorrad gesehen, oder wenn doch, dann logen sie.

»Das macht keinen Sinn«, grummelte Cynthia, die

gegen die Beifahrertür von Constantines Pick-up gepresst war, weil Daryl aus irgendeinem Grund darauf bestand, den mittleren Platz auf der Sitzbank einzunehmen.

Offenbar war es ein Privileg, im Fahrerhaus mitfahren zu dürfen, denn normalerweise war der Beifahrersitz für Prinzessin, Constantines Hund, reserviert. Nicht so bei dieser Fahrt. Sein großäugiges Fellknäuel saß jetzt auf dem Schoß des großen Mannes.

Da Cynthia als Tierärztin viele Chihuahuas behandelt hatte, wusste sie, dass sie extrem loyal waren und ein Löwenherz hatten. Diese kleinen Kerlchen fürchteten sich wirklich vor nichts, und sie hatte schon so manchen Biss abbekommen, wenn sie ihnen Spritzen gab, um es zu wissen.

»Vielleicht hat deine Freundin kein Motel für die Nacht gebucht, sondern ist bei einem Freund geblieben«, wagte Constantine zu behaupten.

Frustriert darüber, dass sie nichts finden konnten, schnauzte Cynthia: »Nennst du sie eine Schlampe?«

»Sag du es mir.«

Daryl streckte einen Arm aus und sie traf ihn, bevor sie über den Sitz springen konnte. Wenn es um Aria ging, war Cynthia ihre schärfste Verteidigerin. Im Fall von Constantine verließ er sich auf seinen kleinen Hund. Prinzessin entblößte ihr Zahnfleisch und knurrte.

Cynthia knurrte zurück.

Daryl versuchte, ein Lachen in ein Husten zu verwandeln, bevor er sagte: »Ich bin sicher, dass er das nicht so gemeint hat.«

Der große Mann am Steuer warf ihr einen kurzen Blick zu. »Nein, ich habe sie nicht als Schlampe bezeichnet, aber die Frage, ob Aria die Nacht mit jemandem verbracht haben könnte, ist durchaus berechtigt. Ich meine, wir haben uns darauf konzentriert, ihre letzten Schritte zurückzuverfolgen und mehr über die Kreaturen herauszufinden, die euch angegriffen haben, aber wir sind nicht weitergekommen. Es ist also an der Zeit, die Taktik zu ändern. Der beste Anhaltspunkt, den wir im Moment haben, ist deine vermisste Freundin. Wir müssen mehr über ihre Zeit in Bitten Point vor der letzten Nacht in der Kneipe wissen, angefangen damit, wo sie übernachtet hat. Wenn sich keines der Hotels und Motels an sie erinnert und du dir sicher bist, dass sie nicht zelten würde, wo hat sie dann geschlafen und geduscht?«

Constantines ruhige Logik brachte das Feuer in ihr zum Erlöschen. Cynthia ließ sich auf den Sitz sinken. »Tut mir leid, dass ich mich wie ein Gangster benommen habe. Vor allem, weil du nur helfen wolltest. Ich weiß nicht, wo sie übernachtet hat, aber es ist möglich, dass sie die Nacht mit einem Mann verbracht hat. Aria ist ein bisschen ein Freigeist.« Aria hatte schon in jungen Jahren gelernt, für den Moment zu leben. Sie nahm ihre Vergnügungen, wann und wo sie konnte.

»Aber du hast gesagt, sie hätte sich nicht mit einem Typen eingelassen, ohne es dir zu sagen.« Daryl ergriff ihre Hand und drückte sie beruhigend.

»Das hat sie noch nie getan. Aber welche andere Erklärung gibt es? Sie musste doch irgendwo bleiben.« Cynthia hätte sich selbst einen Tritt verpassen können, weil sie es nicht wusste. In ihren bisherigen Gesprächen war es einfach nie zur Sprache gekommen, und aus irgendeinem Grund hatte Aria zwar den Abend in der Kneipe mit ihrem Telefon veröffentlicht, aber nie ein Hotel oder Motel angegeben. Nur dumme allein reisende Frauen würden solche Details preisgeben.

»Wir sind verdammte Idioten«, rief Constantine mit einem Fingerschnippen aus. »Was ist mit der Frühstückspension bei Sals Haus? Die, die hinter den Obstgärten liegt.«

»Bedbug Bites?«, sagte Daryl. »Ich dachte, die Frau, die den Laden betreibt, hat ihn geschlossen.«

Cynthias Haut kribbelte bei dem Gedanken an die nächtlichen Viecher. »Moment mal, Bedbug Bites? Was ist das denn für ein Name für eine Frühstückspension? Wer würde dort übernachten?«

»Keine Menschen«, antwortete Daryl grinsend. »Ich habe dir gesagt, dass die Stadt ihre Methoden hat, um sie fernzuhalten. Aber ein Gestaltwandler würde die Wahrheit wissen und erkennen, dass es ein freundlicher Ort für unsere Art ist.«

»Wenn das so ist, warum haben wir diesen Ort dann nicht überprüft?«, fragte sie.

»Weil er vor Jahren für die Öffentlichkeit geschlossen wurde, nachdem Mrs. Jones' Sohn während der ersten Runde von Monstereignissen verschwunden war.«

»Wenn es nicht mehr geöffnet ist, warum denkst du dann, dass Aria dortgeblieben sein könnte?«

»Weil es vielleicht doch nicht so geschlossen ist, wie wir dachten«, antwortete Constantine. »Veronica, die Besitzerin des Hauses, gibt zwar nicht öffentlich bekannt, dass sie geöffnet hat, aber für jemanden, der dort angeblich alleine wohnt, bekommt sie eine Menge Lebensmittel geliefert.«

Da kam die Frage: »Und woher weißt du das?«

»Von der Gefährtin meines Bruders. Renny hat früher im Supermarkt gearbeitet und die Waren für die Lieferung eingetütet. Sie fand es seltsam, aber es ging sie nichts an.«

In der Tat seltsam genug, dass sie es überprüfen mussten.

Die Fahrt zu diesem letzten Versuch führte sie über eine einsame Seitenstraße mit tiefen Spurrillen, die sie hüpfen ließ, weil Cynthia den Oh-Mist-Griff an der Tür nicht finden konnte. Über ihre Kraftausdrücke sollte man sich nicht lustig machen. Dass sie ein Gangster war, bedeutete nicht, dass sie auf die unflätigen Wörter zurückgreifen konnte, die andere benutzten. Dafür war die Stimme ihrer Mutter zu stark. »*Zwing mich nicht, die Seife zu holen.*« Schauder.

Als sie zum zweiten Mal um sich griff, um sich festzuhalten, und Daryl dabei versehentlich in den Schritt schlug, grunzte er, aber dann machte er ihrem unbeabsichtigten Schaden ein Ende. Er zog sie auf seinen Schoß und verankerte seine Arme um sie. Sie hüpften immer noch, aber jetzt konnte sie behaupten, dass es angesichts der Nähe zu einem bestimmten heißen Typen ziemlich angenehm war.

»Wo ist dieser Ort? Der neunte Kreis der Hölle?«, brummte sie, als sie sich fast auf die Zunge biss, als sie auf ein Schlagloch trafen, das den Pick-up einsaugen wollte.

»Es liegt direkt am Rande des Sumpfes«, antwortete Daryl. »Das ganze Land gehört Veronica Jones. Die Familie ihres Mannes hat es vor Generationen bekommen, über fünfzig Hektar, wenn ich mich richtig erinnere.«

Fünfzig Hektar ungezähmter Dschungel, wenn man bedachte, dass das Unkraut auf die Straße übergriff. Wenn sie Banjos hören würde, könnte sie darum betteln umzukehren. Verflucht sei ihr Ex-Freund, der sie gezwungen hatte, sich *Beim Sterben ist jeder der Erster* und *Hügel der blutigen Augen* anzusehen.

Eben noch sahen sie verloren aus und waren kurz davor, Fleischfutter in einem Horrorfilm zu werden, und im nächsten Moment tauchten sie auf einer kopfsteingepflasterten Auffahrt auf, die sich um einen Graskreis mit einer steinernen Vogeltränke in der Mitte schlängelte.

Die Kälte und das Unbehagen in Cynthias Knochen verschwanden nicht beim Anblick des prächtigen Plantagenhauses, wie man es in dieser Gegend nicht oft sah.

Hohe Säulen zierten die Fassade und flankierten die breite, einfache Treppe, die zu den beiden geschnitzten Holztüren führte.

Die blasse Verkleidung hatte schon weißere Tage gesehen, und die grüne und schwarze Farbe der Zeit und des Schimmels taten ihr Bestes, um sie zu verfärben. Die Fenster zur Einfahrt spiegelten das grüne Laub der Wildnis wider, die den kultivierten Teil des Grundstücks umgab.

Als sie aus dem Pick-up stiegen, wobei Daryl einen Arm um ihre Taille legte und sie hochhielt, während er sie aus dem Wagen schob, konnte sie nicht umhin, die Üppigkeit des Grüns zu riechen.

Und den beißenden Gestank von ... »Der Hundemann war hier!«

Der Geruch eines nassen Hundes, der dringend ein Bad brauchte, war nicht zu verwechseln. Genauso wie man Arias Motorrad nicht verwechseln konnte, das unter einer Plane neben der Einfahrt stand.

Cynthia befreite sich aus Daryls Armen und lief zu der vertrauten schwarzen Plane mit den Flicken, die sie wie verrückt geklebt hatten, um Risse zu reparieren. Sie ließ sich auf die Knie fallen und hob sie an, um darunter zu schauen. Ein roter Rahmen mit handgemalten weißen Gänseblümchen fiel ihr ins Auge. »Aria ist hier. Wir haben sie gefunden.«

»Ich würde mich noch nicht zu sehr freuen«, mahnte Daryl.

Ihre Aufregung sank in sich zusammen.

»Sieh mich nicht so an. Ich sage nur, dass ihr Motorrad hier ist, bedeutet nicht, dass sie hier ist. Soweit wir wissen, wurde sie von hier entführt und ihre Sachen wurden zurückgelassen.«

Das war ein gutes Argument, aber sie freute sich trotzdem, dass sie endlich einen Hinweis darauf gefunden hatten, dass Aria hier in der Gegend war.

Die Öffnungszeiten der Frühstückspension standen auf einer eingravierten Plakette neben der Tür. Anmeldung täglich von dreizehn bis einundzwanzig Uhr.

So stand es auf dem Schild, und jetzt war es schon fast fünf Uhr nachmittags, aber die Tür ließ sich nicht öffnen, wenn man daran zog.

Daryl klopfte mit der Faust dagegen und trat dann zurück, um zu warten. Sie alle warteten. Doch das einzige Lebenszeichen war das Summen der Insekten um sie herum. Die blutrünstigen Blutsauger waren mit böser Absicht hinter dem Stadtmädchen her. Cynthia musste von ihnen wegkommen, zum Beispiel in ein Haus mit Türen und Fenstern mit Fliegengittern. Es gab jedoch noch ein Problem. Die Tür war verschlossen und niemand schien öffnen zu wollen.

»Vielleicht ist der Rezeptionist auf die Toilette gegangen?«, wagte sie zu fragen.

»Und hat die Tür verschlossen, damit keine Gäste reinkommen können?« Daryl schnaubte und schüttelte den Kopf. »Die einzige Möglichkeit, dass die Tür nicht offen ist, wäre, wenn wir uns irren und es sich gar nicht um eine Frühstückspension handelt.«

»Aber auf dem Schild steht –«

»Das Schild ist alt und wurde wahrscheinlich nie entfernt, als sie geschlossen wurde.«

Sie konnte Daryls Logik nicht widerlegen, da das Schild ziemlich ramponiert aussah.

»Irgendetwas stimmt hier nicht.« Constantine sprach die Worte aus und blickte in die Ferne. Er runzelte die Stirn und sein Körper war angespannt.

Nein, irgendetwas stimmte nicht, und damit meinte sie nicht nur den Zustand ihrer Haare bei dieser Feuchtigkeit. Der ganze Ort stank nach Unheimlichkeit. Sie musste es wissen. Sie hatte schon viele Horrorfilme gesehen, und alle lehrten sie, dass man nicht in ein gruseliges, verlassenes Haus gehen sollte.

Ihr innerer Wolf winselte. *Gefahr*. Augen beobachteten sie. Bedrohung lauerte. Sie sollte sich nicht von ihrer Paranoia überwältigen lassen. Oder sollte sie auf ihren gesunden Menschenverstand hören?

»Vielleicht sollten wir gehen.« Sie schmiegte sich enger an Daryl und er legte einen beruhigenden Arm um sie, aber das konnte das Frösteln nicht vertreiben.

»Was ist los?«

»Ich weiß es nicht, aber Constantine hat recht. Ich habe kein gutes Gefühl bei diesem Ort. Vielleicht sollten wir die Polizei anrufen und sie kommen lassen, um alles zu überprüfen.«

»Aber was ist mit der Suche nach Aria? Sie war offensichtlich hier.«

»Du hast es gesagt. War. Ihr Motorrad steht schon eine ganze Weile hier.« Das verschlungene Spinnennetz in der Felge bestätigte das. »Sie ist offensichtlich nicht da drin.«

»Oder sie ist drin, kommt aber nicht raus«, konterte Daryl und spielte des Teufels Advokat.

»Hey Leute, habt ihr Prinzessin gesehen?«, fragte Constantine.

»Ich nicht«, antwortete sie.

»Ich auch nicht.«

Constantine drehte sich um und sah sich um. »Prinzessin! Wo bist du? Komm zu Daddy.«

Der Widerspruch war schwer zu ignorieren, dass der riesige Constantine mit seinem Hund Babysprache verwendete, und sie biss sich auf die Lippe, um nicht zu kichern. Angesichts von Daryls Prusten war das ein Kampf, den sie nicht allein führte.

Ein scharfes Bellen erhellte Constantines Gesicht und er ging schnell zur Seite des Hauses. Sie fanden einen großen Hof mit Draht, der vom Haus bis zu einem Baum gespannt war, der als Pfosten diente. Die Wäsche flatterte daran, einige der Stoffe hingen nur an einer einzigen Klammer.

Bellen. Das scharfe Geräusch lenkte ihre Aufmerksamkeit auf Prinzessin. Der kleine Hund stand auf einer hölzernen Treppe und kratzte an einer Tür. Darin war ein Fenster eingelassen, das mit einem blumengemusterten Vorhang verhängt war.

Anstatt an die Tür zu klopfen, spähte Constantine hinein.

»Siehst du etwas?«, fragte Daryl.

»Nein. Es ist nur eine Art Abstellraum mit einer Waschmaschine und einem Trockner. Ich werde mal reingehen und es mir ansehen«, kündigte Constantine an.

»Sollen wir? Ich meine, ist das nicht Einbruch?«, flüsterte Cynthia. Sie konnte nicht sagen, warum sie ihre Stimme leise hielt, vielleicht um die Geister nicht zu beunruhigen oder weil sie, wenn sie sich zu einem Verbrechen verschwor, vermutlich nicht darüber schreien sollte.

»Ein Einbruch ist nur möglich, wenn die Tür verschlossen ist.« Daryl zeigte auf den zersplitterten

Türpfosten. »Sieht so aus, als wären wir nicht die Ersten, die hier reinwollen.«

Diese Erkenntnis ließ den Knoten in ihrem Magen nur noch größer werden.

Nicht reingehen!

Ihr Wolf hielt es wirklich für eine schlechte Idee. Komisch, Cynthia dachte das auch, aber nicht zu folgen bedeutete, draußen zu bleiben. Sie warf einen Blick auf die angrenzende Sumpfvegetation, die dicht genug war, um jede Art von Bedrohung zu verbergen.

Sie umklammerte Daryls Hand fest. Sie hielt sich an seiner Seite und hoffte, dass ihnen nichts Gefährliches begegnete, zumal sie keine Spritzen mehr hatte. Die Vorräte, die sie mitgebracht hatte, waren in dem Feuer verbrannt.

Das wird nicht billig zu ersetzen sein. Aber wenn man bedachte, dass sie lebend und unversehrt davongekommen war, hatte sie immer noch die Nase vorn.

Constantine stellte sich an die Seite der Tür und drückte mit einer Hand dagegen. Sie blieb geschlossen. Es bedurfte eines kräftigen Stoßes, um sie aufzuschwingen.

Sie hielt den Atem an, ihr Körper war angespannt ... Nichts sprang heraus.

Prinzessin zeigte keine Angst und huschte über die Schwelle. Der große Kerl schlüpfte als Nächstes hindurch, Daryl ihm dicht auf den Fersen, und da sie seine Hand hielt, folgte auch Cynthia, eine Entscheidung, die sie bei ihrem ersten Schritt ins Haus bereute.

Igitt, dachte Cynthia. *Oh, totes Ding*, war der Zusatz ihres Wolfes. Ein wildes Tier zu haben, das andere Vorstellungen von Gut und Böse hatte, sorgte manchmal für eine interessante Denkweise.

Sie rümpfte die Nase über den Gestank von etwas

Falschem, und damit meinte sie nicht nur *nasser Hund falsch*, aber ihr Wolf wollte, dass sie dem Geruch folgte, der sie zum Würgen brachte.

Nicht kotzen.

»Was ist das für ein Geruch?«, keuchte sie, und warum war es so heiß? Es schien, als würde die Klimaanlage in dem Haus nicht funktionieren, denn drinnen war es genauso heiß und feucht wie draußen. Vielleicht sogar noch heißer.

»Die Klimaanlage ist aus. Ich glaube, der ganze Strom hier ist aus.« Constantine betätigte die beiden Schalter neben der Tür, aber das Oberlicht blieb dunkel.

Als sie vom Abstellraum in die Küche gingen, wurde der Geruch immer stärker. Cynthia filterte etwas davon heraus, indem sie ihr T-Shirt über die Nase zog. Sie schaute sich um und bemerkte die Fliegen, die um einen Haufen schmutzigen Geschirrs in der Spüle herumschwirrten. Obst in einer Schüssel, das kaum noch zu erkennen war, war ein tolles wissenschaftliches Experiment.

Es schien, als wäre jemand gegangen, ohne vorher aufzuräumen.

Hier gab es noch mehr Beweise dafür, dass etwas passiert war, und das nicht erst vor Kurzem, denn der Kühlschrank enthielt verschimmelte Lebensmittel. Der Strom war offensichtlich schon seit einiger Zeit ausgefallen.

»Wo sollen wir zuerst nachsehen?«, fragte Daryl.

Außer dem Abstellraum gab es zwei Möglichkeiten in der Küche. Ein Torbogen führte ins Esszimmer, der andere in den Flur. Sie konnte das Geländer einer Treppe ausmachen, die zu einer zweiten Ebene führte.

»Lass uns zuerst die Anmeldung überprüfen.«

Cynthia wollte für den Speisesaal stimmen. Sie merkte, dass der Gestank draußen im Flur stärker war. Sie konnte das Miasma der Falschheit in der Luft fast sehen.

Tod, riet ihr Wolf.

Tod und Verwesung, und der Schuldige war die Leiche, die sie auf dem Boden hinter der Rezeption fanden.

Cynthia schlug sich eine Hand vor den Mund, aber das war nicht genug. Sie konnte zwar Wunden nähen, kleinere Operationen durchführen und sogar mit Blut umgehen, aber was sie da auf dem Boden sah? Das brachte sie dazu, nach draußen zu laufen und zu kotzen.

KAPITEL ACHTZEHN

Daryls T-Shirt des Tages: »Ich bin verdammt noch mal strahlender Sonnenschein.«

Anstatt Cyn hinterherzulaufen, die mit ihrem Frühstück die Natur düngen wollte, schrie er ihr hinterher: »Geh nicht weit vom Haus weg und behalte Prinzessin bei dir.«

Cyn war nicht die einzige zarte Dame, die frische Luft brauchte. Daryl wollte sich ihnen irgendwie anschließen. Aber draußen gab es keine Hinweise.

Und sie aus den Augen lassen? Die Duftspur des Hundemannes war nicht neu, genau wie diese Leiche. Nach der lilafarbenen Hose und der dazu passenden Bluse zu urteilen war die Leiche wahrscheinlich das, was von der armen Mrs. Jones übrig geblieben war.

»Sieht aus, als hätte ein Tier sie angefallen«, bemerkte Constantine, ohne die Leiche zu berühren.

»Ein Tier oder einer unserer neuen Freunde?« Der Gestank der Verwesung war zu stark, um herausfinden zu können, ob es der Hundemensch oder der Dinosauriermann war, der sich an ihr vergriffen hatte, aber da er nichts Reptilienhaftes gerochen hatte, tendierte er zum Hund.

»Wir sollten das Haus durchsuchen. Schauen, ob es noch mehr Opfer gibt.«

»Glaubst du, wir finden den Kerl, der das getan hat?«

Constantine schüttelte den Kopf. »Das hat kein Kerl getan. Nur ein Monster könnte so etwas tun.«

Stimmt. »Sollen wir zusammenbleiben oder uns aufteilen?«

»Soll ich auch deine Hand halten?«, lachte Constantine.

»Verpiss dich«, war Daryls Antwort. »Die Frage ist berechtigt, denn diese Kerle sind knallhart.«

»Wenn du einem über den Weg läufst, dann schreie.«

»Entschuldige, aber meinst du nicht, auf männliche Art und Weise zu brüllen?«, erwiderte Daryl.

Constantine stieß ein Prusten aus. »Ich sehe mir mal das Hauptgeschoss an.« Sein Freund schlenderte in den Wohnbereich.

»Ich nehme an, ich sehe mir die Schlafzimmer an«, murmelte Daryl, ohne dass es jemand hörte. Daryl warf einen kurzen Blick aus dem Fenster und entdeckte Cyn, die mit blasser Miene auf und ab ging, dann machte er sich auf, um nach weiteren Leichen zu suchen – und hoffte wirklich, dass er keine bestimmte fand.

Während Cynthia sich angesichts des seltsamen Verschwindens ihrer Freundin ganz gut im Griff hatte, wusste er, dass es sie zerreißen würde, Aria tot zu finden.

Das konnte er nicht zulassen. *Sie liegt mir zu sehr am Herzen, um sie verletzt zu sehen.*

Würg. Und nein, es war nicht wegen eines Haarballens. Er dachte und fühlte Dinge, die er sich bei einer Frau nie hätte vorstellen können, und das ganz ohne Anstrengung oder gar Gedanken. Es war alles so verdammt verrückt, aber er konnte es nicht aufhalten und wollte es auch nicht.

Ich will Cyn in meinem Leben haben. Mehr noch, er wollte, dass sie glücklich war.

Die Tatsache, dass der Verwesungsgeruch nachließ, als er vorsichtig die Treppe hinaufging, war etwas beruhigend. Die Reihe der geschlossenen Türen? Nicht so sehr.

Als die erste Klinke, die er versuchte, nicht nachgab, überlegte er nicht lange. Er hob einen gestiefelten Fuß und trat zu.

Knall!

So viel dazu, ihre Anwesenheit geheim zu halten. Aus den anderen verschlossenen Türen kam nichts, obwohl Constantine rief: »Brauchst du Prinzessin, um dich zu retten?«

»Ich hoffe, sie verpasst dir Flöhe«, rief er zurück. Der Scherz lockerte seine Anspannung ein wenig, aber er atmete erleichtert auf, als er feststellte, dass in dem Raum, den er betreten hatte, zwar weibliche Habseligkeiten, aber keine Leiche lag.

Das heißt aber nicht, dass sie Aria gehören.

Nach einem kurzen Blick in den Kleiderschrank und das angrenzende Badezimmer – beide leer – ging er zurück in den Flur. Noch drei Türen.

Das nächste Zimmer, dessen Tür er eintrat, erwies sich als leer, das Bett ordentlich gemacht, das Bad frei von Toilettenartikeln. Nicht so bei den nächsten beiden. Das erste Zimmer war zwar aufgeräumt, aber es stand ein Koffer im Schrank und die Kleidung war ordentlich aufgehängt. Das andere Zimmer war eher eine Katastrophe: Überall lagen Männerklamotten herum, nicht aus Gewalt, sondern eher aus Schlamperei.

Nach ihrer Entdeckung würde er wetten, dass das erste Zimmer Aria gehörte, einem Gast dieser Pension, die nicht die Einzige war, die vermisst wurde. Was war mit den anderen beiden Bewohnern passiert?

Völlig seltsam, aber er hielt nicht inne, um das weiter zu überprüfen, auch nicht, als er bemerkte, dass es noch einen zweiten Stock gab. Die Wendeltreppe am Ende des Flurs schlängelte sich nach oben, aber er konnte nicht sehen, was über ihm lag. Er kam auf einen kleinen Treppenabsatz, der durch ein Bullaugenfenster an der Seite des Hauses erhellt wurde. Die getäfelte Tür stellte kein Hindernis dar. Ein schneller Tritt sorgte dafür, dass sie aufging.

Der gesamte zweite Stock, der ursprünglich ein Dachboden gewesen sein könnte, war in eine Wohnung umgewandelt worden. Der offene Bereich enthielt ein Wohnzimmer mit einer kleinen Küche. Auf der einen Seite fand er ein Schlafzimmer, in dem es stark nach Flieder duftete. Die verblichene Steppdecke auf dem Bett erinnerte ihn an die, die seine Mutter im Wäscheschrank aufbewahrte, weil ihre Großmutter sie genäht hatte. Die Kommode aus geschnitztem Holz enthielt eine Reihe von Kristallflaschen, in einigen war Parfüm. Andere schienen nur gefärbtes Wasser zu enthalten. Obwohl er hier nichts roch, was fehl am Platz war, überprüfte er den Schrank.

Nichts. Also ging er auf die andere Seite, wo die erste Tür zu einem Badezimmer führte. Dort gab es nichts Seltsames.

Aber der nächste Raum war traurig. An den Wänden hingen Bilder eines Jungen, der unbeholfen aussah und ein steifes Lächeln aufsetzte. Hier stand ein breites Bett, das mit einer marineblauen Decke bezogen war. Figuren – *Star Wars,* Wrestler und andere Comicfiguren – standen auf der Kommode und in den beiden Regalen an der Wand.

Ein Schlafzimmerschrein für den Sohn, den Mrs. Jones verloren hatte.

Er ging zurück und schloss die Tür. Es hat keinen Sinn, Geister zu erwecken.

Als er zu dem großen, rautenförmigen Fenster ging, um hinauszuspähen – *oh, gib es zu, du willst nach Cyn sehen* –, sah er sich in Mrs. Jones' Wohnräumen um. Einige Details stachen ihm ins Auge, wie zum Beispiel die Tatsache, dass es mit edlen Möbeln ausgestattet war und das Leder der Sofas echt und butterweich war. An der Wand hing ein Fernseher, der selbst den größten Mann zum Sabbern brachte. Der Teppich unter seinen Füßen war dick und luxuriös – kein billiger Berber – und auch die Geräte glänzten wie neu. Daryl musste sich fragen, wie hoch die Lebensversicherung ihres Mannes war, denn diese abgelegene Frühstückspension brachte auf keinen Fall so viel Geld ein, wie man für Luxus auf diesem Niveau brauchte. Wenn doch, dann war er in der falschen Branche.

Abgesehen von der Üppigkeit fiel ihm in diesem Raum nichts auf, also kehrte er in den ersten Stock zurück und betrat das Zimmer, das er für Arias gehalten hatte.

Cyn stand am Fußende des Bettes mit dem Messinggestell und drückte einen hellen Schal an ihre Brust, ihre Augen leuchteten vor Tränen. »Das sind Arias Sachen.«

Er rückte nahe genug heran, um einen Arm um sie zu legen und sie dicht an seinen Körper zu ziehen. »Wir werden sie finden.«

»Aber wird sie am Leben sein oder wie – wie –« Sie konnte es nicht aussprechen und er wollte auch nicht, dass sie es dachte.

Er drückte ihr Gesicht an seine Schulter und ließ zu, dass der Stoff seines Hemdes ihre Tränen aufnahm. Er gab ein beruhigendes Summen von sich, während er ihren

Rücken streichelte, bis sie mit einem Schniefen das Gesicht hob.

»Es tut mir leid«, schluchzte sie.

»Es muss dir nicht leidtun, dass du dich sorgst. Du hast dich bis jetzt gut geschlagen. Ich meine, schau dir an, was dir alles passiert ist. Erst bist du eine betäubende Entführerin, dann eine kissenwerfende Gangsterin und dann eine Überlebende eines Autounfalls. Und nicht zu vergessen die Femme fatale.«

Sie prustete, das Geräusch war schwach, aber sie hatte schon etwas von ihrem Elan zurück. »Okay, das war etwas übertrieben. Und du hast Feigling vergessen. Ich habe da unten alles aus mir rausgekotzt.«

»Aber du hast dir den Mund ausgespült«, bemerkte er mit einem Zucken seiner Lippen.

Sie rümpfte die Nase. »Ja, und ich habe ein Pfefferminz genommen. Ich habe sie in einem Glas auf der Theke gesehen. Oh Gott! Ich habe gerade die Süßigkeiten einer toten Person gegessen.«

Bevor die Tränen wieder anfangen konnten, sagte er schnell: »Riech mal. Sag mir, was du wahrnimmst.«

»Ich kann nicht. Meine Nase ist verstopft.«

Die Ausrede gab ihr jedoch die Möglichkeit, sich zu sammeln, und er fragte sich wirklich, wie schlimm es ihn erwischt hatte, da sie sich laut und heftig die Nase putzte, aber er hielt sie immer noch für das süßeste verdammte Ding, das er je gesehen hatte.

Erschieß mich auf der Stelle.

Constantine entdeckte sie, als sie ihre Ärsche in die Luft streckten und ihre Nasen auf den Boden hielten.

»Pete und ein paar Hilfssheriffs sind auf dem Weg. Sie geben es nicht über den Funk bekannt, weil sie erst den

Tatort untersuchen wollen, falls es etwas gibt, das wir über unsere Art zu verbergen haben.«

»Natürlich gibt er es nicht bekannt«, grummelte Daryl und versuchte, nicht aufgrund des Staubes zu niesen, der schon lange nicht mehr gesaugt worden war. »Wenn er es bekannt gibt, könnten die Leute wissen, dass ein Mörder unter uns ist.« Es ärgerte ihn immer noch, dass ihr eigener Sheriff bei der Geheimhaltung mitmachte.

»Ich rieche den Hundekerl hier nicht«, verkündete Cyn und lehnte sich auf ihren Fersen zurück.

Daryl lehnte sich ebenfalls auf die Fersen und betrachtete stirnrunzelnd den Raum. »Ich auch nicht, aber irgendetwas ist hier. Etwas, das hier nicht hingehört.«

»War das nicht das Hemd, das sie auf dem Bild trug?«, sagte Constantine, hielt ein purpurrotes Oberteil in die Höhe und berührte es mit seiner Nase.

Cyn schnappte es sich. »Ja, und da ist dieser klobige Anhänger, den sie dazu trug. Also ist sie in der Nacht hierher zurückgekommen.«

Aber was geschah dann mit ihr?

KAPITEL NEUNZEHN

Cynthia: Ich bin heute auf eine Leiche gestoßen.

Mom: Brauchst du Hilfe, um sie zu vergraben?

Da Daryl und Constantine entschlossen schienen, jede Faser in diesem Schlafzimmer der Pension zu untersuchen, verließ Cynthia das Haus, stieg aber über die hintere Treppe hinunter. Die Jungs hatten Entwarnung gegeben, der Gestank des Hundemannes schien sich auf den Außenbereich zu beschränken, und der war alt.

In der Ferne konnte sie das Geräusch von Automotoren und knallenden Türen hören, ein Zeichen dafür, dass bald das Chaos in Form von Polizisten eintreffen würde.

Die Polizisten waren hier, um die Leiche in der Eingangshalle zu untersuchen, eine Leiche, die Gott sei Dank nicht die von Aria war.

Aber sie hätte es sein können. Was auch immer die

Besitzerin angegriffen hatte, hätte leicht auf andere Gäste losgehen können.

Daryl sagte, es sei ein gutes Zeichen, dass sie keine Anzeichen von Gewalt gegen Aria gefunden hätten. Cynthia persönlich fand das noch schlimmer. Es bedeutete, dass, was auch immer hinter ihrer besten Freundin her war, sie weder gewarnt noch ihr Zeit gegeben hatte, sich zu verteidigen.

Laut Arias Telefonanruf lebte sie noch, aber zu welchem Zweck? Sie hatte gehört, wie Daryl und seine Kumpel mit der Idee von Gestaltwandler-Experimenten um sich warfen, und da der Polizeichef darauf bestand, dass der HRG wusste, was vor sich ging, und ein Auge zudrücken wollte, musste sie sich fragen, ob diese Vermutungen tatsächlich stimmten.

Entführte jemand Gestaltwandler aus Bitten Point und spielte Gott mit ihnen?

Schauder.

Sicherlich nicht. Der Hohe Rat der Gestaltwandler würde das niemals dulden. Oder doch?

Die hintere Treppe führte zu einer Art offenem Bereich auf der Rückseite des Hauses. Auf der einen Seite erstreckte sich ein Flur und der schwache Geruch von Verwesung ließ ihren Magen krampfen.

Da gehen wir nicht lang.

Auf der anderen Seite befand sich ein weiterer breiter Bogen, der zu einem formellen Esszimmer führte, das im alten Stil mit alten Kronleisten und weißen Vertäfelungen eingerichtet war, die durch dunkle und glänzende Fußböden und Fensterverkleidungen ausgeglichen wurden. An den Wänden oberhalb der Stuhlschiene hingen rosafarbene Tapeten, die zwar etwas verblasst waren, aber perfekt zu einem Haus in diesem Stil passten.

An den Essbereich schloss sich ein Raum an, der mit seinen mit blauem Samt bezogenen Stühlen, die auf spindeldürren Beinen standen, nur als Salon bezeichnet werden konnte. In den hölzernen Vitrinen mit Glasfächern standen jede Menge Fabergé-Eier in allen erdenklichen Regenbogenfarben.

Sie hörte ein Stimmengewirr, als die Kavallerie eintraf, aber sie hatte noch kein Interesse daran, deren Fragen zu beantworten. Das überließ sie Daryl und Constantine.

Die Flügeltüren zum Garten lockten, und sie trat hinaus und atmete tief die Luft ein, die nach frischen Blumen und einem Hauch von Bayou duftete. Wie an vielen Orten in Bitten Point grenzte auch das Grundstück dieses Hauses an den Rand, und die wilde Sumpfvegetation bildete einen interessanten Kontrast zu der eher kultivierten und geplanten Eleganz des Gartens.

Eine steinerne Bank an einem Teich, nur wenige Schritte von der Tür entfernt, winkte ihr zu. Sie setzte sich und ließ ihre Finger im Wasser baumeln, während Melancholie an ihrem Geist zerrte. Zu denken, dass sie endlich einen Hinweis auf Arias letzte Momente gefunden hatten und gleich wieder auf ein Hindernis stießen, als kein richtiger Weg zu ihrer Freundin auftauchte.

Warum konnten wir nicht eine Karte oder Koordinaten finden, die besagten, dass Aria hier ist?

Aber sobald sie ihre Freundin gefunden hatte, hatte sie keinen Grund mehr zu bleiben.

Ähem.

Okay, sie hatte also einen Grund – Daryl –, aber sie war sich immer noch nicht sicher, was er in ihrer Zukunft sah.

Wenn es nach unseren Müttern geht, werden wir noch vor Ende nächster Woche verheiratet sein. Aber das hatten ihre Eltern nicht zu entscheiden, obwohl es hilfreich wäre, wenn sie es könnten.

Es war ziemlich offensichtlich, dass Daryl sie nicht hatte markieren wollen. So romantisch es auch war, dass er die Kontrolle verloren hatte, so wusste sie doch, dass sie ihre Zukunft nicht auf einen Ausrutscher der Vernunft, einen Moment der Leidenschaft, gründen konnten. Sie war daran genauso schuldig wie er.

Lust sollte nicht darüber entscheiden, mit wem ein Mensch den Rest seines Lebens verbrachte.

Ist Lust alles, was wir haben?

Was war mit ihrer Freude an seiner Gegenwart? Ihrer Liebe zu Zwiebelringen? Der Art und Weise, wie er sie fühlen ließ?

Aber er kennt unser Geheimnis nicht.

Ihr Wolf war so besorgt, doch Cynthia konnte mit ziemlicher Sicherheit sagen, dass sie nicht glaubte, dass Daryl der Typ war, der sich für einen Fehler ihrerseits interessierte.

»Es ist nicht so schlimm«, murmelte sie laut.

Als ob ihre Wölfin zuhörte. Sie schien damit zufrieden zu sein, sich in ihrem Inneren zu verstecken.

Bei manchen Leuten erwies sich die innere Bestie als aggressiv und willensstark und bestand darauf, bei allen Entscheidungen dabei zu sein und ihren gerechten Anteil an der Zeit außerhalb der menschlichen Haut zu bekommen.

Nicht so Cynthias Wolf. Ihr Wolf war mehr als zufrieden damit, dass Cynthia das Sagen hatte. Doch dass Cynthia das Sagen hatte, bedeutete nicht, dass ihr Wolf nicht auf sie aufpasste.

Gefahr.

Die plötzliche Stille im Sumpf erregte ihre Aufmerksamkeit. Sie hob den Kopf und war sich ziemlich sicher, dass sie auch die Ohren spitzte, auch wenn sie sich in dieser Form nicht bewegen konnten.

Die Stille, die eintrat, war unnatürlich. Im Sumpf war es nie still, nicht wenn seine Bewohner immer Lärm machten. Doch etwas hatte sie zum Schweigen gebracht. Ein Raubtier ging in der Nähe umher.

Erst spät kam Cynthia der Gedanke, dass es vielleicht nicht das Klügste war, hier draußen zu bleiben, ganz allein an einem Ort, an dem schon Morde und andere ruchlose Taten begangen worden waren. Es war egal, dass die Polizei vor der Tür stand und auch Daryl und Constantine in der Nähe waren. Könnten sie sie rechtzeitig erreichen, falls sie angegriffen würde?

Oh.

Cynthia warf einen Blick um sich herum und huschte zurück in die Sicherheit des Hauses, wo sie die Terrassentüren schloss und verriegelte. Eigentlich dumm, denn eine entschlossene Person – oder Kreatur – könnte das Glas leicht einschlagen.

Seltsam, dass ihr solche Gedanken vor ein paar Tagen noch nicht in den Sinn gekommen wären. Aber jetzt sah sie die Gefahr überall. Manchmal sogar direkt vor ihrer Nase.

Ihr Mund öffnete sich, als sie den Eidechsenmann mit den ledernen Flügeln beobachtete, der aus dem Schatten eines Weidenbaums am Rande des Grundstücks trat. Sein Blick blieb an ihr hängen und er machte einen Schritt nach vorn. Sie machte einen Schritt zurück.

Ein Teil von ihr wollte schreien. Brüllen. Etwas tun.

Daryl und so viele andere waren nur wenige Schritte entfernt, aber wenn sie um Hilfe rief, würde das Echsending abhauen, und trotz seines Aussehens war sie sich nicht sicher, ob er sie verletzen wollte.

Trotzdem konnte ein Mädchen nicht vorsichtig genug sein. Sie wirbelte kurz herum und suchte mit den Augen den Salon nach etwas ab, das sie als Waffe benutzen konnte. Die Messingfigur auf dem Kaminsims sah aus, als könnte sie ein gewisses Gewicht haben. Sie zerrte daran, aber statt sich zu lösen, knickte sie in einem Scharnier ein.

Aber das war noch nicht das Erstaunlichste.

Mit einem leisen Knarren rutschte die Fassade des Kamins zur Seite. Es roch sofort nach nassem Hund, aber viel interessanter war, dass sie Arias abgenutzte rosa Hasenpantoffeln auf der Innenseite des Hohlraums erkannte. Sie zögerte vor der Öffnung, weil der mutige Teil von ihr darauf bestand, nach ihrer Freundin zu suchen. Der kluge Teil ihres Bewusstseins mahnte sie, Daryl zu holen.

Bevor sie sich umdrehen konnte, schlug etwas von hinten auf sie ein.

KAPITEL ZWANZIG

Constantines Hemd, ein Geschenk von Daryl: »Wenn mein Chihuahua dich nicht mag, dann mag ich dich auch nicht.«

Daryl spähte aus dem Schlafzimmerfenster und beobachtete Cyn im Garten. Sie fuhr mit den Fingern durch das Wasser des Teiches, das mit Seerosenblättern bedeckt war. Ein Teil von ihm wollte sie anschreien, ins Haus zu kommen. Etwas regte seine Katze auf. Sie ging ihm durch den Kopf und bestand darauf, dass sie sich in Gefahr begab, wenn sie allein draußen saß.

Andererseits hatten die Mauern weder die alte Frau gerettet, die jetzt tot hinter dem Tresen lag, noch Aria, wie es schien, oder die anderen Bewohner, deren staubige Gegenstände verstreut und vergessen blieben.

Was ist hier passiert?

Als jemand, der in den Wäldern rund um den Sumpf schon so manche Beute aufgespürt hatte, wusste Daryl, wie man anhand von Gerüchen herausfinden konnte, was passiert war.

Bestimmte Emotionen und Handlungen hatten einen besonderen Geschmack. Gewalt hatte einen scharfen und haarsträubenden Beigeschmack. Angst war ein saurer und beißender Gestank. Blut hatte natürlich seinen eigenen Geruch, kupferartig und fleischig zugleich.

Nichts davon war in diesem Raum zu finden, aber Aria musste aus dem Raum oder in der Nähe verschwunden sein, denn auf der Kommode lag ihre Handtasche und darin ihr Portemonnaie und etwas Bargeld.

Während Daryl aus dem Fenster starrte, strich er sich über den kurzen Bart am Kinn, beobachtete Cyn und überlegte, ob er sie angesichts der Gefahr, die bestand, vielleicht wegschicken sollte. Sie irgendwohin schicken, wo sie sicher war, wo es keine abnormalen Hundemänner oder Dinosauriermänner gab oder wo man versuchte, sie zu töten, oder, wie Cyn überzeugt zu sein schien, sie zu entführen.

Aber würde Cyn gehen, wenn ihre Freundin vermisst wurde? Sie besaß eine entzückende Hartnäckigkeit, zusammen mit der Liebe und Loyalität für ihre Freundin. Aber je genauer sie suchten, desto schlimmer wurden die Dinge.

Und desto verworrener.

Man sah sich die Fülle an Hinweisen allein in dieser Frühstückspension an. Mehrere Vermisste, von denen die Besitzerin des Hauses nichts meldete – *vielleicht weil sie darin verwickelt war?*

Könnte Wissen der Grund für den Tod von Mrs. Jones sein? Eine lose Verbindung, die gekappt wurde, bevor sie Geheimnisse ausplaudern konnte?

Trotz der Versuche, ihre Spuren zu verwischen, kommen wir der Sache näher. Daryl konnte es spüren, fast riechen, mit diesem sechsten Sinn, den Raubtiere hatten, wenn sie sich ihrem Ziel näherten. Wenn sie in Sichtweite kamen, war er bereit, sich auf sie zu stürzen.

Etwas Fieses trieb sein Unwesen in Bitten Point und hatte es auf die Unbekannten und Schwachen abgesehen. Es musste aufhören. *Ich werde dafür sorgen, dass es aufhört.*

Eine Bewegung außerhalb des Fensters erregte seine Aufmerksamkeit. Cyn stand auf und entfernte sich vom Teich, um nach drinnen zu huschen. Hatte sie etwas gehört oder gesehen?

Die Ränder des Sumpfes säumten den geräumten Garten, die sich ausbreitenden Ranken des Sumpfes, die sich zurückholen wollten, was sie verloren hatten.

Es dauerte nicht lange, bis Daryl das Echsenwesen entdeckte, das aus den Ranken des Baumes trat. Das Ding blieb stehen und starrte in die Richtung, in die Cyn gegangen war. Dann hob es den Kopf und fing Daryls Blick sofort ein.

Es geschah nichts weiter. Keine unhöflichen Gesten oder angedeutete Körpersprache. Der Dinosauriermann knurrte nicht, heulte nicht, blies kein verdammtes Feuer oder was auch immer seine seltsame Art tat.

Er stand einfach nur da und starrte vor sich hin, und in diesem Moment fragte sich Daryl nach seiner Geschichte. Wie war er zu dem geworden, was er war? Denn Daryl war sich jetzt sicher, dass es etwas Unnatürliches gab, etwas Gezwungenes oder Erschaffenes, das die beiden Kreaturen, denen sie begegnet waren, zu dem machte, was sie waren.

Das schwindende Sonnenlicht glitzerte auf dem Metall um den Hals der Kreatur, dem seltsamen Halsband, von dem Cyn behauptete, es kontrolliere ihre Handlungen.

Als spürte der Echsenmann seine Neugierde, griff er

mit einer Hand nach dem Halsband. Er zerrte daran. Er brüllte.

Dann brüllte er in Daryls Richtung, bevor er in die Vegetation am Rande des Gartens stürmte. Erst dann fiel Daryl ein, dass er ihm hätte nachlaufen oder zumindest Constantine dazu auffordern sollen, während er versuchte, seine Aufmerksamkeit zu behalten.

Das Ding war ein Ungeheuer. Es musste aufgehalten werden.

Das Geräusch von stampfenden Füßen kündigte die Ankunft des Sheriffs und eines Hilfssheriffs an. Er spähte hinein und schnüffelte. »Gibt es hier oben noch mehr Leichen?«

»Nein, aber das Mädchen, dem dieses Zimmer gehörte, wird vermisst.«

»Das kommt vor«, antwortete Pete. »Schau dir meinen Sohn an. An einem Tag arbeitet er bei Bittech, am nächsten haut er ab, sagt mir nicht, wo er hin ist, und ruft nur an, um zu sagen, dass es ihm gut geht.«

»Wenigstens ruft dein Sohn an.«

»Ich habe gehört, dass deine Frau auch einen Anruf bekommen hat. Wie kommst du darauf, dass das Mädchen verschwunden ist?«

»Ich würde sagen, die Leiche unten beweist, dass etwas im Gange ist.«

»Für mich sieht das wie ein einfacher Raubüberfall aus.« Pete steckte seine Daumen in seine Gürtelschlaufen.

»Müsste nicht erst etwas gestohlen werden, damit es ein Diebstahl ist?«, fragte er.

»Wir wissen noch nicht genau, was weg ist. Es könnte sein, dass sie hinter dem Geld der alten Dame her waren.«

»Oder jemand versucht, seine Spuren zu verwischen.«

Eine Grimasse verzog das Gesicht des Sheriffs. »Pass

auf, dass du dich nicht von Paranoia anstecken lässt, Junge. Sie ist eine gerissene Kreatur, die ihre Krallen reingräbt und nach Wegen sucht, um sich selbst zu ernähren. Verschwörungstheorien sind zwar lustig, aber meistens ist die einfachste Antwort die Wahrheit.«

Daryl könnte Petes Versuchen, seine Ängste zu beschwichtigen, mehr Glauben schenken, aber er hatte in den letzten Tagen schon zu viel gesehen. Er hatte Dinge erlebt, die ihm sehr nahe gingen, zum Beispiel als seine Schwester vor ein paar Wochen für kurze Zeit verschwunden war. Und die Tatsache, dass Cyn fast umgebracht wurde? Er schätzte sich glücklich, dass sie unversehrt geblieben war.

Unsere Gefährtin muss beschützt werden.

Würg. Und nein, das war kein Haarballen, an dem er fast erstickt wäre. Es war die Erkenntnis, dass er sich so sehr um Cyn sorgte. Sorgte.

Oh, verdammt. Egal, wie oft er es leugnen wollte, er hatte sich in Cyn verliebt. Der Biss war kein Zufall. Er wollte, dass sie seine Markierung trug, um der Welt zu zeigen, dass sie ihm gehörte.

Obwohl, wenn ich wollte, dass man es sieht, hätte ich es vielleicht an einer anderen Stelle machen sollen. Damit jemand es sehen kann, müsste sie ihre Hose ausziehen.

Auf keinen Fall. Die einzige Person, für die sie sich ausziehen würde, war er – selbst wenn die Bezahlung lächerlich hoch wäre. Daryl hatte keine Angst davor, bei seiner Freundin mit zweierlei Maß zu messen. Es schien, als hätte er Eifersuchtsprobleme, von denen er gar nicht wusste, dass es sie gab. Cyn begehren. Das klang verdammt schmutzig und verdammt gut.

Das mentale Fluchen und die schmutzigen Gedanken halfen ihm sehr, mit seiner Erleuchtung und Petes unsinnigen Beteuerungen, dass nichts Ungewöhnliches passiert sei, umzugehen.

Der Sheriff und Constantine steckten die Köpfe zusammen und sprachen vor allem über das, was sie entdeckt hatten.

»Ich sollte mal nach Cyn sehen.«

Ja, das sollten wir. Unsere Gefährtin braucht uns.

Beruhige dich, sagte er zu seiner inneren Katze. *Zuzugeben, dass ich sie in meinem Leben haben will, bedeutet nicht, dass ich mich an ihre Seite anheften werde. Sie ist eine erwachsene Frau. Ich kann sie nicht die ganze Zeit erdrücken.*

Wir sollten sie nachts zudecken. Nackt.

Abgemacht.

Manche Leute würden sein mentales Feilschen mit seiner Katze seltsam finden, aber Daryl war der Meinung, dass einen Körper zu teilen bedeutete, Entscheidungen zu teilen, Kompromisse einzugehen. Manche Menschen kontrollierten das Tier vollständig und gingen sogar so weit, es zu unterdrücken. Sein Freund Caleb hatte das lange Zeit getan und gegen sein inneres Krokodil gekämpft, weil er überzeugt war, dass das kaltblütige Reptil in ihm böse war.

Caleb lernte, dass ein Gleichgewicht nötig war, etwas, das Daryl schon immer gewusst hatte.

Mit der Gewissheit, dass Cyn alleine zurechtkommen würde – schließlich befand sie sich jetzt in einem Haus, in dem es von Gesetzeshütern nur so wimmelte, und die waren nicht nur alle bewaffnet, sondern auch Gestaltwandler –, beschloss er, die anderen Räume noch einmal zu überprüfen, vor allem, als er bemerkte, dass Constantine und Pete den Raum verlassen hatten, um sich umzusehen. Er ging hinterher und ignorierte dabei, dass sein Panther in seinen Gedanken auf und ab lief. Nach unten zu laufen, um nach Cyn zu sehen, würde warten müssen.

Der Raum ein paar Meter weiter auf dem Flur weckte das Interesse von Constantine und Pete. Sie durchstöberten die Sachen im Zimmer und der Sheriff entdeckte tatsächlich eine Brieftasche auf dem Nachttisch.

»Der Führerschein ist auf einen Jeffrey Moore ausgestellt. Er kommt aus Neuengland, steht hier.«

»Aber was hat er hier gemacht?«, fragte Constantine.

Daryl bemerkte die Jacke, die an der Stuhllehne hing, aber noch wichtiger war das Namensschild, das daran befestigt war.

»Er hat eine Bittech-Mitarbeiterkarte.« Daryl hielt sie hoch. »Ich muss Wes anrufen und fragen, was er über ihn weiß.«

Als leitender Sicherheitsbeamter hatte Wes Zugang zu den Mitarbeiterdaten und verdächtigte das Unternehmen schon seit einiger Zeit, hinterhältige Geschäfte zu machen. Der Geschäftsführer, der zufällig der Ehemann von Daryls Schwester war, sagte Wes, dass alles, was sie taten, vom HRG genehmigt war. Daryl fragte sich mehr und mehr, ob es nicht töricht war, das blind zu akzeptieren. Der HRG war nur so gut wie die Leute, die ihm angehörten.

»Hier ist sein Laptop.« Constantine holte ihn aus einer Tasche und legte ihn auf das Bett.

Der Laptop fuhr hoch, sobald man die Einschalttaste gedrückt hielt. Doch der Anmeldebildschirm ließ sie ratlos zurück, und keine Minute später wurde der Bildschirm schwarz und der Laptop starb.

»Ich schätze, Mr. Jeffrey Moore behält seine Geheimnisse für sich.«

»Für den Moment. Ich werfe mal einen Blick darauf«, bot Constantine an. »Vielleicht finde ich ja etwas.«

Pete wischte sich mit der Hand über die Wangen und sah plötzlich aus wie jedes seiner dreiundfünfzig Jahre. »Tu das, aber behalte es für dich. Berichte nur mir, was du gefunden hast. Wir wollen nicht, dass du zur Zielscheibe wirst.«

»Was ist damit, dass wir vielleicht paranoid sind?« Daryl konnte sich die Stichelei nicht verkneifen.

Pete presste die Lippen fest aufeinander. »Ich hoffe immer noch, dass es eine vernünftige Erklärung für all das gibt.«

»Außer der offensichtlichen, dass sie entführt wurden?« Das Schnauben passte gut zu seiner hochgezogenen Augenbraue. »Ich weiß nicht, warum du es immer wieder vertuschst.«

»Ich habe dir doch gesagt, dass der HRG –«

»Scheiß auf den HRG. Es verschwinden Leute und werden ermordet. *Ermordet.*« Daryl knurrte, als er einen Schritt nach vorn machte. »Also sei ein Mann, sei ein Gesetzeshüter und mach deinen verdammten Job. Beschütze die verdammten Leute in dieser Stadt. Oder, wenn du das nicht kannst, dann versuche wenigstens, das Richtige zu tun.«

Einen Moment lang verhärtete sich Petes Gesicht und Daryl machte sich auf einen Schlag gefasst. Sicherlich würde der größere, ältere Mann nicht zulassen, dass Daryl ihn so zurechtwies, auch wenn er es verdient hatte.

Stattdessen erschlafften die Falten in Petes Gesicht, zusammen mit seinen Schultern. »Ich weiß, dass du recht hast. Da stimmt etwas nicht. Das Problem ist nur, dass es nicht einfach ist, recht zu haben … oder sicher zu sein.«

Eine Stimme rief aus dem Flur: »Sir. Wir haben das Hauptgeschoss geräumt und das Gelände abgesucht.«

»Habt ihr noch jemanden gefunden?«

Chet steckte den Kopf zur Tür herein, seine sommersprossigen Wangen waren blass. Keiner von ihnen nahm die Leiche auf die leichte Schulter. »Keine weiteren Leichen, falls Sie das wissen wollen.«

»Was ist mit Verdächtigen?«

»Negativ. Wir sind zwar auf ein paar Gerüche gestoßen, aber außer den Männern, mit denen wir gekommen sind, und diesen beiden befindet sich niemand auf dem Gelände.«

»Und Cynthia«, fügte Daryl hinzu.

Chet runzelte die Stirn. »Ist das diejenige, die in der Haupthalle ist? Die Leiche ist noch da.«

»Leiche? Ich spreche nicht von einer Leiche. Ich spreche von Cyn, dem Mädchen, mit dem du mich neulich Abend erwischt hast. Ungefähr kinnhoch, mit kakaofarbener Haut und dem Geruch nach Wolf.«

Noch bevor Chet den Kopf schüttelte, war Daryl in Bewegung. Er trampelte die Treppe hinunter, nahm zwei und drei Stufen auf einmal, wobei er mehr sprang als trat. Auf der Hauptebene nahm er sich einen Moment Zeit, um die Luft zu schnuppern, und achtete nicht auf die beiden Typen, die Fotos von der Leiche machten.

Da sie einen Mord nicht verheimlichen konnten, behandelten sie es wie einen Tatort. Sie tüteten ein und markierten die Gegenstände, während sie gleichzeitig alle Beweise dafür beseitigten, dass es sich um ein nicht menschliches Verbrechen handelte. In diesem Fall würden sie es als Angriff eines wilden Tieres abtun. Doch diese schwache Erklärung würde nicht zu den zurückgelassenen Gegenständen passen, die im ersten Stock gefunden wurden.

Es war schwer, drei Verschwundene an einem Ort zu verstecken.

Vielleicht sogar vier.

Nein, so darfst du nicht denken. Aber er konnte einen Anflug von Besorgnis nicht unterdrücken, als er feststellte, dass Cyn weder in der Haupthalle noch draußen bei den Polizeifahrzeugen war. Auch in der Küche, dem gemütlichen Wohnzimmer oder dem Esszimmer konnte er sie nicht entdecken. Im letzten Raum nahm er jedoch zumindest eine Spur ihres Geruchs wahr. Er folgte ihm, ignorierte aber die Spur zu den Flügeltüren und näherte sich stattdessen dem Kamin.

Er schnupperte lange und tief. Da war Cyn, die immer noch nach seiner Seife roch. Dann ein anderer Duft, den er erkannte, aber nicht kannte. Er kam ihm aber trotzdem sehr bekannt vor.

Es war Constantine, der Daryl eingeholt hatte, der es auf den Punkt brachte. »Das ist derselbe Geruch, der aus dem Zimmer von dem Typen kam.«

»Aber ich dachte, er wäre verschwunden. Dieser Geruch ist frisch.« Er schien sich auch nicht aus diesem Raum zu bewegen.

Er folgte seiner Nase und versuchte, nicht an das Liedchen aus der Froot-Loops-Werbung zu denken, als er zu den Terrassentüren ging, den Stoff des hängenden Vorhangs ergriff und ihn an sein Gesicht führte. »Er hat sich hinter den Vorhängen versteckt. Dann«, Daryl ließ den Stoff fallen und drehte sich zum Kamin, »schlich er sich hinaus, während Cyn hier stand.« Vor dem Kaminsims stehend, runzelte Daryl die Stirn. »Und dann ist es so, als wären beide verschwunden.«

»Zuerst haben wir den Dinosauriermann und Hundemann. Sag mir nicht, dass du gerade den Unsichtbar-Mann gefunden hast.«

Ein Stirnrunzeln zog Daryls Brauen zusammen. »Das ist nicht witzig, Alter. Cyn ist verschwunden.«

»Ich war nicht witzig. Ich meine, komm schon. Kannst du nach dem, was wir gesehen haben, wirklich die Möglichkeit leugnen?«

»Ja, das werde ich, denn Unsichtbarkeit als Eigenschaft könnte passieren. Alles, was es bräuchte, wäre eine sehr chamäleonartige Methode, um mit dem Hintergrund zu verschmelzen, aber gleichzeitig würde das Verschmelzen mit dem Hintergrund nicht den Geruch verbergen.«

»Sagst du. Die Wissenschaft kann –«

»Leck mich am Arsch«, entgegnete Daryl. »Sie hat sich nicht mit irgendeinem Kerl in Luft aufgelöst.« Darüber konnte er nicht einmal nachdenken, und außerdem stupste ihn seine Katze wieder an, und da sie recht hatte, dass Cyn ihn brauchte – *grins mich nicht so an, Kätzchen* –, wollte er sie nicht wieder ignorieren.

»Also gut. Wenn du nicht glaubst, dass der unsichtbare Kerl sie entführt hat, wo ist sie dann hingegangen?« Constantine gestikulierte in den Raum. »Ich habe vielleicht nicht deinen ausgeprägten Geruchssinn, aber ich habe Augen, und die sehen sie nicht in diesem Zimmer. Oder in irgendeinem anderen Raum in diesem Haus, es sei denn, sie versteckt sich.«

Grr. Wuff.

Während ihrer Diskussion hatte Prinzessin den Raum mit den unpraktischen Stühlen und anderen zierlichen Gegenständen betreten. Sie schnupperte am Kamin und drückte ihre kleine schwarze Nase auf den Boden.

Grr. Wuff. Sie machte wieder Geräusche und scharrte mit den Pfoten an der Wand.

»Musst du pinkeln?«, fragte Constantine seinen Hund.

Wenn ein Hund einen angewiderten Blick machen

konnte, dann tat Prinzessin das. Ganz bewusst wandte sie sich von Constantine ab und kratzte an der Wand. Dann drehte sie nur den Kopf und warf ihrem Besitzer einen erwartungsvollen Blick zu.

»Sie glaubt, dass da etwas ist.« Unmöglich, denn das Esszimmer lag auf der anderen Seite der Wand.

Daryl machte die paar Schritte, die er brauchte, um durch den Torbogen zu spähen. Ein großer Holztisch, Stühle mit gerader Rückenlehne, ein Kronleuchter. Keine Cyn. Nur ein schlichtes Esszimmer ... das schmaler war als der Raum, aus dem er gerade gekommen war.

Ein Stirnrunzeln zeichnete sich auf seinen Zügen ab. Er ging schnell in die Küche, die genauso groß war wie das Hinterzimmer.

Eine Idee tauchte in ihm auf und er kehrte zum Wohnzimmer zurück, genauer gesagt zum Kamin. Er hockte sich hin, um einen Blick auf die Ränder zu werfen.

Prinzessin warf ihm zum ersten Mal einen anerkennenden Blick zu, und Daryl kam der Gedanke, dass der Hund vielleicht doch ganz niedlich war.

»Wonach suchst du?«, fragte Constantine.

»Fugen. Siehst du sie?« Daryl fuhr die Linie auf dem Steinvorsprung entlang und dann über den Kaminsims. Seine Hand berührte eine Statue, die wackelte.

Sie fiel zwar nicht um, aber lag es an ihm oder zitterte der Kamin?

Er stieß die Statue um und sie blieb liegen, als sich der Kamin zur Seite schob und einen dunklen Eingang freigab.

»Das gibt's doch nicht. Geheimgang.« Der Traum eines jeden kleinen Jungen.

Es roch nach Schimmel und Staub, aber viel interessanter war ein vertrauter Geruch. »Cyn und dieser Kerl sind hier lang gegangen.«

»Es sieht so aus, als führte er nach unten«, bemerkte Constantine und steckte den Kopf hinein. »Ich frage mich, ob das zu den Tunneln führt, die sie gebaut haben sollen.«

»Was für Tunnel?«

»Mein Großvater hat mir davon erzählt, als ich ein Kind war. Es heißt, dass Piratenschmuggler Tunnel unter dem Sumpf gebaut haben, die sie mit einer Bucht am Meer verbinden.«

»Dann wären sie doch sicher schon längst eingestürzt.«

Constantine zuckte mit den Schultern. »Vielleicht, aber man munkelt auch, dass sie in den Achtzigern und Neunzigern für den Drogentransport benutzt wurden.«

»Das ist doch Wahnsinn. Wie kann es sein, dass wir nichts von den Tunneln unter der Stadt wissen?« Daryl war stolz darauf, ein kluger Mann zu sein, oder zumindest ein aufmerksamer. Es schmerzte, dass er von dieser Möglichkeit nichts wusste.

»Niemand weiß es, aus dem gleichen Grund, aus dem die Menschen nicht wissen, dass wir direkt vor ihrer Nase sind. Eine gut ausgeklügelte Lüge ist manchmal leichter zu glauben als die Wahrheit. Und seien wir mal ehrlich, wir sind zwar halb Bestien, aber selbst wir können nicht alles wissen, was vor sich geht. Der Sumpf ist zu groß, und wir sind zu wenige.«

»Und nicht alle interessiert es.« Genauso wie manche Leute käuflich waren. Gier war nicht nur eine menschliche Schwäche.

Daryl begann, sich auszuziehen, als Constantine sich umdrehte. »Was zum Teufel, Alter?«

»Ich bin hinter Cyn her. Da keiner von uns eine Waffe hat, bin ich lieber auf einen Kampf vorbereitet.«

»Wir könnten die Bullen um Hilfe bitten«, schlug Constantine vor.

Daryl konnte sich ein Lachen nicht verkneifen.

Constantine schloss sich ihm an. »Okay, wir wollen den Spaß also nicht teilen. Damit habe ich kein Problem, aber im Gegensatz zu dir werde ich meine Klamotten anbehalten und mich auf diese beiden Dinge verlassen.« Eine große Faust traf auf die Handfläche seiner anderen großen Hand. Wenn es um Handgreiflichkeiten ging, erwies sich Constantine als tödlich und sehr leichtfüßig, was die meisten seiner Gegner nicht erwarteten. Sie hatten die Chance, ihren Fehler zu bereuen, meist nur zwei Sekunden lang, bevor Constantine sie k. o. schlug.

Daryl liebte das Geld, das er mit diesen Wetten einnahm.

Die Verwandlung von glatter Haut und zwei Beinen zu vier Pfoten mit Krallen ging nicht im Bruchteil einer Sekunde vonstatten. Es dauerte nicht lange – die Natur sorgte dafür, dass sie zwischen den Formen nicht verwundbar waren –, aber die Schnelligkeit, mit der ein ganzer Körper seine Zellstruktur auf eine neue Gestalt umstellte, war nicht gerade schmerzfrei.

Der Schmerz war jedoch nur von kurzer Dauer, denn die Qualen dauerten nur ein paar Wimpernschläge und waren schnell vergessen, als er seine andere Form annahm.

Als Panther waren alle seine Sinne schärfer. Die Welt erschien ihm vielleicht etwas anders, aber es war nichts Seltsames daran. Er verstand, was die verschiedenen Schattierungen, die er wahrnahm, bedeuteten, angefangen bei den Luftströmen über die Hitze bis hin zu der Schärfe, die es ihm ermöglichte, selbst die schwächsten Muster im gesiebten Staub zu erkennen.

Als er zu dem versteckten Eingang ging, machte er sich noch nicht die Mühe, seine Nase zu senken, um zu riechen. Das war nicht nötig. Der Weg leuchtete praktisch vor ihm.

Mit jedem Schritt wuchs seine kalte Wut. Katzen mochten von Natur aus verächtlich sein. Sie mochten wie unbeschwerte Kater wirken, aber das verbarg nur das kalte Raubtier in ihnen. Katzen waren territorial, und wenn es etwas gab, das Daryl als sein Eigentum betrachtete, dann war das Cyn.

Sie ist meine Gefährtin. Und sie brauchte ihn.

Er hoffte nur, er würde sie rechtzeitig finden.

KAPITEL EINUNDZWANZIG

Cynthia: Also, ein Psychopath hat mich außer Gefecht gesetzt und an eine Wand gekettet.

Mom: Heißt das, du kommst später zum Abendessen?

Als sie mit pochendem Kopf wieder zu sich kam, war das entweder ein Zeichen dafür, dass sie viel Spaß gehabt und ein paar Gläser zu viel getrunken hatte, oder – in diesem Fall, da sie an einen Ring gekettet war, der in eine Zementwand gehämmert war – ein sehr, sehr schlechtes.

Cynthia stöhnte auf, als sie sich in eine sitzende Position zwang, mehr konnte sie unter diesen Umständen nicht tun. Das metallische Klappern der Handschelle an ihrem Handgelenk hielt sie an der kurzen Leine. Ihr Status als Gefangene war auch ein klares Zeichen dafür, dass jemand wollte, dass sie hierblieb. Da Cynthia sich selbst für eine normale Frau mit normalen Reaktionen hielt, nahm sie es weder nett noch leise auf.

»Lasst mich los! Hilfe! Irgendjemand, rettet mich! Hilfe!«

So sehr sie auch schrie, es kam niemand. Egal wie sehr sie ihre Stimmbänder missbrauchte, niemand antwortete. Alles, was sie hören konnte, war das stetige Tröpfeln von Wasser.

So ein Mist – und das gab ihr einen ziemlichen Drang zu pinkeln. Allerdings würde sie erst urinieren, wenn sie sich befreit hatte. Sie zerrte an dem Metallarmband, das sie gefangen hielt, und ruckte daran, aber ohne Erfolg. Selbst wenn sie sich mit den Füßen an der Wand abstützte und mit ihrem ganzen Gewicht daran zog, ließ sich der fest in der Wand verankerte Ring nicht bewegen. Allerdings grub sich das Metall in ihre Handgelenke ein, und das wiederum bedrückte sie, weil sie sich nicht befreien konnte.

Es ist zwecklos.

Sich mit roher Gewalt zu befreien würde nicht gelingen. Sie sackte zusammen und lehnte sich mit dem Rücken an die kalte, feuchte Wand. So ein öder und ekliger Ort. Wie war sie nur hierhergekommen?

Eben noch hatte sie durch einen Geheimgang gelinst und im nächsten Moment war sie hier mit einem pochenden Kopf aufgewacht. Aber wo war sie hier und wie lange war sie bewusstlos gewesen?

Ohne eine Uhr oder ein Telefon konnte sie nicht sagen, wie viel Zeit vergangen war. An diesem Ort gab es kein Fenster, um den Stand der Sonne zu messen. Nach allem, was sie wusste, konnten bloße Minuten oder Stunden verstrichen sein. Auf eines konnte sie sich verlassen: Je länger sie hierblieb, desto wahrscheinlicher war es, dass derjenige, der sie angekettet hatte, zurückkehren würde. Es bedurfte keines ausgeprägten Geruchssinns, um den starken Gestank eines Hundes zu bemerken, der in der Feuchtigkeit ausgesetzt war.

Noch beunruhigender war der Geruch von fleischiger Verwesung, den sie schon in der Pension gerochen hatte. *Bitte sag mir nicht, dass hier eine Leiche liegt.* Das schwache Licht der einen baumelnden Glühbirne erhellte nicht gerade die schattigen Ecken, in denen sich schimmelige Kisten und Verschläge stapelten.

Das Krabbeln von kleinen Füßen beruhigte nicht. Wo eine Ratte hinhuschte, folgten sicher noch mehr.

Wir müssen hier verschwinden! Die Beharrlichkeit ihres Wolfes verstärkte nur noch ihre eigene Angst. Es musste doch irgendetwas geben, das sie übersehen hatte, eine Möglichkeit zu entkommen. Sie hatte es bereits mit roher Gewalt versucht und war gescheitert. Wie wäre es mit einem Werkzeug, einem Gegenstand, mit dem sie die Metallverbindungen aufbrechen könnte?

Ein Brecheisen wäre perfekt.

Ihr unhöflicher Entführer hatte ihr jedoch nichts in Reichweite gegeben, was sie benutzen konnte, wie sie feststellte, als sie jeden Zentimeter des Raumes unter die Lupe nahm. Ein sehr seltsamer Ort.

Er erinnerte an einen Bombenbunker mit Betonwänden, stabilen Regalen, die daran verschraubt waren, und Metalldosen, die an den Rändern verrostet waren und deren Beschriftung schon lange nicht mehr zu erkennen war. In den Ecken stapelten sich Kisten, von denen die meisten zusammengebrochen waren und schimmeliges Stroh verstreuten. Verpackungsmaterial, bevor diese Popcorn-Styroporstücke aufkamen. Egal wofür der Raum genutzt wurde, es schien, als wäre er schon vor langer Zeit aufgegeben worden.

Das verheißt nichts Gutes für die Rettung.

Klink. Cynthia zerrte erneut an ihren Fesseln und starrte dann auf die Manschette um ihr Handgelenk. Wenn sie doch nur ihre Hand schrumpfen könnte.

Moment. Sie betrachtete ihren Körper – ihren sehr menschlichen Körper. Es gab eine Möglichkeit, ihr Handgelenk kleiner zu machen.

Es war nicht einfach, sich einhändig und auf dem Boden hockend auszuziehen. Außerdem war es kühl an diesem dunklen Ort, der nur von einer einzigen flackernden Glühbirne an der Decke beleuchtet wurde. Wie nett von ihrem Entführer, ihr Licht zu lassen. Es wäre noch schöner gewesen, wenn er sie in Ruhe gelassen hätte.

Da ihr Arm gefesselt war, konnte Cynthia ihr Hemd nur teilweise ausziehen, aber da es von ihrem gefesselten Arm herabhing, hatte sie keine Angst, sich in dem Stoff zu verfangen. Es gab nichts Dämlicheres, als sich während einer Verwandlung in der Kleidung zu verfangen. Das war schon in ihrer Teenagerzeit passiert, als sie sich nicht traute, sich bei Vollmond für einen Lauf mit anderen auszuziehen.

So nackt wie sie war, sog sie tief Luft ein. *Bereit?* Sie hätte nicht sagen können, ob sie die Frage an sich selbst oder an ihren Wolf richtete. Mit zusammengebissenen Zähnen ließ sie die Verwandlung zu. Es entlockte ihr einen spitzen Schrei. Die Erwartung des Schmerzes machte es nicht einfacher. Doch ähnlich wie bei einer Geburt – so behauptete ihre Mutter – ließ der Schmerz bald nach und hinterließ nur noch eine unangenehme Erinnerung.

In ihrer vierbeinigen Form übernahm ihr Wolf den Fahrersitz, aber Cynthia blieb sehr aufmerksam. Das Entschlüsseln der Dinge erwies sich als etwas seltsam. Ihre Sicht war nicht ganz die gleiche. Die Dinge, die sie interessant fand, erregten nicht die Aufmerksamkeit ihres Wolfes, es sei denn, es handelte sich um ein schönes Paar Lederschuhe – vor allem, weil ihr Wolf sie gern anknabberte. Aber die Liebe der beiden zu feinen Lederprodukten gab ihnen etwas Gemeinsames und einen Grund, einkaufen zu gehen.

Als ihr Wolf hatten Dinge wie Geruch, sichtbare Spuren und andere Dinge Vorrang. Noch besser als diese andere Perspektive auf ihre Situation war die Tatsache, dass ihre schlankere Pfote mit Leichtigkeit aus der Fessel glitt. Freiheit!

Aber die Freiheit, wohin zu gehen, und welche Form sollte sie behalten? Als Wolf erwies sie sich als flink und definitiv zäher. Im Moment übertrumpfte das Überleben die Eitelkeit ihres Wolfes über ihr Aussehen.

Es war einfacher als erwartet, den Kopf aus der Tür zu stecken, denn derjenige, der sie hier zurückgelassen hatte, hatte sie nicht ganz verriegelt. Es dauerte ein bisschen, bis sie die Tür aufstemmen konnte, aber dann fand sie sich in einem dunklen Tunnel wieder. Das einzige Licht kam von der Glühbirne in dem Raum. Hier draußen bemerkte sie ein Brummen in der Luft, ein maschinenähnliches Brummen, das wahrscheinlich von einem Generator stammte, der den Strom im Raum lieferte.

Sie hob die Nase und schnupperte. Zement. Hundemann. Schimmel. Der Geruch von jemand anderem, den sie vage in dem Raum mit ihr wahrgenommen hatte. Auch Fäulnis lag in der Luft, zusammen mit etwas Vertrautem.

Aria?

Ihre Augen weiteten sich und sie machte einen Schritt in die Richtung von Arias Geruch. Sie machte noch einen. Nach ein paar Schritten merkte sie jedoch, dass sie in die entgegengesetzte Richtung ging, aus der sie gekommen war.

Ich könnte mich verlaufen. Sie hielt inne, hin- und

hergerissen zwischen der Suche nach ihrer Freundin und dem Zurückgehen, um Hilfe zu holen.

Aria würde niemals umkehren. Sie würde mich finden.
Denn Aria war eine echte Gangsterin, die keine Angst hatte. Für ihre beste Freundin würde Cynthia so tun, als sei sie auch mutig.

Aber sagte das mal jemand ihrem rasenden Herzen.

Auf Pfoten, die den kalten und schmutzigen Beton nicht wirklich mochten, schritt sie an ein paar Türen vorbei, von denen die meisten geschlossen waren, und hinter denen, die es nicht waren, war es dunkel. Im Tunnel gab es nur wenige funktionierende Lichter, die einzelnen Glühbirnen waren weit verstreut, aber wenigstens konnte sie sehen. Das war in diesem Fall nicht gerade eine gute Sache.

Je weiter sie ging, desto mehr reagierte ihr Oh-Mist-Meter und flehte sie an, in die andere Richtung zu laufen. Die Erinnerung daran, dass Aria sie brauchte, dass Cynthia tapfer sein konnte, machte ihr Mut.

Doch die unerschrockene Entführerin und Spritzenschwingerin war längst verschwunden. Mit der Entdeckung der Leiche war alles so schlimm geworden. Das Abenteuer, auf das Cynthia sich kühn eingelassen hatte, war schlecht geworden.

Nicht ganz: Wir haben Daryl gefunden.

Und jetzt hatte sie, wenn auch zufällig, die Spur ihrer Freundin gefunden. Der vertraute Geruch reizte Cynthia weiterzugehen, und zwang sie, sich auf ihren Mut zu verlassen, der vor Angst zitterte. Dass sie einen zweiten einsamen Pantoffel fand, erhöhte nicht gerade ihre wackelige Zuversicht.

Was ist, wenn ich ihre Leiche finde?

Cynthia bezweifelte, dass sie das alleine ertragen hätte. Was, wenn sie dem Hundemann begegnete? Sie hatte noch nicht einmal einen einzigen Scooby Snack. Was, wenn sie eine riesige Ratte sah? Es gab keinen einzigen Stuhl, auf den sie sich stellen und schreien konnte, wenn sie das tat.

Die »Was-wäre-wenn«-Vorstellungen häuften sich und verlangsamten ihr Tempo, bis sie fröstelnd in dem feuchten Korridor stand.

Kacke am Stiel. Was mache ich nur?

Sie rannte wieder einmal blindlings los, das tat sie, und das brachte sie meistens in Schwierigkeiten. Vielleicht sollte sie einmal etwas Kluges tun, eine reife und bewusste Entscheidung treffen, zum Beispiel den Weg zurückgehen und Hilfe holen.

Das Dilemma, was sie tun sollte, ließ sie erstarren, bis sie das haarsträubende Heulen von etwas hörte, das auf der Jagd war. Der Instinkt sagte ihr, dass es hinter ihr her war.

Ah!

KAPITEL ZWEIUNDZWANZIG

Das T-Shirt, das Daryl für Cyn kaufen wollte: »Diese Titten gehören einem eifersüchtigen Freund. Starren auf eigenes Risiko.«

Die Tunnel, die von dem geheimen Kamineingang wegführten, waren lang und verwinkelt. Sie zweigten auch ein paarmal ab, aber sie hätten noch ein Dutzend Mal abzweigen können. Daryl wäre trotzdem ihrer Fährte gefolgt.

Seine vier Pfoten fraßen sich in Riesenschritten durch den Tunnel und seine Katze protestierte ausnahmsweise nicht dagegen, dass sie nasse Füße bekam oder die interessanten Gerüche, die den Ort durchzogen, nicht erkundete.

Die Dringlichkeit trieb ihn dazu, immer schneller zu laufen, wahrscheinlich weil der frische Geruch des Hundemannes aus einem Seitentunnel den von Cyn überlagerte. Es schien, dass mehr als nur eine Person diese versteckten Gänge benutzte. Die fehlende Beleuchtung und die verwinkelten Gänge machten es schwierig vorauszusehen, was vor ihm lag. Es half auch nicht, dass an einigen Stellen Teile des Tunnels eingestürzt waren. Zwar hatte jemand eine Öffnung durch diese Stellen gegraben, aber sie erwiesen sich als eng, vor allem für Constantine, der mit seinen breiten Schultern nicht immer problemlos hindurchpasste, da er ein eher korpulenter Kerl war. Prinzessin ließ sich nicht einschüchtern, ihr schiefer Gang und ihre heraushängende Zunge zeigten, dass sie sich auf die Verfolgung freute.

Das größte Dilemma kam an einer Abzweigung in den Tunneln. Durch den einen konnte Daryl Cyn riechen, doch Prinzessin rannte den anderen hinunter.

»Prinzessin! Komm zurück zu Daddy«, rief Constantine.

Aber der kleine Hund war schon weg und bellte in der Ferne.

»Scheiße«, schimpfte Constantine, als er dem Hund hinterherlief. Er rief: »Kumpel, ich muss Prinzessin hinterher, aber du solltest Cynthia weiterverfolgen. Ich hole dich ein.«

Das musste Constantine auch, denn Daryl hatte nicht vor, auf ihn zu warten, schon gar nicht, als er das hallende Heulen aus dem Tunnel hörte, das Cyns Geruch enthielt.

Ich kenne dieses Geräusch. Der Jagdruf eines Raubtiers. Er beschleunigte sein Tempo, wurde immer schneller und rannte fast an einer offenen Tür vorbei, die plötzlich auftauchte. Er verlangsamte seine rasende Verfolgung, wurde aber trotzdem von dem haarigen Körper überrascht, der aus dem Raum stürzte.

Er hatte seinen neuesten Erzfeind gefunden – den Hundemann.

Hätte Daryl seine menschliche Gestalt getragen, hätte

er vielleicht etwas Witziges gesagt wie: »Hey, Hundeatem, hast du in letzter Zeit Scheiße gegessen?« Aber Katzen waren viel gewandter, also begnügte er sich mit einem Miau und einem Knurren, als sie um die Dominanz kämpften.

Dieses Mal behielt er seine Pantherform bei, anstatt sich in eine Halbverwandlung zu begeben. Auf diese Weise waren seine Zähne schärfer und seine Krallen tödlicher. Als das Hundeding ihn zu Boden warf, bezahlte er dafür mit Blut, denn Daryl riss die Haut des Dings in Fetzen.

Anders als eine normale Kreatur schrie der Hundemann nicht vor Schmerz auf. Er wurde nur noch wütender.

Und noch geifernder. *Igitt, zieh dir ein verdammtes Lätzchen an.*

Dann spürte Daryl es, ein elektrisches Zischen, als hätte jemand ihn mit einem Blitz berührt, nur dass es von der Kreatur kam oder, was wahrscheinlicher war, von ihrem Metallhalsband.

Daryl ließ das Monster los, das zischte und knurrte, während seine Finger nach dem Ring um seinen Hals griffen.

»Du weißt, dass das nicht funktionieren wird, Harold.« Der Mann, der in sein Blickfeld trat, war für Daryl kein Fremder. Obwohl der Mann ein paar Jahre älter war, erkannte er ihn als Sheriff Petes Sohn Merrill.

Dieses Wissen erklärte, warum Pete nicht wollte, dass die Leute erfuhren, was vor sich ging. Sein Sohn war in die Sache verwickelt, und das nicht auf eine gute Art und Weise, wenn man den Revolver in der einen und die Fernbedienung in der anderen Hand betrachtete.

Da eine Katze zu bleiben ihm keine Antworten bringen würde, tauschte Daryl die Gestalt und hoffte, dass Merrill diesen Moment nicht nutzen würde, um ihn zu erschießen. Kugeln taten weh. Daryl war schon ein paarmal angeschossen worden, als er jünger gewesen war und gern Mutproben mit Jägern machte, und er wollte seiner Mutter nicht noch einmal erklären, warum sie ihm Kugeln aus dem Fleisch ziehen musste.

Daryl streckte sich zu seiner vollen Größe und musterte den Sohn des Sheriffs, ohne einen Blick auf den Hundemann zu werfen, der zu seinen Füßen hockte.

»Was hast du vor, Merrill?«

»Ich mache nur meinen Job.«

»Gehört es zu deinem Job, Menschen zu töten und andere zu entführen?«

Der Mann schüttelte den Kopf. »Wenn das dein Versuch ist, mich zum Reden zu bringen und mir alles zu entlocken, dann kannst du auch gleich aufhören. Ich werde dir gar nichts sagen. Wozu auch, wenn du es bald selbst erleben wirst? Wir brauchen neue Subjekte. Deine Freundin wird eine gute Versuchsperson, aber du wärst noch besser. Wir haben keine Katzen, mit denen wir spielen können.«

»Ich will keine Laborratte für dein krankes Spiel sein.«

»Es ist kein Spiel. Alles, was ich getan habe, ist vollständig genehmigt.«

»Du kannst mir nicht erzählen, dass der Rat zugestimmt hat, dich Leute töten zu lassen.«

Merrills Lippen verzogen sich. »Ein bedauerlicher Unfall. Wir hatten in letzter Zeit ein paar. Aber nichts, was wir nicht verbergen können. Wir machen das schon seit Jahren. Und jetzt genug geplaudert. Auf die Knie und die Hände auf den Rücken.«

»Oder was, du erschießt mich? Ich würde lieber sterben, als freiwillig mit dir zu gehen.« Eigentlich würde er Merrill lieber das Gesicht abkauen und ihn dann anpinkeln – die ultimative Katzenverachtung.

»Wer sagt, dass diese Waffe Kugeln hat?« Das Lächeln auf dem Gesicht des anderen Mannes war alles andere als beruhigend. »Das Labor möchte, dass seine Versuchspersonen unverletzt bleiben. Deshalb ist diese Waffe mit Beruhigungsmitteln geladen.«

Oh, oh. Noch bevor Merrill zu Ende gesprochen hatte, wich Daryl zur Seite aus, um dem ersten Schuss zu entgehen. In einem engen Tunnel gab es jedoch nicht viele Möglichkeiten, sich zu bewegen. Da er nichts außer seinem Leben zu verlieren hatte, tat Daryl das Einzige, was er tun konnte. Er griff Merrill an und überrumpelte ihn.

Sie stürzten auf den Boden und schlugen hart auf. Ein metallisches Klirren verriet Daryl, dass Merrill die Waffe nicht mehr im Griff hatte, aber er hatte die Fernbedienung noch in der Hand.

»Töte ihn«, schrie Merrill, und Daryl musste das leise Knurren von hinten nicht hören, um zu wissen, dass der Hundemann – ein Mann, der früher Harold hieß – dem Befehl folgte.

Er legte seine Hände um Merrills Kehle und schlug einmal fest zu, dann zweimal, bevor er instinktiv zur Seite rollte und gerade noch rechtzeitig, als Harold angriff.

Der Aufprall riss Merrill die Fernbedienung aus der Hand und Daryl sah einen Moment lang Panik in seinen Augen aufblitzen.

Bevor er darüber nachdenken konnte, stürzte Harold sich auf ihn und schlug mit seinen haarigen Pfoten und Krallen nach ihm. Daryl packte die pelzbedeckten Handgelenke und hielt ihn knapp in Schach.

Ihr Kampf drängte ihn zurück, denn die hundeähnliche Kreatur war stark, stark genug, sodass Daryl den Boden verlor. Sein Fuß trat auf etwas, das knirschte. Es reichte aus, um ihn stolpern zu lassen.

»Scheiße.« Er grunzte das Wort, als er spürte, wie er zu Boden fiel, und dann dachte er es noch einmal, während er versuchte, Harold davon abzuhalten, ihm die Kehle aufzureißen.

Ich bin erledigt. In diesem Moment begann Daryl, sich im Geiste von ein paar Leuten zu verabschieden. Durch seine Position unter Harold war er definitiv im Nachteil.

Die geifernden Kiefer senkten sich. Das wilde Licht in Harolds Augen enthielt keinen Funken Menschlichkeit, sondern nur einen tödlichen Hunger.

In diesem Moment hätte es zu Ende sein können, wenn nicht etwas den Hundemann getroffen und ihn aus dem Gleichgewicht gebracht hätte.

Daryl stolperte auf die Füße und bemerkte einen kleinen Wolf, der dem viel größeren Harold gegenüberstand.

Er konnte die Angst riechen, die von ihr ausging, und die Furcht in ihren Augen sehen, doch sie stand da, die Nackenhaare hochgezogen, die Lippen zu einem Knurren geschürzt, und versuchte, ihn zu verteidigen.

Ah, wie niedlich.

»Mach dir keine Sorgen, Süße. Ich habe das im Griff.« Daryl schoss dem Hundemann mit dem Betäubungsgewehr, das er vom Boden aufgesammelt hatte, in den Rücken. Zur Sicherheit schoss er noch ein zweites und drittes Mal auf ihn.

Harold knurrte, machte einen taumelnden Schritt auf Cyn zu und sackte dann auf die Knie, bevor er mit dem Gesicht auf den Boden knallte. Daryl verschwendete keine Sekunde mehr damit zu sehen, ob er dort liegen blieb. Er drehte sich um und suchte nach Merrill, aber von dem anderen Mann konnte er keine Spur finden. Der Mistkerl hatte sich davongemacht.

Erleichterung durchströmte ihn, als er sich wieder zu Cyn umdrehte und feststellte, dass sie in Sicherheit war. Doch warum kauerte sie mit hängendem Kopf an der Wand?

»Bist du verletzt, Süße?« Daryl trat über Harold hinweg und hockte sich vor sie. Er streckte seine Hand aus und wollte sie streicheln, aber sie wandte den Kopf von ihm ab. »Was zum Teufel? Was ist denn los?«

Er ließ ihr Raum, während sie ihre Gestalt veränderte, ihr Fell von der Haut aufgesogen wurde, die Knochen knackten und sich neu formten. Ein paar Wimpernschläge, ein gequältes Stöhnen, und schon sackte sein Mokkaschatz vor ihm zusammen.

Er zerrte sie in seine Arme und ignorierte ihr Quieken. Er zerquetschte sie in einer riesigen Umarmung. »Verdammt, aber ich bin froh, dass ich dich gefunden habe.«

»Du hast nach mir gesucht.«

»Natürlich habe ich das. Du hast doch nicht wirklich geglaubt, dass ich es zulasse, dass du entführt wirst, und nichts tue, oder?«

Sie legte den Kopf schief und schenkte ihm ein kleines Lächeln. »Du bist der erste Mann außer meinem Vater, der mich gerettet hat.«

»Musst du oft gerettet werden?«

Sie zuckte mit den Schultern. »Ich gerate in Panik.«

»Dieses Mal nicht. Du hast mich gerettet, Cyn.«

Sie neigte den Kopf. »Ich konnte nicht zulassen, dass er dein Gesicht frisst. Es ist irgendwie süß.«

»Nur irgendwie?« Er lachte. »Warte, antworte nicht darauf. Ich bin nur froh, dass deine Wölfin noch rechtzeitig da war. Sie ist übrigens ein süßes Ding.«

Er spürte, wie sie sich versteifte. »Du musst nicht so tun.«

»Wie tun?«

»Als wäre mit meinem Wolf alles in Ordnung. Ich habe mich mit ihm abgefunden.«

»Womit abgefunden?« Er runzelte die Stirn. »Ich habe nichts an deinem Wolf bemerkt. Vier Pfoten. Fell. Ohren. Große Zähne.«

»Ein Stummelschwanz.«

Er schnaubte. »Und? Was ist damit?«

Jetzt runzelte sie die Stirn. »Ich habe keinen richtigen Wolfsschwanz, nur einen kleinen Stummel, von dem der Arzt sagt, dass er von meinem Vater stammt.«

Es kam zwar nicht oft vor, aber manchmal vermischten sich bei der Kreuzung der Arten einige Merkmale. Aber Daryl verstand nicht, was daran so schlimm war. »Was soll's, wenn du einen Bärenarsch hast. Ich mag deinen Arsch.«

»Es stört dich nicht, dass ich nicht perfekt bin?«

Daryl drückte sie fest an sich. »Da liegst du falsch, Süße. Du bist perfekt. Genau so, wie du bist.«

»Wenn wir nicht in einem dunklen Tunnel neben einem schnarchenden Hund wären, würde ich dich für diese Bemerkung so was von belohnen.«

»Glaubst du nicht, dass wir einen Quickie machen können?«

Ein Schrei von oben aus dem Tunnel. »Nein, du hast keine Zeit. Keiner von uns hat Zeit. Wir müssen einen Weg nach draußen finden.«

Bevor Daryl fragen konnte warum, erschütterte ein Rumpeln den Tunnel. Dann ein weiteres.

Er brauchte keine gesunde Angst vor Feuer zu haben, um zu erkennen, dass der Rauch, den er roch, auch wenn er noch schwach war, wahrscheinlich nichts Gutes für sie verhieß.

Constantine erschien und joggte mit seinem kleinen Hund unter dem Arm auf sie zu. »Mit dem Tunnel, durch den wir reingekommen sind, ist etwas passiert. Wir müssen schnell einen anderen Ausgang finden, bevor der Rauch noch dichter wird.«

»Was ist mit ihm?« Cyn deutete auf den schlummernden Harold.

Angesichts des Ärgers, den der Hundemann verursacht hatte, war Daryls erster Impuls, ihn zu verlassen. Aber da Merrill geflohen war, brauchten sie immer noch Antworten.

»Wir sollten ihn mitnehmen.«

»Ich mache das.« Constantine hievte Harold in einen Feuerwehrgriff und führte sie durch den Tunnel, aber nicht sehr weit, denn ein weiteres Rumpeln erschütterte die schwache Konstruktion. Das flackernde Licht über ihnen erlosch, und auch das nächste Licht, das nur wenige Meter entfernt war, brachte nicht viel Licht ins Dunkel.

Wasser schlug Daryl ins Gesicht, ein Strom, der immer dichter wurde, während die Decke über ihm mit Rissen übersät war, Risse, die er wegen der Dunkelheit nicht wirklich sehen, sich aber leicht vorstellen konnte.

»Lauft!«, schrie Constantine.

Wohin?

Sie sprinteten los, wobei Daryl Cyns Hand festhielt, damit er sie bei ihrem verrückten und dunklen Lauf nicht verlor.

Ein schwaches Licht vor ihnen zeigte eine der wenigen Glühbirnen, die von der Decke hingen. Aber noch wichtiger war, dass in der Nähe eine Leiter an die Wand geschraubt war.

Constantine setzte Harold und seinen Hund ab, bevor er die rostigen Sprossen hinaufkletterte, um an der Falltür über ihm zu drücken. Zuerst wollte sie sich nicht bewegen.

Doch unter dem Druck von Constantines entschlossener, schiebender Schulter knarrte und ächzte sie und öffnete sich schließlich. Schlamm rutschte in die Ritzen, aber Constantine biss die Zähne zusammen und drückte weiter, sodass die Sumpfschicht über der Luke überwunden wurde und der Nachthimmel zum Vorschein kam.

Constantine sprang auf den Boden und deutete mit dem Kopf zur Öffnung. »Ihr zwei geht zuerst. Dann schnappe ich mir den Kerl und komme nach.«

Da der Rauch immer dichter wurde und ein fast sichtbares Beben den Tunnel um sie herum erschütterte, verschwendete Daryl keine Zeit damit, Cyn zur Leiter zu schieben. Dabei konnte er nicht umhin, ihren nackten Hintern, der nach oben wackelte, mit etwas zu großem Interesse zu betrachten.

Als kluger Mann schaute Constantine in die andere Richtung. Daryl klammerte sich als Nächstes an die Sprossen und bewegte sich schnell und geschmeidig, bis er im Sumpf auftauchte. Sofort drehte er sich um und kniete nieder.

»Gib mir Harold«, sagte er zu Constantine.

»Prinzessin zuerst.«

Die kleine Hündin schien nicht beeindruckt zu sein, dass man sie wie einen Football herumreichte, aber wenigstens versuchte sie nicht, Daryls Arm abzureißen.

Als Nächstes beugte sich Constantine hinunter, um den haarigen Mistkerl zu packen, aber es schien, als könnten sich nicht nur Opossums tot stellen.

Mit einem Knurren sprang Harold auf Constantine zu und stürzte sich auf ihn. Der große Mann schaffte es, dem tödlichen Hieb dieser Pranken auszuweichen, verpasste dabei aber die Chance, Harold zu packen, bevor dieser durch den dichten Rauch in den Gang lief.

Constantine machte einen oder zwei Schritte nach ihm und Daryl brüllte: »Denk nicht mal dran, verdammt. Dieser Ort wird bald zusammenbrechen. Er ist es nicht wert, deswegen zu sterben.«

Seufzend drehte Constantine sich um und griff nach der Leiter, als ein weiteres Beben den Ort erschütterte, ein Beben, das nicht aufhörte, als in der Ferne etwas explodierte. Plötzlich quoll Rauch aus der Luke.

Sofort kam Constantine herauf und rief: »Weg da, bevor es zusammenbricht.«

Mit weit aufgerissenen Augen gehorchte Cyn und als Prinzessin wieder hochgehoben war, liefen die drei los, wobei ihre Füße durch den knöcheltiefen Schlamm glitten, und blieben erst stehen, als sie eine Baumgruppe mit dicken Stämmen erreichten. Unter den Ästen kauerten sie, als der Tunnel, dem sie gerade entkommen waren, ein letztes Mal Rauch ausstieß. Das versteckte Bauwerk stürzte ein und riss einen Haufen Wasser und Schlamm mit sich.

Der Sumpf holte sich zurück, was ihm gehörte, aber er hatte sich nicht an Daryl und seinen Freunden genährt, nicht heute Nacht.

Und hoffentlich auch niemals.

KAPITEL DREIUNDZWANZIG

Cynthia: Ich glaube, ich werde in der Nähe von Bitten Point bleiben.
Mom: (Schweigen)
Cynthia: Mom?

Es dauerte nicht so lange wie erwartet, um zur Frühstückspension zurückzukehren, zumal sie ein helles Leuchtfeuer am Himmel hatten, dem sie folgen konnten. Das Schwierigste war die Erkenntnis, dass sie nackt erscheinen mussten.

Diese Angst erwies sich jedoch als unbegründet, denn Daryl schickte Constantine voraus, und der große Mann besorgte ihnen ein paar Klamotten.

Auf der Wanderung wurde nicht viel gesprochen. Was sollten sie auch sagen? Harold war geflohen. Die Tunnel waren eingestürzt und die einzigen Hinweise, die sie hatten, wohin Aria gegangen war, waren verschwunden. Aber wohin? Und warum?

Fragen, die vorerst unbeantwortet bleiben würden, aber andere Dinge könnten ans Licht kommen. Nach dem Mord und dem Brand in der Pension gab es dieses Mal keinen Grund mehr zu verheimlichen, was passiert war.

Laut den Polizisten, die den Brand beobachtet hatten, schien das Feuer irgendwo unter dem Haus ausgebrochen zu sein. Niemand wusste wie, aber das Ergebnis erhellte den Himmel für Stunden. Und jeder in der Stadt wusste, dass das Haus brannte.

Jeder, der bei der Bekämpfung der Flammen helfen konnte, kam, aber das Gebäude war nicht mehr zu retten.

Zum Glück schafften es alle rechtzeitig aus dem Haus, außer Sheriff Pete. Niemand hatte ihn seit Beginn des Infernos gesehen. Seine Männer vermuteten, dass er in das Feuer geraten war, aber Cynthia – die wegen Daryl jetzt ein viel engeres Verhältnis zur Sünde hatte – dachte, Sheriff Pete hätte es gelegt, um seine und Merrills Spuren zu verwischen. Dann war er verschwunden, genau wie Harold, der Hundemann. Sie hätte gern geglaubt, dass sie alle knusprig verbrannt waren, als sie von den Flammen erfasst wurden, aber selbst sie war nicht so naiv. Das Böse blühte gern auf.

Laut dem Feuerwehrkommandanten – und Constantine bestätigte das – würde es Tage dauern, wenn nicht sogar noch länger, je nachdem, wie groß der Schaden an der Bausubstanz war, bevor sie sich in die Ruinen wagen konnten, um nach Leichen zu suchen, oder gar in die Tunnel, die vom Haus wegführten. Die Wahrscheinlichkeit, dass sie unversehrt geblieben oder sogar begehbar waren, wurde als unwahrscheinlich eingestuft. Was auch immer sich in den Tunneln verbarg, es würde dort bleiben und sie mit mehr Fragen als Antworten zurücklassen, wobei die größte Frage lautete: War Aria noch am Leben?

Es ärgerte sie, dass sie vielleicht nie erfahren würden, was passiert war. Das Feuer löschte alle Hinweise aus. Asche zu Asche. Geheimnisse zu Staub.

Aus den Trümmern der Katastrophe erwuchs jedoch Hoffnung. Auch wenn Cynthia nicht wusste, wo Aria war, wollte sie den Glauben nicht aufgeben, dass ihre beste Freundin noch lebte und ihren Weg finden würde. Sie hatte in ihrem Leben zu viel durchgemacht, als dass es so schnell enden sollte. Und Cynthia glaubte wirklich, dass ihre Freundin irgendwo in der Nähe von Bitten Point war, was bedeutete, dass auch Cynthia in der Nähe bleiben würde. Aber Aria war nicht der einzige Grund zu bleiben.

Ich gehe nirgendwo hin, es sei denn, Daryl kommt mit mir.

Da die Menschen nicht wissen konnten, dass sie in das Feuer in der Pension verwickelt waren, hielt man es für das Beste, dass Daryl und Cynthia das Gebiet verließen. Trotz der Vertuschung in ihrer Gegenwart musste sie einen verzweifelten Anruf ihrer Mutter entgegennehmen.

»Thea, kleines Mädchen, Gott sei Dank lebst du noch. Als wir von dem Feuer hörten, ist dein Vater ausgeflippt.«

»Sag Dad, dass es mir gut geht.« Es ging ihr mehr als gut, sie wollte mit Daryl nach Hause. Nach Hause war seltsamerweise, wo auch immer Daryl sie hinbringen würde.

»Frag deine Eltern, in welchem Hotel sie sind.« Daryl drehte nicht den Kopf, als er das sagte.

Ein Stirnrunzeln legte sich auf ihre Stirn. »Warum?«

»Damit ich dich absetzen kann. Du und deine Eltern sollten die Stadt verlassen.«

»Mom, ich rufe dich morgen an.« Sie legte auf und starrte ihn an. Der arme Daryl wirkte angespannt, seit sie dem Feuer entkommen waren. Er umklammerte das

Lenkrad von Constantines Pick-up, der die Explosionen des Propantanks neben dem Haus nur mit ein paar neuen Beulen überstanden hatte. Sein Freund sagte, er würde mit einem seiner Feuerwehrkameraden mitfahren. Daryl widersprach nicht, aber Cynthia machte sich die geistige Notiz, dass sie einen fahrbaren Untersatz besorgen sollten. Da ihr Wagen zerstört und Daryls an Caleb ausgeliehen war, würden sie ein Transportmittel brauchen. »Was ist los mit dir?«

»Mit mir ist alles in Ordnung.«

»Warum versuchst du dann, mich bei meinen Eltern abzuladen? Was ist aus dem Abhängen geworden, um zu sehen, wie es weitergeht?«

»Das war, bevor du fast gestorben wärst. Schon wieder!« Er schlug seine Hände auf das Lenkrad und der Ruck ließ das Fahrzeug schlittern, bevor er die Kontrolle wiedererlangte.

»Aber ich bin nicht gestorben. Und du auch nicht.« Und Aria auch nicht, hoffte sie. »Die Einzigen, die ein vorzeitiges Ende gefunden haben, sind die Bösewichte. Und ich sage: Gut, dass wir sie los sind.«

»Was ist, wenn sie nicht umgekommen sind? Was ist, wenn sie noch da draußen sind?«

Sie starrte ihn an, als sie das Problem erkannte. »Du machst dir Sorgen um mich.«

»Natürlich mache ich mir verdammt noch mal Sorgen um dich.«

»Hat dir schon mal jemand gesagt, dass du niedlich bist, Kätzchen?« Sie stichelte ihn absichtlich.

»Nenn mich nicht Kätzchen. Oder niedlich.«

»Warum? Erinnert dich das an deine Mami?«

Sie konnte praktisch hören, wie die Luft durch seine

zusammengebissenen Zähne zischte. »Das ist nicht lustig, Cyn.«

»Wenn du es sagst. Wenn du mit dem Jammern fertig bist –«

»Ich jammere nicht.«

»Sagt der Mann, der ein Baguette und Käse braucht.«

»Du machst mich wahnsinnig, Cyn.«

»Gut«, erwiderte sie, als er vor seinem Haus anhielt. Sie sprang aus dem Wagen und hüpfte die Feuerleiter hinauf. Er folgte dicht hinter ihr.

Dieses Mal wartete niemand auf sie, weder draußen noch drinnen. Kaum hatte sie seine Wohnung betreten, flog das rußverschmierte Hemd, das sie trug, durch die Luft und schlug seitlich auf den Mülleimer in der Küche. Nahe genug.

»Cyn, was machst du da?«

»Ich ziehe diese stinkenden Sachen aus.«

»Dann musst du sie gleich wieder anziehen, denn sobald ich etwas Geld habe, setze ich dich in einen Zug zurück in die Stadt.«

»Viel Glück dabei. Ich werde nicht gehen.«

»Und ich sage, du gehst. Hier ist es zu gefährlich für dich.«

»Für uns ist es überall gefährlich.«

Daryl fuhr sich mit einer Hand durch die Haare. »Warum musst du so stur sein? Ich will nicht, dass du verletzt wirst. Verdammt noch mal. Als ich merkte, dass du weg warst ...«

Ah, wie süß. Das große, böse Kätzchen war um sie besorgt. Dummer Kerl. Hatte er immer noch nicht verstanden, dass ihre Abreise das Problem nicht lösen würde? Vielleicht sollte sie ihn darauf hinweisen.

»Du glaubst also, dass es sicherer ist, mich allein in einen Zug zu setzen, der mich an einem großen Bahnhof in der Innenstadt absetzen wird, und zwar wieder allein, als dass ich hier bei dir bleibe?«

Er blinzelte. Öffnete den Mund. Und schloss ihn wieder. »In der Stadt gibt es weder mordende Hundemenschen noch Dinos.«

»Nein, es gibt verrückte Taxis und Banden und jede Menge anderer schlimmer Dinge, die mir passieren könnten. Es sei denn, das ist deine Art zu sagen, dass du mich nicht willst.« Sie fummelte an ihrem Hosenbund herum und schaute ihn an, um zu sehen, ob sie die Dinge falsch einschätzte. Denn welcher vernünftige Mann würde ein Mädchen wollen, das nach Rauch und Sumpf roch und dessen Haare in alle möglichen Richtungen abstanden?

Sie wackelte mit den Hüften, und obwohl ihre Yogahose ein wenig nach unten rutschte, konzentrierte sich sein Blick auf ihre nackten, wackelnden Brüste.

»Ich ziehe mich aus«, sagte sie und schob den Stoff über die Wölbung ihrer Pobacken.

»Das sehe ich.« Seine Hände waren zu Fäusten geballt, sein Gesicht war noch angespannter. Doch so sehr er sich auch bemühte, ungerührt zu wirken, er konnte die Hitze in seinen Augen nicht verbergen. »Warum?«

»Weil ich schmutzig bin, Daryl. So wahnsinnig«, wackel, »schmutzig.« Ihre Hose landete in einer Stofflache vor ihren Füßen und sie stieg aus ihr heraus. »Ich bin auch sehr, sehr verliebt in jemanden.«

»Wirklich?«

»Sehr. Und ich glaube, er liebt mich auch, deshalb ist er auch so ausgeflippt und will mich wegschicken.«

»Wenn er Ja sagen würde, würdest du dann gehen?«

Sie ging mit schwingenden Hüften auf ihn zu und genoss es, wie sich sein Blick mit ihrem verband. Sie trat direkt auf ihn zu und er schlang seine Arme um sie.

»Ich verlasse dich nicht, Daryl. Ich habe dich aus einem bestimmten Grund gebissen. Weil du mir gehörst.«

Mit diesen Worten löste sie sich aus seiner Umarmung und hüpfte unter die Dusche. Sie stieg nicht allein in den warmen Strahl. Daryl war direkt hinter ihr.

Er drehte sie unter dem heißen Wasser, damit er seine Lippen in einem brennenden Kuss auf die ihren pressen konnte. Sein Mund sagte, was er nicht sagen konnte. Sein Körper sprach die Worte, von denen er nicht wusste, wie er sie sagen sollte. Aber das war ihr egal, denn was zählte, waren die Taten.

Als das Wasser sie abspülte und die Spuren ihres Abenteuers verwischte, schmiegte sie sich an ihn. Die heiße Härte seiner Erektion drückte gegen ihren Unterleib und pulsierte vor Erwartung. Auch ihr Schritt pochte, die Erregung durchströmte sie bereits. Es brauchte nur eine Berührung von Daryl, um sie zu entzünden.

»Nimm mich. Ich brauche dich«, keuchte Cynthia atemlos.

»Was ist, wenn ich es langsam angehen will?«, murmelte er zwischen dem Knabbern an ihrer Unterlippe. »Vielleicht möchte ich mir einmal Zeit nehmen. Jeden Zentimeter deines köstlichen Körpers erforschen. Ich glaube, ich brauche noch eine Kostprobe von deinem Garten. Vielleicht verbringe ich etwas Zeit damit, an deinen harten kleinen Knospen zu lutschen.«

»Tolle Ideen, für später«, knurrte sie. Sie ergriff seine Hand und drückte sie gegen ihren Schamhügel. »Jetzt musst du dich erst einmal darum kümmern.«

Ein Stöhnen entwich ihm, als seine Finger ihre feuchten Schamlippen berührten.

»Ich will dich«, flüsterte sie in seinen Mund.

Diese Worte waren sein Niedergang. Daryl drehte sie herum, bis sie mit dem Gesicht zur Kachelwand stand. Sie stützte sich mit den Händen dagegen, während er nach ihren Hüften griff und ihren Po nach hinten zog.

Unaufgefordert spreizte sie ihre Füße und winkelte ihren Hintern an, um ihn zu verführen. Die harte Spitze seines Schwanzes rieb an ihr, spreizte ihre Schamlippen und tauchte so tief ein, dass er von ihrer Erregung benetzt wurde.

Er machte langsam, so langsam. Sie wackelte mit ihrem Hintern, drückte sich zurück und bettelte förmlich. »Bitte.«

Mit den Händen umklammerte er ihre Taille, als er tiefer eindrang. Sie konnte nicht anders, als sich um ihn zusammenzuziehen und seinen Schwanz fest zu drücken. Es schien eine Ewigkeit zu dauern, bis er ganz in ihr war, und dann hielt er inne.

Sie könnte geknurrt haben. Auf jeden Fall drückte sie sich gegen ihn und wackelte mit ihrem Hintern, um ihn noch tiefer in sich aufzunehmen.

Seine Finger gruben sich in ihre Hüften und sie hörte, wie er Luft holte und dann die Kontrolle verlor. Der Rückzug seines Schwanzes diente nur dazu, dass er in sie eindringen, hineingleiten und schnell und hart in ihren willigen Körper stoßen konnte. Das Geräusch von aufeinandertreffender Haut passte gut zu ihrem Stöhnen der Lust.

Dann hörte er auf.

Sie stieß einen Protestlaut aus, den er schluckte, als er sie umdrehte, damit sie ihn ansah.

»Leg dein Bein um meine Taille«, befahl er, griff nach

ihrem Oberschenkel, zog ihn hoch und entblößte sie gleichzeitig.

Er glitt wieder in sie hinein, sein langer Schwanz füllte sie aus und seine Lippen fanden ihre unter dem warmen Strahl der Dusche. Alles war glitschig und nass.

Schneller. Schneller. Seine Hüften stießen zu, als er in sie eindrang, und jeder harte Schlag seines Körpers steigerte ihre Lust. Mit den Lippen wanderte er an ihrem Kiefer entlang und knabberte daran, während er weiter in sie hämmerte.

Als ihr Kanal sich immer enger zusammenzog und sie an der Schwelle zur ultimativen Glückseligkeit stand, strich er mit den Lippen über die verletzliche Haut ihres Halses.

Ihr Atem kam in hektischen Stößen. Er saugte an ihrer Haut. Als sie ein leises Stöhnen ausstieß, zitterte ihr Körper und bebte, als sie mit heftiger Intensität kam und kam, als nicht nur sein Schwanz heiß in sie spritzte, sondern auch seine Zähne sich in ihre Haut gruben, um sie zu markieren.

Er beansprucht mich.

Und sie hätte nicht glücklicher sein können.

Erst als sie eine Weile später im Bett kuschelten, die Haut noch feucht von der Dusche und gerötet vom Liebesspiel, ließ sie ihre Finger über das neue Mal an ihrem Hals fahren.

»Du hast mich wieder gebissen«, stellte sie fest.

»Ja.«

»Warum?«

Er rollte sie auf sich und hielt sie mit seinen Händen an ihren Pobacken fest. »Weil ich dieses Mal wusste, was ich tue, und ich wollte, dass es alle sehen.«

»Was sagst du da?«

Er stöhnte. »Willst du, dass ich das laut erkläre?«

Ihre Augen funkelten, als sie ihn angrinste. »Das tue ich, damit es keine Missverständnisse gibt.«

»Gut. Sieh den Biss als meinen Panther, der dich beansprucht.«

»Was ist mit dem Mann?«

Seine Lippen verzogen sich. »Der Mann will bis ans Ende seiner Tage mit dir leben.«

Was für ein Glück, das wollte sie auch.

EPILOG

Cynthia: Ich liebe ihn, Dad.

Dad: Hmpf. (Übersetzung: Ich glaube, er ist nicht gut genug für dich, und wenn er dir wehtut, werde ich ihm bei lebendigem Leib die Haut abziehen.)

Cynthia: Ich hab dich auch lieb, Daddy.

Surr. Kratz. Kratz.

Cynthia wachte auf und fand ihre Mutter über sich gebeugt, mit einem Maßband in der Hand und einem Bleistift zwischen den Zähnen.

Da sie an die Verrücktheit ihrer Mutter gewöhnt war, gab sie keinen Mucks von sich, aber Daryl stieß ein sehr unmännliches »Ah!« aus.

»Kümmert euch nicht um mich. Ich nehme nur ein paar Messungen vor.« Ihre Mutter ließ das Band zurück in die Spule surren, während sie sich in einem Ordner auf dem Nachttisch ein paar Notizen machte.

Um ihr Amüsement zu zügeln, musste Cynthia sich auf die Lippen beißen, aber es gelang ihr nicht, ein Kichern zu unterdrücken, als Daryl dafür sorgte, dass die Bettdecke höher auf seiner Brust lag.

»Was messen?«, wagte er zu fragen.

»Oh, oh«, murmelte Cynthia. »Das hättest du nicht tun sollen.«

Mom schob ihren Bleistift über ein Ohr und strahlte ihn an. »Ich messe die Oberfläche des Bettes und des umliegenden Bodens. Die Strecke von der Haustür bis zum Schlafzimmer habe ich schon ausgerechnet. Ich gehe davon aus, dass du die Vordertür und nicht das Fenster benutzen wirst, wenn du sie zurückbringst?«

»Zurückbringen von wo? Und wofür genau brauchen Sie all diese Maße?« Daryl richtete sich im Bett auf und seine Augen bekamen den wilden Ausdruck, den sie auf den frühen Bildern ihres Vaters mit ihrer Mutter mehr als einmal gesehen hatte. Der arme Daryl sah aus wie eine Raubkatze, die im Fadenkreuz stand. Es gab kein Entkommen.

»Das ist natürlich für die Rosenblüten. Ich dachte mir, wir lassen sie in einer geraden Linie von der Tür bis zum Bett auf den Boden flattern. Dafür habe ich bereits neue Bettwäsche bestellt. Natürlich weiß, damit die Blütenblätter einen schönen Kontrast bilden.«

»Aber ich mag meine Bettwäsche«, rief Daryl aus und drückte die Decke fester an seine Brust.

Ihre Mutter schniefte. »Das ist Junggesellenbettwäsche. Sobald ihr verheiratet seid —«

»Verheiratet?«

»Wir werden uns auch überlegen, wie wir eure Wohnsituation verbessern können. Vielleicht machen wir das zusammen.« Es war fast schmerzhaft, die plötzliche Idee aufblühen zu sehen, vor allem weil Daryl es nicht besser wusste und keine Zeit hatte, sich darauf einzustellen. Cynthia biss sich auf die Innenseite ihrer Wange, als ihre Mutter ihren bisher größten Coup landete. »Es wird Zeit, dass Larry und ich an einen neuen Ort ziehen. Ich habe gehört, dass es in der Stadt ein paar schöne Wohnungen gibt. Vielleicht finden wir zwei in der gleichen Straße oder noch besser, nebeneinander.«

Ein vernünftiger Mann wäre vom Bett gesprungen – mit schwingenden Kronjuwelen – und schreiend in den Sumpf gelaufen. Aber Cynthia hatte sich nicht wegen seiner geistigen Stabilität in Daryl verliebt.

Ihr böses Kätzchen bekam einen Blick, dem Cynthia nicht traute, vor allem, weil er lächelte. Kein vernünftiger Mann würde angesichts der Machenschaften ihrer Mutter lächeln. »Das klingt alles fantastisch. Wir sollten Sie in der Nähe haben, wenn wir anfangen, Kinder zu kriegen.«

»Kinder?« Ihre Mutter hauchte das Wort.

»Wenigstens ein paar. Und da Sie die Heirat gut im Griff haben, denke ich, dass Cyn und ich uns daranmachen sollten, während Sie die örtlichen Schulen auskundschaften.«

»Ich will nur das Beste für meine Enkelkinder«, rief ihre Mutter, als sie aus dem Zimmer eilte. »Warte, bis ich Luisa erzähle, dass wir Großeltern werden.«

Cynthia rührte sich nicht, bis sie die Tür zuschlagen hörte. Dann drehte sie sich zu ihm um und rief: »Du hast ihr gerade gesagt, dass wir Kinder haben werden. Bist du auf Katzenminze?«

»Nein, ich bin verliebt. In dich.«

Und das war alles, was wirklich zählte.

Das Leben in Bitten Point zog Cynthia in seinen Bann, und obwohl sie Aria in der nächsten Zeit nicht fanden, gelang ihrer Freundin ein weiterer Anruf, ein seltsamer Anruf, in dem Aria sagte: »Sucht nicht nach mir. Mir geht's gut.«

Was Cynthia betraf, so ging es ihr mehr als gut. Sie war verliebt und ein Gangster, besonders als sie Renny dazu brachte, ihr ein Kätzchen mit Permanentmarker auf den Hintern zu tätowieren.

DÄMLICHER SUMPF. Er saugte an ihren Gliedern, wenn sie versuchte, sich auszuruhen. Er überzog sie mit einer schleimigen, stinkenden zweiten Haut. Aber wenigstens verbarg er sie vor den Verfolgern.

Sie wusste, dass sie da draußen waren und suchten. Auf der Jagd ...

Auf der Jagd nach mir, damit sie mich an diesen Ort zurückschleppen können.

Niemals.

Sie war stundenlang gerannt und hatte sich versteckt, aber sie fühlte sich immer noch nicht sicher.

Würde sie sich jemals wieder sicher fühlen, mit dem Wissen, was sie tat?

In der Ferne ertönte ein gellender Schrei, ein unheimliches Geräusch, das nachhallte und ihr den Atem in der Lunge erstarren ließ.

Sie haben die Jäger freigelassen. Sie hatte gehofft, den Sumpf zu verlassen, bevor das passierte. Verdammt, sie hatte gehofft, vor Einbruch der Dunkelheit ein sicheres Haus zu erreichen. Aber der Sumpf hatte nicht mitgespielt, und jetzt, da die Nacht hereingebrochen war, ging die Jagd erst richtig los.

Als der Urschrei wieder ertönte, bewegte sie sich einen

Moment lang nicht, sondern blieb einfach im Schlamm und im Unkraut hocken und hoffte inständig, dass der Jäger sie nicht entdecken würde.

Für einen Moment tauchte ein Schatten im Mondlicht auf, eine Kreatur mit scharfem Blick, die auf ledernen Flügeln schwebte.

Sah es sie? Würde es abtauchen? Würde es –

Es kreischte verärgert auf, drehte sich um und flatterte davon.

Ein paar Dutzend Herzschläge später wagte sie es, wieder zu atmen und den Blick nach vorn zu richten, nur um dann über ihre neue Lage zu blinzeln.

Grrr.

Das bösartige Geräusch kam von einer knopfäugigen Kreatur, deren Lefzen nach hinten gezogen waren und winzige Zähne enthüllten.

Ernsthaft? Sie hatte schon größere Eichhörnchen als Snacks gegessen.

Aber viel besorgniserregender war der Schatten, der sich über sie beide erhob und sagte: »Na, na, Prinzessin, was haben wir denn da?«

»Ärger, wenn du mir nicht aus dem Weg gehst.« Aria starrte den großen Kerl durch eine schmutzige Haarsträhne an. Sogar sie konnte zugeben, dass sie keinen Einschüchterungsfaktor hatte, aber als er es wagte zu lachen, überlegte sie nicht zweimal, bevor sie handelte.

Die Handvoll Schlamm traf das Ungetüm mit einem befriedigenden Platsch mitten ins Gesicht.

»Hast du das gerade ernsthaft getan?«, fragte er sichtlich verärgert, während er sich mit einer Hand den Matsch aus dem Gesicht wischte.

»Geh mir aus dem Weg.«

»Oder was?«

Vielleicht war es nicht die reifste Antwort, ihm eine zweite Handvoll entgegenzuwerfen, aber bevor sie behaupten konnte, er hätte es verdient, griff Prinzessin an.

Schauen Sie sich unbedingt die nächste Geschichte mit Constantine an: Die Umarmung der Python.

www.ingramcontent.com/pod-product-compliance
Lightning Source LLC
LaVergne TN
LVHW031538060526
838200LV00056B/4559